世/界/经/典/名/著

恋爱中的女人

［英］劳伦斯（Lawrence, D.H.）◎著　花土◎译

上

新疆美术摄影出版社
新疆电子音像出版社

图书在版编目（CIP）数据

恋爱中的女人/（英）劳伦斯（Lawrence，D. H.）著；花土译. —乌鲁木齐：新疆美术摄影出版社：新疆电子音像出版社，2012.1
ISBN 978-7-5469-2048-1

Ⅰ.①恋… Ⅱ.①劳… ②花… Ⅲ.①长篇小说—英国—现代 Ⅳ.①I561.45

中国版本图书馆CIP数据核字（2012）第005746号

恋爱中的女人

著　者	（英）劳伦斯（Lawrence，D. H.）
译　者	花　土
责任编辑	程双双
出　版	新疆美术摄影出版社 新疆电子音像出版社 （乌鲁木齐市经济技术开发区科技园路5号　830026）
发　行	新华书店
印　刷	北京一鑫印务有限责任公司
开　本	700mm×1000mm　1/16
印　张	28
字　数	398千字
版　次	2012年1月第1版
印　次	2016年4月第2次印刷
书　号	ISBN 978-7-5469-2048-1
定　价	59.60元（上下册）

导 读

劳伦斯·戴维·赫伯特（1885—1930）英国小说家、诗人、散文家和文学评论家。他在一生中努力创作，著作十分丰富，除文学作品外，在哲学、文学评论、心理学和历史学方面均有建树。主要作品有长篇小说《白孔雀》（1911）、《逾矩的罪人》（1912）、《儿子与情人》（1913）、《虹》（1915）、《恋爱中的女人》（1921）、《羽蛇》（1926）、《查太莱夫人的情人》（1928）等，诗集有《情诗》（1913）、《看，我们闯过来了》（1917）、《乌龟》（1921）和《鸟·兽·花》（1923）等。

《恋爱中的女人》主要写本书的女主人公赫麦妮——一个性变态患者，她有温柔的一面，也有凶狠残忍的一面。她一方面用那变态的情欲，对男人极尽温情，一方面可以像魔鬼一样对她痛恨的男人进行报复，完全丧失一个大家闺秀所应有的高雅气质。当时的伦敦就是一个乌烟瘴气的人间地狱。小说描绘了一群行尸走肉般的男女，心灵空虚，万念俱灰，只知及时行乐的画面。

劳伦斯也着力描写了伯金和厄秀拉、杰拉德和戈珍两对情人间苦涩的恋情，他们处在那种社会氛围中，千方百计地想用爱情去填补内心的空白，可他们的心总是无法沟通。怎么也爱不起来，终日只有百无聊赖地打发着压抑、郁闷的时光。小说中的伯金由于他过于纤弱的体质，还有他那始终压抑着的灵魂，这就造就了他一生都只会有悲剧的根本原因。他在冷漠、忧郁、绝望、痛苦中，思索着人类的命运与人生的价值，但是，他费尽九牛二虎之力所得到的却都是悲剧。而本书中的那个性变态——赫麦妮却始终在纠缠着他，伯金虽然对她厌恶之极，却又没有与她断绝关系的勇气，最终只会"当断不断，必有后患。"险些被对方杀死。他一心想的是厄秀拉，可他们追求的却是一种灵与肉关系的和谐与完美。

本书中的杰拉德·克里奇，是一个冷酷无情，毫无人性与人道可言的家伙。他心中想的是如何发展企业，赚取更多的利润，在不知不觉中把自己沦为机器的奴隶。随着企业的发展和财富的增多，他突然发现自己内心空虚，连生的欲望也丧失了，他的心早已死了。

最后再来谈谈本部小说的翻译情况，《恋爱中的女人》现在也有很多种译本，其中不乏大家之作，有些实在能称得上是大手笔，译者在翻译时能抓住原作者的思想精髓，巧妙地表达出了原作者的写作意蕴，但个别地方难免有区解原作者本意的地方。时值新千年之际，我们本着有助于广大青年读者学习英语的目的，在翻译时参照现有译本，本着直译的原则，尽可能体现原作者的本意，让大家在欣赏大家风范的同时，还可以体味英语的原味，做中英文对照的目的并不在于要为读者解决阅读障碍，而是要让读者在阅读过程中有个参照，检查自己能否体味出英语原作所表述的细微情节，也是对广大读者英语翻译水平的一个测验。在翻译这部小说的过程中，我们在人名、地名上及一些特定称谓上，并不是随意追求标新立异，还是沿用前辈们的既定译法；另外，由于译者水平阅历均有限，翻译时难免有所疏露，失误之处在所难免，诚恳广大读者不吝赐教，在此一并表示谢意！

译　者

二〇〇一年十一月

第一章 姐妹俩

在贝多弗父亲的宅子里，布朗温家的厄秀拉和戈珍两姐妹在凸肚窗的窗台上坐着，一边做着活，一边谈着话。厄秀拉正在绣一件色彩明快的刺绣，戈珍的膝上放着一块画板，她此刻正在画画。她们大部分时间都沉默着，只有脑子突然想到什么时，才说些什么。

"厄秀拉，"戈珍说道，"你真的不想结婚？"厄秀拉把刺绣在膝上摊开，抬起头来，她的表情看起来平静而又若有所思。

"我不清楚，"她回答道，"这要看你指的意思是什么了。"

戈珍有点迷惑，她看了她的姐姐一会儿。

"唔，"她讽刺地说道，"一般来说，它意味着一件事！不过，难道你不认为无论如何，你要——，"她神色有点儿黯淡地说，"比你现在的境况要好一些吗？"

一片阴影从厄秀拉的脸上闪过。

"我觉得是，"她说道，"但是我没有把握。"

戈珍又顿了一下，有点生气，她本来想得到一个肯定的回答。

"你不认为一个人需要结婚的经验吗？"她问道。

"你认为结婚是一种经验吗？"厄秀拉反问道。

"当然是的，无论如何都是。"戈珍沉着地说道，"或许令人不快，可是一定是一种经验。"

"并不一定对，"厄秀拉说，"更可能是经验的结束呢。"

戈珍很安静地坐着，专心听着这句话。

"当然，"她说道，"这一点是应该顾及到的。"这句话就成了她们交谈的结束语。戈珍几乎是愤怒地抓起橡皮，开始把画上的东西擦掉。而厄秀拉则依旧专心致志地绣着。

"有一个不错的人向你求婚，你会不考虑吗？"戈珍问道。

"我认为我已经拒绝好几个了。"厄秀拉说道。

"真的！"戈珍的脸红得发紫，"但是真有什么值得你这么做吗？你真有这样的想法吗?"

"一年有上千个人求婚,其中有一个十分优秀的男人,我十分喜欢他。"厄秀拉说。

"真的!但你不担心被引诱了吗?"

"从抽象上能这样说,但具体上就不能这样说了。"厄秀拉说,"到了关键时候,甚至就不会有引诱这种说法。哦,如果我被引诱了,我早马上结婚了。我受到的是不结婚的引诱。"姐妹俩的脸都因开心而明亮了起来。

"这难道不是一个令人惊异的事,"戈珍大叫道,"这种诱惑太强大了,不结婚!"她们俩都大笑了起来,看着彼此,但她们的心里却有些害怕。

接下来是长时间的沉默,厄秀拉仍然绣着东西,戈珍则继续画她的素描。这两姐妹都是老姑娘了,厄秀拉二十六岁,戈珍二十五岁。可她们都像入时的姑娘那样,看起来孤僻、纯洁,姐妹俩更像月亮神阿耳特弥斯,而不像青春女神赫柏。戈珍非常漂亮,皮肤细腻,体态轻盈,性格温和。她穿着一件墨绿色丝制长裙,领口和袖口镶着蓝色和绿色的亚麻布褶饰;还穿着翠绿色的长袜。

她看上去正和厄秀拉相反。她有时自信,有时则缺乏自信,可厄秀拉则十分灵敏,充满信心。这个省的人被戈珍那种自若神态和唯我独尊的行为举止所震动,称她"是一个厉害的姑娘。"她刚从伦敦回到家里来,她在那儿花了几年的功夫,在艺术学院学习、工作,过着一个画家的生活。

"我现在希望有一个男人出现,"戈珍说,突然用牙齿把下唇咬住,做了一个奇异的鬼脸,一半是狡猾的微笑,一半是痛苦相,这使厄秀拉害怕了起来。

"所以你回家来了,希望他能在这儿出现?"她大笑了起来。

"哦,我亲爱的,"戈珍尖叫道,"我才不会犯神经去找他呢。但是,如果有这样一个人,有非常吸引人的魅力,又有充足的经济能力,唔——"戈珍窘得没有把话说完。接着,她瞅着厄秀拉,像是要试探她。"难道你没有发现自己越来越无聊了吗?"她问姐姐,"难道你没有发现事情都实现不了?什么事都成不了!所有的事在发芽的时候就枯萎了。"

"什么在发芽的时候就枯萎了?"厄秀拉问道。

"哦,所有的事情——自己——平常的事儿。"然后又是一阵沉默,两姐妹都在模糊地考虑着各自的命运。

"这真的是令人吃惊。"厄秀拉说道,又顿了一下说:"但是你有没有想过,通过结婚,取得点儿成就?"

"这似乎是不可避免的,那是下一步的事了。"戈珍说道。厄秀拉有点苦恼地考虑着这个问题。她在威利·格林中学当班主任,她在那儿已有几年了。

"我了解，"她说道，"一个人在空想时都那样，可是要设身处地地想想就好了：设想一下，想想你熟悉的一个男人，一天夜里回到家，对你说'喂'，并且给你一个吻——"

出现了一阵空白的停顿。

"是的，"戈珍压低了声音说，"这是不会发生的。男人不可能那样做的。"

"当然还有一群孩子——"厄秀拉迟疑地说。

戈珍的表情变得严肃起来。

"你确实希望有孩子吗，厄秀拉？"她冷淡地问道。此时，一种为难的表情显现在厄秀拉的脸上。

"我觉得这个问题离我还太远，"她说道。

"你是那样觉得的吗？"戈珍问道，"无论何时，我都没有想过生孩子，我没有那种想法。"

戈珍毫无表情地看着厄秀拉。厄秀拉则把眉头皱起来了。

"可能这不是真的，"她支支吾吾地说道，"可能人们心里并不想要他们，仅仅是表面上这样罢了。"一种严肃的神情爬上了戈珍的脸。她不想知道肯定的答复。

"但是一个人会去想其他人的孩子——"厄秀拉说道。

戈珍再一次看了看姐姐，几乎是敌对的目光。

"确实如此。"她说，结束了谈话。

这两姐妹都继续干着自己手里的活，不再说话了。厄秀拉一直是那样的精力充沛，有一团熊熊的烈火在她心里燃烧着。她独自生活很长时间了，一直是独身，工作，一天一天的，始终想把生活把握在手中，按自己的想法去把握生活。她看起来已把活跃的生活停下来了，可私底下，在黑暗里，却有什么东西开始生长。只要她能把最后一层皮冲破就好了！她想把手伸出来，就像一个胎儿那样，但是，她不可以，现在还不可以。她依然有一种奇怪的预感，感到将有什么要来临。

她把活计放了下来，瞅了瞅妹妹。她认为戈珍是那样的娇媚、那样的迷人，她的柔和，她那好看而丰腴的肌肤，线条纤细。而且她还有一些顽皮，说起话来非常辛辣或是带着讽刺意味，是那样的无与伦比。厄秀拉全身心地羡慕她。

"为什么你要回家？"她问道。

戈珍知道她在羡慕自己。她从画前直起腰来，从她那曲线优美的睫毛下看着厄秀拉。

"我为什么回来，厄秀拉？"她重复说："我已问了自己一千回了。"
"那你知道了吗？"
"是的，我想我知道了。我认为我回到家里来是为了更好地向前走。"
接着她久久地凝视着厄秀拉，想用她那缓慢的目光看透她。
"我明白了！"厄秀拉大叫，那表情看起来有点迷惑，像是在说谎，就像她还没有明白似的。"但你能往哪儿跳呢？"
"哦，那不是问题，"戈珍用有点超然的口吻说。"只要一个人跳过了围墙，他一定能落到某个地方。"
"但那不是非常危险吗？"厄秀拉说道。
一丝讥讽的笑从戈珍脸上缓缓掠过。
"哈！"她大笑着说："我们都争论了些什么！"接着，她又沉默了，但厄秀拉仍若有所思。
"现在，你回家了，你觉得在家感觉如何？"她问。
戈珍沉默了片刻，有点冷漠，然后冷冷地说：
"我觉得我自己完全不适合这个地方。"
"那么，父亲呢？"
戈珍几乎是用愤恨的目光看着厄秀拉，有些被迫的样子，说道：
"我还没有想过他呢，我禁止自己那样想。"她冷冷地说。
"好啊，"厄秀拉支吾着说。这个交谈真的是该结束了。姐妹两人发现自己面对着一个深不可测的、可怕的深渊，她们就像在边缘探视似的。
她们又继续做着自己的活儿，一言不发。过了一会儿，戈珍的面颊被压抑的情绪弄得通红。她不愿让脸红起来。
"我们到外面去看看那个婚礼好吗？"她最终说话了，口气很随便。
"好啊！"厄秀拉大叫，急切地把手中的针线抛到了一边，跳了起来，像是要逃离某样东西似的。这样一来就显出了紧张的气氛，使得戈珍心里十分的不高兴。
厄秀拉上楼时，留心地看了看这所房子，这就是她的家。但她厌恶这里，这个肮脏、太让人熟悉的地方！她恐怕在自己内心深处是反感这个家的，这周围的一切，整个气氛，还有这种陈旧的生活环境。她的这种感觉令她恐惧。
这两个女孩迅速地来到了贝多弗的大路上，走得很匆忙。这是一条宽阔的街道，路边上，一部分是商店，一部分是住房，完全没有规划过，到处都很肮脏，但看起来并不贫穷。戈珍才从她生活的地方——彻西区和苏塞克斯来，对中部这个小小的煤矿区非常的讨厌，这里真的非常丑陋。她继续向前走着，穿过了整条砾石街道，把这条长长的、肮脏、混乱、没有布局好的大街看了个遍。路人都盯着她看,她觉得真是深受折磨。

她搞不清自己为何要回来,自己为何要来亲自感受这没有格局的、丑陋贫瘠的小城滋味。她为何要使自己屈从于这些让人无法忍受的折磨,这些丑陋的,毫无价值的人和这个没有光彩的乡下小镇呢?难道她还要屈从下去吗?她觉得自己似乎就是一只在泥土里蠕动的甲壳虫,内心中充满了厌恶。

她们从大路上走了下来,走过一片黑糊糊的公共菜园,里面沾满了煤灰的卷心菜根不知羞耻地在那儿立着。没有人为它们感到羞耻,没有人为这所有的一切感到羞耻。

"这里像是地狱中的乡村。"戈珍说道,"矿工们把煤灰带到地面上来,多的可以用铲子铲了。厄秀拉,这真够绝妙的,真的非常绝妙,这是另一个世界。这儿都是盗尸体的,这里的一切都那么的可怕。都是真实世界里食尸鬼的复制品,是鬼的复制品,全都是肮脏不堪的。厄秀拉,这真的会让人发疯。"

两姐妹从一片黑乎乎、肮脏的田野里穿过。左边是一大幅风景画,是一个有星星点点煤矿的山谷,和它相对的山上有麦田和树林,从远处看,一片的漆黑,就像被一层黑绉纱笼罩着似的。坚固的烟囱里冒着白色和黑色的烟,像在黑沉沉的天空中变戏法似的。近在咫尺处有一排排的住房,弯弯曲曲地顺山坡而上,直通到山顶上。

这些房子由暗红色的砖砌成,房顶铺着石板,这些房子看起来不坚固。这对姐妹走的这条路也是布满煤灰的。这是由矿工们的脚不断地踩出来的,路被铁制的栅栏围着,进进出出的矿工们的斜纹厚绒布裤子,把两边的栅栏门磨亮了。现在这两个姑娘走在几排房子中间的路上,这里显得很穷困。女人们把双臂交叉着垂在粗布围裙上,站在这个街区的末端饶舌,用一种未开化人的眼光直直地盯着布朗温姐妹;孩子们则又叫又骂。

戈珍继续走着,眼前的一切让她惊讶。假如这就是人的生活,假如这些人都生活在一个完整的世界里,那么她自己那个世界是什么,这个世界之外?她意识到自己穿着草绿色的长袜,戴着草绿色的天鹅绒帽子,还有柔软的长大衣,也是抢眼的绿色。她觉得自己就像是在云彩上走着,非常的不稳,她的心缩了一下,就像她随时都可能摔倒在地上。她很害怕。

她紧靠着厄秀拉,她可是早已习惯了这种黑暗的、未开化的、充满敌意的世界。但是戈珍的心一直在哭喊,像是正受着苦刑似的:"我想回去了,我想离开这儿,我不想了解这个地方,不想了解这些存在的东西。"但她不得不朝前走着。

厄秀拉能够感觉到她所承受的苦痛。

"你讨厌这个地方，是不是？"她问道。

"这里的一切让我不知所措。"戈珍结巴着说道。

"你不会在这里呆太长时间的。"厄秀拉回答道。

戈珍继续走着，松了口气。

她们走过了矿区，走过了弯弯曲曲的山路，进入了山那边纯净的小村庄，走向威利·格林中学。田野中仍覆盖着一层浅浅的黑煤灰，山上的树林也是如此，在阳光的照射下，闪着黑色的光。这是一个春日，还有些寒意，可也有几线阳光。树篱的根部冒出了一些黄色的花儿，威利·格林的村舍菜园里，黑醋栗的矮树丛已长出叶子了，伏种在石头墙上的油菜，有几朵小白花儿在灰色的叶子中绽放。

她们转过身，从一条高高的坡路上走了下来，走上了一条通往教堂的大路。在路拐角的低处，树下站着一群等着看婚礼的人们。这个区的矿业主，托玛斯·克里奇的女儿和一位海军军官的婚礼将要举行。

"咱们回去吧，"戈珍突然转过身说，"全都是那样的人。"

她在路上有些动摇了。

"别管他们，"厄秀拉说道，"他们都挺好的，都认识我，不会有事的。"

"但是我们必须从他们中间穿过吗？"戈珍问道。

"他们相当的不错，真的。"厄秀拉一边说，一边接着向前走。两姐妹一起接近了那一群心神不安、专心地观看的平民。他们主要是女人，矿工们的妻子，比较无能的那种，她们的脸上露出了警觉的神色，是下层人。

两姐妹紧张地走向大门。那些女人们为她们让开了一条路，可仅仅够人通过，就像是很不情愿地把自己的地儿让出来似的。两姐妹默默地走过了石门，走上了台阶，一个站在红地毯上的警察，一直盯着她们前行的步伐。

"这双袜子值多少钱呀！"从戈珍后面传来了一个声音。听到这个，这个姑娘身上就突然冒起了怒火，猛烈的、能致人于死地的火。她真想把他们全都消灭掉，清除掉，那样这个世界对她而言，就干净多了。她极痛恨在这些人的视线下沿着红地毯，走进教堂的院子。

"我不想进教堂了。"戈珍突然说道，做出了这样一个最后的决定。厄秀拉听了之后，立即停住脚步，转过身走上了一条侧面的小路，这条路通往中学的小侧门，那儿的地界跟教堂的地界是连着的。

她们就从学校大门里面的灌木林穿过，就在教堂的外面，厄秀拉在月桂树下面的低矮的石墙上坐着，休息了一会儿。在她身后，学校的那座红色的高楼静静地耸立着，因为是假日，所以所有的窗户全都敞开着，在她面前的灌木丛对面，就是老教堂苍白的房顶和塔楼。两姐妹被树叶掩住了。

戈珍坐下来了，没有说话，她的嘴紧紧地闭着，她的脸转到一旁。她的确后悔回家来了。厄秀拉看了看她，认为她真是那样惊人的美丽，因为挫败而脸红了。但是她在厄秀拉的心中造成了一种局促感，有一点疲倦。厄秀拉希望单独待着，从戈珍带给她的无法喘息的紧迫感中逃离出来。

"我们要一直呆在这儿吗？"戈珍问道。

"我就休息片刻，"厄秀拉说着，站了起来，像受到了指责似的。"我们到隔壁球场的角落那儿站着，在那儿一切都能看得见。"

阳光正普照着教堂的墓地，空气中弥漫着淡淡的树脂的清香，那是春天特有的，那可能是墓地里的黑紫罗兰散发出的清香。有些雏菊已绽放出洁白色的花朵，像小天使般的可爱。铜色山毛榉树上的叶子呈现出血红的颜色。

整十一点钟，马车到来了。当那辆马车驶过来时，门口的人群就挤在了一起骚动起来。参加婚礼的客人们慢慢地走上了台阶，从红地毯上走过，一直进到教堂里。这一天阳光明媚，他们都非常的高兴。

戈珍带着客观的好奇心，认真的盯着他们看。她把每个人都从上到下打量了一番，把他们看做书里的某个角色，或是画里的一个形象，或是剧院里用线牵着的木偶，总之，完整地观察他们。她爱去识别他们各种各样的特征，从中看出他们的真实面目，给他们设置各自的环境，当他们从她眼前经过，去教堂时，她就为他们下了永久的定论。

她了解他们了，对她而言，他们都是完成了的作品，虽然是未知的，但也是打上了烙印的完整的人。克里奇家的人出现的时候，就没有任何未知、无法解决的问题了。这使她产生了兴趣，她觉得这儿的某些东西是不能轻易就提前定论的。

那边走过来一位母亲，克里奇太太，和她的长子杰拉德。虽然为了这样的一个日子，她明显地打扮了一番，可依然能看出，她的形象仍不整洁的让人不舒服。她的脸色苍白，有点发黄，但皮肤晶莹剔透，身体有点前倾，轮廓分明，长得还算好看，看上去像是要聚集力量勇往直前地捕捉些什么。她满头的白发，十分的不整齐，几丝头发从绿绸帽中掉了下来，飘落到她的墨绿色的褶皱纱衣上。她看起来像是一个患偏执狂的女人，有几分的神秘，但也非常的高傲。

她儿子的肤色本应是白皙的，可却被太阳晒黑了。他个头中等偏高，体形很不错，穿着几乎讲究的有些过分了。但是他的神情带着警戒和怪异，脸上不自觉地闪着光亮，他和周围的人就像不是同一类似的。戈珍的眼睛立刻就盯上了他，他身上的某种北方人的特色使她着迷。他那北方人特有的白皙的肌肤，还有那金黄色的头发，像透过冰折射出的阳光似的在闪烁。他看起来是那样的新奇，一点也不做作，纯的就像北极的东西似的。可能他已有三十岁了，可能更大一些。

　　他魅力四射，很有男子味，像是一只脾气温和、面带微笑的幼狼。但这些没有使她失去判断力，她仍很冷静地看出，他的沉静中潜伏着危险，他那扑食的习性是不可能改变的。"他的标识是狼，"她在心中重复着这句话。"他母亲是一只从不顺从的老狼。"此时，她欣喜若狂，似乎她有了一个惊人的发现，这世上的其他人都不知道。她的心被狂喜占据了，因这种猛烈的感情，一时间全身的血管都涨起了。

　　"仁慈的上帝！"她在心中叫道，"这是怎么啦？"接着过了一会儿，她又充满自信地说，"我对那个人要了解的更多一点。"她还要再见他，她被再见到他的愿望折磨着，一定要再见到他，这种感觉就像乡恋似的。她肯定，这并不是一个错误，她并没有欺骗自己，她真的是因为他的缘故，才产生了这种奇怪的、无法抵抗的感觉。她从本质上了解了他，对他非常的理解。

　　"我是不是真地选上了他？是不是真有一些苍白的、金色的北极光把我们包在了一块儿？"她问自己。她无法相信，她依然在思索着，几乎对周围发生的一切没有意识了。

　　女傧相已经到了，但是新郎还没有到。厄秀拉想知道是否出了什么差错，这场婚礼很可能全盘弄砸。她心里有些不平静，就像是这一切都取决于她。主要的女傧相们都来了，厄秀拉看着她们踏上了台阶。其中的一个她认识，她高高的，行动迟缓，留着金色的长发，长长的、苍白的脸，是个难相处的人。她是克里奇家的一位朋友，名叫赫麦妮·罗迪斯。

　　现在，她向前走着，昂着头，头上戴着淡黄色的、天鹅绒宽边帽，帽子上还插着几根天然的灰色鸵鸟毛。她飘飘然地走过，像是对周围的一切毫无察觉，长长的、苍白色的脸抬了起来，没有向四周看。她很有钱，今天穿着一件淡黄色的薄天鹅绒长裙，如丝般的柔滑，手里拿着一束玫瑰色的仙客来花，鞋和袜子的颜色也是暗灰色的，就像帽子上羽毛的颜色。她的头发非常浓密。飘然而过的时候，总是把臀部收紧，比较特别，一种独特的不自在的举动。

　　她穿的衣服是由可爱的淡黄色和暗灰色搭配起来的，非常耀眼，人也漂亮，可是有些可怕，也有点叫人讨厌。她经过的时候，人们都不说话了，像是被她迷住了，随后他们又激动起来了，想嘲弄一下，但为了某种原因又沉默了。她那苍白色的长脸扬的很高，有点儿罗塞蒂的风格，像是有些麻木，好像在她黑暗的内心深处，有许多奇怪的想法汇聚在一起，让她始终找不到办法逃脱出来。

厄秀拉看赫麦妮看得都有些入迷了。她知道她的一点点的情况。赫麦妮是中原地区最出色的女人，她的父亲是德比郡的一位男爵，是个旧派人物，可是她却属于新派，充满了智慧，有非常独特的个人思想。她对革新非常的感兴趣，她的心全用到了公众事业上。但她仍然是一个男人的妻子，还是被男权世界控制着。

在精神上和心灵上，她和各种各样有才能的男人都有着暧昧关系。厄秀拉只知道，他们当中的一位，卢伯特·伯金，是这所学校的监察员。不过戈珍在伦敦认识他们中的另一些。她和她的艺术家朋友们在不同的社交圈中出出入入，已经结识了不少有名声、有地位的人。她遇到赫麦妮两回，但她们两人并不喜欢彼此。在城里，各式各样的朋友家中，她们是以平等的身份认识的，现在她们如果在这儿相遇会非常的不舒服，因为她们的社会地位这么悬殊。戈珍一直是社会上的成功者，她的许多朋友都是接触点艺术的贵族。

赫麦妮清楚自己穿得非常考究，她清楚在威利·格林，只要不是太过于高傲，自己能平等地同所有的她想认识的人交往。她清楚，在文化界和知识界，她是得到认可的，她是文化和思想的传播媒介。不管是在社会上，或是在思想上，甚至在艺术上，她处的都是最高的位置，她是处在最高层次上的，她能在最重要的人物中间走动。在家里和他们在一起，没有人能把她比下去，没谁能嘲笑她，因为她处在最高处，而那些想和她作对的，都在她的下面，在等级上、财富上，或者是层次较高的思想交流，思想发展，以及理解力上都比她低。所以她就是无懈可击的。她一直在追求无懈可击，不受侵犯，做的一切要超出世人的判断力。

可她的心正被折磨着，这是暴露在外的。尽管在通向教堂的路上，她走的是那样的自信，确信粗俗的评判对她没有丝毫的伤害，极清楚地知道自己的形象是完美的、属于第一流。可她仍忍受着折磨，在她的自信和骄傲下面，实际上，她觉得自己布满了伤口，被人嘲笑和轻视。她一直认为自己容易受到攻击，在她的盔甲下一直都有一个秘密的伤口。她不清楚这究竟是什么。事实上，这因为她缺少强有力的自信，她没有本性的自负感。她仅仅有一个可怕的、空洞的灵魂，是缺乏生命力的。

她希望有人能填补她的不足，永远结束这种状态。所以她渴望得到卢伯特·伯金。当他在她身边时，她就觉得自己完整了，她是一个整体了。而剩下的时间里，她就觉得自己像是立在沙子里，建在裂缝上的房子。虽然她虚荣，想美化自己，可是任何一位自信、脾气倔强的普通女仆，都能用轻微的嘲弄和轻视把她扔到无底深渊，让她觉得自己没有能力。可这位忧郁、受着折磨的女人始终很上进，用美学、文化、世界观和无私精神来为自己树立防卫设施。但她从来没有能塞住这个可怕的缺口，总觉得自己有不足的地方。

只要伯金能跟她保持着密切且持久的关系，那么赫麦妮在人生这个会遇到波浪的航程中，就会觉得安全。他能让她觉得可靠，觉得洋洋得意，能够战胜天堂的天使。只要他能这样做！可她现在却被恐怖与疑虑折磨着。她把自己打扮得很美，努力达到那美和优越的程度，使他能对此深信不疑。但是她却没有能力做到。

他也不平凡。他把她打败了，他总是把她打败。她越是想把他拉近，他就把她击退的越远。但是这几年来，他们竟始终爱着对方。噢，这是那样的令人厌烦，那样的叫人痛苦，她是如此的劳累，但是她仍然十分自信。她知道他竭力想离开她，她知道最终他是竭力想把她放弃掉，但是她仍然相信自己有力量能留住他，她相信自己更高的学识。他自己的学识也很高，但她则是真理这块试金石的正中心，她只想着他能和她站在一起。

而这种，而这种和她的结合，曾经也是他最大的愿望，可他现在像一个任性的孩子，有着不正当的想法，想否认这种关系。他像一个任性倔强的孩子，想把他们俩之间的神圣关系打破。

他会出现在这场婚礼上的，他要来作男傧相。他会在教堂里等待。他知道她会来，当她穿过教堂的大门时，突然地想到了这一点，她紧张地忧虑起来，也带着希望。他会在那儿的，他准会看到她穿得是多么的漂亮，他一定能看出，她是为他把自己打扮得这么美的。他会懂的，他能看出，她为了他，把自己打扮得有多么的漂亮，是第一流的，她之所以这样，是为了他。最后，他一定能认可自己最好的命运，他是不会拒绝她的。

向往使她疲倦地轻微痉挛了一下。她走进教堂，缓缓地朝左右看着，寻找着他，她苗条的身体激动地颤动着。作为男傧相，他应该在祭坛旁边站着。她缓缓地、自信地把目光投向那儿，可心里面仍有些怀疑。

可他并不在那儿，她像经历着一场可怕的暴风雪，仿佛她已经溺死了。毁灭性的绝望感使她疯狂。她机械地走向祭坛。她从来不知道有这样绝对的痛楚，最终的绝望，它比死还可怕，那种感觉是如此空旷、荒芜。

新郎和新郎的伴郎仍然没有来。外面的人越来越惊慌失措。厄秀拉觉得这几乎是自己的责任。她无法忍受新娘到了，但是却没有新郎。这场婚礼一定不能惨败，一定不能。

新娘的马车来了，上面被缎带和花结装饰着，欢快的灰马向教堂的大门奔去，欢笑贯穿着这整个过程，这是一切笑声与欢乐的核心。马车的门打开了，今天这朵特别的花儿就要绽放了。

路上的人们聚集在一起，有点儿不满地小声嘀咕着。

那天早上，那位父亲最先从马车里走出来，像是一个阴影。他是一个又高又瘦，饱经忧患的男人，细细的黑胡须已有些花白了。他忘我而耐心地在马车的门外等着。

在车门打开的那一瞬间，车里美丽的树叶和鲜花撒落出来，还有一条白色缎带也飘了下来，一个欢快的声音说道：

"我该怎样出去呢？"

这在期待的人群中激起了一片满意的议论。大家靠近车门来迎接她的到来，眼巴巴地看着她垂下的头，那一头金发上沾满的花蕾。以及那只小巧的白色小脚试探着踩在马车的车梯上，一阵突如其来的雪浪般的冲击，接着新娘像作冲浪运动似的，像一股白色的激流冲向了树荫下的父亲，面纱中洋溢着笑声。

"这样就好了！"她说道。

她用手挽住了极为疲惫、面带菜色的父亲，轻轻的白纱在来回地荡着，她走向了永恒的红地毯。脸色微黄的父亲没有说话，他的黑胡须使他看起来更加的饱经忧患了。他迈着很快的步伐走上了台阶，似乎头脑里一片空虚，可和他结伴而行的新娘却始终在不停地笑着。

但是新郎仍然没有到达！厄秀拉对这个真的是无法忍受。她的心因焦虑而紧缩着，她看着远远的山，期待着在那白色的下山路上，新郎的身影能出现在她的视线中。那儿有一辆马车，正朝这边奔来，已经进入了人们的视线。是的，那是他。厄秀拉立即转过身，面向着新娘和那群人，从她所站的高处朝人们大喊了一声。她想通知人们，新郎到了。但是这个喊声是心中发出的，没有人能听见。因而她深深为自己退缩、没有实现心愿感到脸红。

马车慌乱地向山下驶来，而且越来越近了。人群中有人呼喊起来。那个刚到达台阶顶端的新娘，欢快地转过身子想看看究竟发生了什么，她看到人群中有一阵的混乱，一辆出租马车停下来了，而她的爱人从马车上跳了下来，躲开那几匹马，挤入那一群人中。

"梯普斯！梯普斯！"她在高处站着，在阳光下兴奋地挥动着花束，滑稽地喊叫着。而他正拿着帽子，正在人堆里向这边挤，没有听到她的喊叫声。

"梯普斯！"她看着下面的他，又喊了一声。

他毫无意识地向上看了看，看到新娘和她的父亲站在上方，一丝奇怪的、惊讶的神情从脸上掠过。他犹豫了一会儿，然后竭尽全力地跨越了一步，扑向她。

"啊——哈!"她怪异的叫了一声，似乎反应了过来，随后惊跳起来，转过身子跑了。她用难以置信的速度向教堂跑了过去，白鞋在地面上稳健地敲打着，白礼服也擦着地面。这个青年像一个猎人似的，紧紧地在她后面追着，他欢快地从她父亲身旁跳过，丰硕的腿和臀部不停地扭动着，就像追击猎物的猎人似的。

"呵，跟着她!"下面那些粗俗的女人突然大叫了起来，也突然加入到这项运动之中。

新娘的花束还在手里握着，她在教堂的一个拐角处停住了。然后她看了看身后，大笑了起来，那笑声中充满了挑战意味，然后她转过身，在那个地方站稳。而这时，新郎紧跟了过来，弯下腰，一手抓住那静静的石头墙角，飞身旋转过去，接着，他的身影和丰硕的腰腿都消失到人们的视线之外了。

门口的人群马上发出了一阵惊呼。随后，厄秀拉又注意到了那黑黑的、有点儿驼背的克里奇先生，他仍站在原来的地方等着，脸上一点表情都没有，看着他们飞奔到教堂。这些都结束了，他才转过身，看了看在他身后的卢伯特·伯金，伯金立刻走上前，和他站在一起。

"我们殿后吧。"伯金说着，一丝淡淡的笑从他脸上掠过。

"好!"父亲简洁地回答说。两个人转过身，沿那条路走了上去。

伯金和克里奇先生一样，都很瘦，苍白的脸上露出些许病容。他骨架窄小，但体型很好。他走路的时候，一只脚有意地拖地，虽然他的穿着正适合他的角色，但是这身衣服与他天生的气质不协调，所以看起来很可笑。他天生就机灵，但总是形只影单，不适应这种正式的场合，但他又要屈从于这庸俗的观念，使他自己更加滑稽。

他装成普通人的样子，他做得相当的成功，他能很好的说着普通人的话，可以快速地调整自己，使自己适应对话人和自己所处的环境，从而成功地达到了和其他普通人没有任何区别的地步。他这样做通常能够博得旁观者片刻间的好感，从而消除他们攻击他一个人的敌意。

此时，他一边向前走，一边愉快地、轻松地和克里奇先生交谈着。他总是把他的处境看成是一个走钢丝的人，尽管始终走在钢丝上，但仍装出一副悠闲轻松的样子。

"我对我们如此晚才来，表示歉意。"他说，"我们没法找到钮扣钩，花了很长的时间，我们才扣好了靴子上的扣子。但你们一定是准时到的吧。"

"我们总是守时的，"克里奇先生说。

"但我却总是迟到,"伯金说,"但我今天确实是想严守时刻的,却因出现意外而没能准时,我深表歉意。"

这两个人也走出了视线,此时,再没有什么值得看的了。厄秀拉便思量着伯金,他激起了她的兴趣,使她着迷,也让她苦恼。

她想了解他更多一些。她仅仅和他说过一两次话,那是他到学校来,执行他作为学校监察员的责任时。她觉得他似乎看出了两人之间的暧昧,一种自然的、默许的理解,他们是有共同语言的。但是没有时间发展这种理解。有某些东西让她和他产生距离?就像他对于她的吸引力似的,那是一种敌意,藏着某种不能突破的拘束、冷淡,让人难以接近。

但她仍然希望能了解他。

"你怎么看待卢伯特·伯金?"她有点不情愿地问戈珍。她其实并不想讨论他。

"我是怎么看他的?"戈珍重复道,"我觉得他是有魅力的,绝对有魅力。但我无法忍受他对待其他人的方式。他对任何一个小傻瓜都是那样的,就像她是他最关心的人。这一点叫人有一种被骗的感觉。"

"他为什么要那样做?"厄秀拉问道。

"因为他没有真正的鉴定人的能力,对任何人,任何事都是如此。"戈珍说,"我告诉你,他对待任何一个小傻瓜都会像对我、对你那样,这就是一种凌辱。"

"哦,正是如此,"厄秀拉说,"一个人必须有判断力。"

"一个人必须有判断力。"戈珍重复说,"不过在其他方面,他倒是一个好人,他绝妙的个性。但是你不能信任他。"

"是的,"厄秀拉含糊地说。厄秀拉总是不得不同意戈珍的评论,甚至当她同戈珍的观点并不一致时也是如此。

两姐妹坐在那儿,等待出席婚礼的人出来,她们没有说一句话。对于谈话,戈珍显得不耐烦了,她想去思量一下杰拉德·克里奇,她想领会一下她对他产生的强烈感情是不是真的。她希望自己能有所准备。

教堂里面,婚礼正举行着。但赫麦妮·罗迪斯想的只有伯金。他就站在临近于她的地方,她像是受到他身上的某种东西的吸引,想向他靠近一些。她非常渴望能抚摸他,如果她不摸他,她就不能肯定他就在附近。可她最终还是忍到了婚礼结束。

他没来之前,她觉得十分痛苦,一直到目前,她仍然觉得有点头晕。她的神经仍忍受着他的折磨,为他在精神上对她熟视无睹而痛苦。她像是在一种模糊的极度兴奋中等候着他,精神深受折磨。她焦虑地站在那儿,脸上那沉醉的神情使她看上去像天使,其实那都是痛苦造成的。这种神情使她显得非常动人，伯金不禁辛酸起来，他的心被同情撕裂了。

他看到她的头低了下去，那心醉神迷的神情几乎让人着魔。她感觉出他在看她，因而扬起了她的头，追寻着他的目光，她那美丽的灰眼睛闪烁着，朝他发出了一个信号。但他却躲避着她的目光，因而她低下头去，感到痛苦羞耻，心在不断的疼痛着。他也深受着羞耻、厌恶和对她深切的怜悯的折磨。他不想遇上她的目光，不愿接受她眼中闪烁的致意。

新娘和新郎的结婚仪式结束了，客人们进入了小礼拜室。赫麦妮情不自禁挤过来碰了碰伯金，而他对此容忍了。

在教堂外面，戈珍和厄秀拉倾听她们的父亲弹奏着风琴。他总是喜欢弹奏婚礼进行曲。看，那已婚的一对儿出来了！钟声敲起，就连空气都被震得发抖。厄秀拉想知道，树和花儿是不是也能感觉到这颤动，对于空气中这奇怪的颤动，它们在想着什么？新娘挽着新郎的胳膊，看起来非常端庄，新郎凝视着前面的天空，下意识地眨了眨眼睛，就像他既不在这里，也不在那里。他眨着眼睛想进入到这个场景中，但被这一群人围观感到非常的难受，那样子有点儿好笑。他看起来是一位典型的海军军官，有男子气概，并且忠于职守。

伯金和赫麦妮一起走着。她看起来是那么的专注、得意，像一位掉入凡间的天使又恢复了天使身份，但仍然像是着了魔似的。此刻，她挽住了伯金的胳膊，而他则毫无表情，并不反抗，好像这就是他毫无疑问的命运。

杰拉德·克里奇过来了，他的肤色白皙，长得好看、健壮，浑身都储存着巨大的力量。他身架挺直，体型完美，亲切的态度和幸福感使他的脸闪着奇特的光。此时，戈珍突然站起来走开了。她不能忍受这个，她想独处一下，去领会一下这前所未有的强烈感受，它使她整个人的气质都改变了。

第二章 肖特兰兹

布朗温家的两姐妹回到了贝多弗家中，出席婚礼的人们则聚集在肖特兰兹的克里奇家。它处在又窄又小的威利湖对岸，沿着山的一面斜坡，排着长长的一排房屋，房子很低，且很古老，很像庄园。肖特兰兹的下面有一片缓缓下斜的草坪，在那上面长着几棵孤独的树，那里或许是一个公园，草坪前面有一个狭窄的湖。草坪和湖泊的对面，和肖特兰兹相对着的远处有一座长满绿树的小山，那山把那边有许多煤矿的山谷掩住了，但却没有挡住煤矿里升起的黑烟。但无论如何，这种景象有点像田园风情的风景画，美好而又娴静，建在这里的这座宅子是相当有吸引力的。

此刻，肖特兰兹被克里奇的家人和出席婚礼的客人塞满了。父亲不太舒服，先退下歇息去了，这样一来，杰拉德便成了主人。他站在朴素的门廊上，迎接男宾客，友好而又从容。他几乎从他的职责中享受到了乐趣，他微笑着，相当的盛情。

女仆们被这个家里三位已出嫁的女儿驱使得到处乱转，她们都快迷失方向了，场面有点儿混乱。你始终能听到这个或是那个克里奇家的女人那特有的命令声：“海伦，来这儿一下。”"麦泽莉，我要你到——这里来。""哎哟，我说惠特曼太太——"客厅里裙裾擦动发出"沙沙"声，还有穿着考究的女人们匆忙而过，一个孩子在屋里来回地跳舞，还有一个女仆来回慌乱地忙着。

其间，男人们则平静地一小群一小群地聚在一起，吸着烟、聊着天，装作对女人世界那忙乱情景视而不见。但他们却不能真正地聊天，他们看着那些异常兴奋的女人，聆听她们那冷冷的大笑和不断的谈话声。他们等着，心神不安，觉得有点儿无趣。但杰拉德仍保持着那亲切快乐的样子，觉察不出他是在等人还是在闲着，仅仅了解他是这个场合的轴心。

克里奇太太突然无声无息地进来了，沉静、线条分明的脸向四周探视着。她依旧戴着帽子，穿着她那蓝色褶拖纱上衣。

"有什么事，母亲？"杰拉德问。

"没事,没事!"她含糊地回答说。随后她就径直走向伯金,他正在和克里奇家的一个女婿闲聊着。

"你好,伯金先生,"她用低沉的声音说道,像是并不重视其他的客人。她一边说着,一边把手伸向了他。

"噢,克里奇太太,"伯金从容转过身来回应她,"刚才,我可是无法接近您呢。"

"这儿有一半的人,是我不认识的,"她依然用低沉的声音说。她的女婿此时不安地闪到旁边去了。

"那么,您不喜欢陌生人吗?"伯金笑着说,"我自己向来不理解一个人为什么要考虑那些偶然和他同处一室的人,我为什么要去认识他们?"

"就是!就是!"克里奇太太压低了声音,有点紧张地说。"除了在那儿的那些人。对于在这所房子里的人,我都不认识。孩子们把他们介绍给我说:'母亲,这是某某先生。'我就没有更深的了解了。某某先生跟他的名字有何关系?我和他或是他的名字又有何关系?"

她抬起眼睛看了看伯金,她让他吃了一惊。她能来和他交谈,这已让他相当满足了,因为她几乎不把任何人放在眼里。他低头看了看她那张神情紧张、线条分明的脸,但他害怕凝视她那双阴沉的蓝眼睛,因而他移开目光,看了看她的头发。在她那漂亮的耳朵上方,头发松松地、懒散地盘了起来,头发不很洁净。她的脖子也并不怎么干净。即使是这样,他看起来还是被她吸引了,而不是被其他人。但是他心里想着,自己应该经常好好地洗一洗,无论如何,脖子和耳朵要经常洗。

想到这儿,他微微地笑了笑。不过他还是相当紧张,觉得他和这个陌生的老女人就像叛国者和敌人那样,在别人的营帐里说着话。他就像一只鹿,把一只耳朵甩到后面,而另一只则伸向前去探寻前面有什么。

"其他人并不是真正的问题。"他说着,不愿意再继续说下去。

这位母亲突然抬头看着他,带着深深的疑问,像是在疑心他的真诚。

"你的'问题'是什么意思?"她刻薄地问道。

"其实有许多人根本就不重要,"他答道,不得不把话题进一步引深,"他们还在有说有笑呢,最好把他们全都清除出去。本质上说,他们并不存在,他们没有在那儿。"

在他说话的时候,她一直目不转睛地盯着他。

"不过我们并没有想着他们呀!"她尖刻地说。

"没有什么可去想的,这就是为什么他们不存在。"

"咳,"她说道,"我还想不到那一步。他们在那儿呆着呢,无论他们是不是存在,这并不是留给我决定的问题。我仅仅知道,他们别指望我把他们放在眼里。你不要指望我认识他们。因为他们只不过是在这儿存在着,在我看来,他们在不在这儿都一样。"

"的确是这样,"他回答说。

"是吗?"她又问。

"没有任何妨碍,"他重复说。接下来,他们都沉默了一会儿。

"他们来了也不算数,真是讨厌的东西。"她说道,"那边是我的女婿们。"她像在唱独角戏地说道,"现在劳拉也结婚了,又多了一个,我真的没法分清哪个是约翰,哪个是詹姆士。他们来到我跟前,称我为母亲。我知道他们准备说些什么——'你好吗,母亲。'我应该说,'我无论如何也称不上你们的母亲。'但是有什么用呢?他们还是在那儿。我有我自己的孩子,我想,我还是能辨认出哪个是我的孩子,哪个是另一个女人的孩子。"

"一个人就该如此,"他说道。

她有点感到惊讶地看着他,可能她已忘记了自己是在和他说话。她的思路被打断了。

她不经意地朝房间四周看了看。伯金无法猜出她在找寻些什么,也不知道她在想些什么。显然,她注意到了自己的儿子们。

"我的孩子们都在这里吗?"她突然问他道。

他笑了起来,很吃惊,也许是害怕。

"我几乎不了解他们,除了杰拉德。"他回答说。

"杰拉德!"她喊道。"他是他们当中最不中用的一个。你决不会想到吧,对吗?"

"不会吧,"伯金说道。

母亲远远地看着她那最年长的儿子,沉重地凝视了他一会儿。

"喂,"她令人无法理解地发出了这样一个音节。这一声就像是在愤世嫉俗,伯金觉得害怕,他好像不敢去理解这个含义。克里奇太太离开了,忘记了他,但她又马上顺原路回来了。

"我非常希望他有一个朋友,"她说,"他从来都没有一个朋友。"

伯金低头看着她的眼睛,它是那么的蓝,目光是那么的凝重,他无法理解那目光的含义。"我是不是我弟弟的监护人?"他小声地对自己说道。

接着,他回忆起来,那是该隐的叫声,他稍稍有些震惊。杰拉德就是再世的该隐。当然他并不是该隐,不过他的确杀死了自己的弟弟。但那只不过是意外,因而他也没有对杀死弟弟而负责。那是杰拉德小的时候,在一次意外事故中,他把自己的弟弟害死了。只不过是这么一件事吗?为何要用事故的原因,给生活打上罪恶的烙印,并且还要诅咒生活呢?

一个人能够偶然活在世上，也能偶然地死去，或者不是这样？每个人的生活是不是要完全取决于偶然因素？他的生活难道只和种族、种类与物种有着普遍的关系吗？或许这不是真的，难道就没有纯属意外事件这种说法了吗？是不是发生的所有事都有普遍意义？是不是？伯金站在那儿沉思着，把克里奇太太忘掉了，就像她把他忘记了一样。

他决不相信有偶然这种东西。从最深层次的意义上讲，它们都是交织在一块儿的。

正当他得出这个结论的时候，克里奇家的一个女儿走了过来，说道：

"亲爱的母亲，您能不能来一下，摘掉您的帽子，嗯？我们马上就要坐下来用餐了，这是个正式的场合，亲爱的，是不是？"说着她用胳膊挽起了母亲，然后走了。伯金马上走过去和最近的一个男人谈起话来。

开始用餐的铜锣敲响了，那些男人们抬起了头，但没有一个人朝餐厅走去。房间里的女人们，觉得这铜锣的声音和她们没有关系。过了五分钟之后，老仆人克罗瑟焦虑地走到门口，求助地看了看杰拉德。杰拉德抓起了放在架子上的那只弯曲的大海螺壳，没有向任何人打招呼，就吹出了一声震耳欲聋的声音。它发出了奇特的、鼓舞人的声音，人们的心都因之而颤动了。这个招唤几乎是不可思议的，所有的人都开始跑了起来，就像听到了一个信号，接着人群就都向餐厅拥了过去。

杰拉德等了一会儿，等妹妹来做女主人。他很清楚他的母亲一点也不会关心她的责任。但他的妹妹却只是挤到了她的座位上去。因此这个年轻人只得有点过于专横地把客人们引到他们的座位上去了。

所有的人都看着上餐前小吃，出现了片刻的安静。恰在这个安静的时刻，一个十三四岁的女孩子，她那长长的头发都垂到背上了，她用一种平静而沉着的语气说道：

"杰拉德，你弄出如此可怕的声音，你把爸爸给忘了。"

"是吗？"他回答道，然后又对大家说道，"父亲正躺着呢，他有点不舒服。"

"他究竟怎么样了？"一位已经结了婚的女儿问道，眼睛却盯着堆在桌子当中的那块巨大的结婚蛋糕，蛋糕上面落下一些假花。

"他没病，不过觉得有点累了。"温妮弗莱德回答道，她就是那个长发垂到背上的女孩。

酒已经倒满了，所有的人都正吵吵嚷嚷地说着话。在远远的桌子的尽头坐着母亲，仍是一头松散的头发。她跟伯金坐在一块儿。有时候她就使劲瞪一眼那一排排面孔，向前探着头很随便地目不转睛地看着，然后，她就用一种低沉的声音问伯金。

"那个年轻人是什么人?"

"我不清楚,"伯金小心地回答道。

"我过去见过他没有?"她问道。

"我觉得没有,我未曾见过。"他回答说。而她就满意了。她的眼睛疲惫地闭上了,一种安详的神态出现在她的脸上,她看上去就跟一位正在休息的女王一样。接着她又睁开眼,一种上流社会人物的微笑出现在她的脸上,有好一会儿她看上去就跟一位令人愉快的女主人一样。她优雅地俯下身去,好像每个人都很受欢迎,都很高兴。接着阴影马上就又回来了,一种愠怒、鹰一样的神情出现在她的脸上,就象一头险恶的走投无路的野兽一样,眉毛下露出凶光好像是憎恨所有的人。

"妈妈,"迪安娜喊道,她是一个很美丽的姑娘,比温妮弗莱德年龄大些,"我可以喝点酒,对吗?"

"对,你可以喝酒,"母亲机械地回答道,因为她一点都不关心这个问题。

于是迪安娜召唤那男仆把她的杯子倒满。

"杰拉德不应该禁止我的,"她平静地对在座的那些人说道。

"行了,迪,"她的哥哥亲切地说道。而迪安娜一边喝着酒,一边挑战般地扫了他一眼。

那儿有一种很奇怪的自由,几乎处于一种无政府的状态了。这与其说是随意,还不如说是对权威的一种抵制。杰拉德有一些支配权,仅仅是因为他有压倒别人的性格,而不是因为任何特殊的地位。他的声音和蔼,可又很有支配力,那就吓住了其他的人,她们都比他年轻。

赫麦妮正跟新郎讨论民族问题。

"不,"她说道,"我觉得提倡爱国主义是一种错误,那就跟一家商行和另一家商行之间的竞争一样。"

"噢,你是不能那样说的,对吗?"杰拉德大声说。他是一个喜欢争论的人。"你不应该将一个种族说成一种商业关系,对不对?而我觉得,民族大约就相当于种族,我认为它的意思就是这个。"

于是就出现了片刻停顿。杰拉德跟赫麦妮总是非常奇怪,却又很客气,他们相互有敌意,而又势均力敌。

"你认为种族与民族是相等的吗?"她沉思地问道,一点表情都没有,口气也有点犹豫。

伯金很清楚她正在等着他参加进去,于是他很忠实地说了起来:

"我认为杰拉德是正确的,种族是民族的最基本的因素,最起码在欧洲就是如此。"他说道。

赫麦妮再一次停了下来，好像想让这种见解冷却一下。

接着，她就说出了一个奇怪的权威性的假定：

"对，可即使是那样，那么提倡爱国主义就是在提倡种族的本能了？难道那不正是在提倡那种占有财富的本能，那种商业的本能？难道这就是我们所说的民族？"

"也可能吧，"伯金说道，他觉得这种讨论在地点上有点不合适，时间上也不合适。

但现在杰拉德已经有了争论的迹象。

"一个种族可以有其商业性的方面，"他说道，"实际上，它一定得这样，这就像一个家族，你一定要准备供应品。为了准备供应品，你就只有与其他家族争斗，跟其他民族争斗。我不明白你为什么不这样。"

赫麦妮再一次停了下来，显得很专横，而且很冷漠。后来她回答道："对，我认为惹起敌对的情绪是错误的，那是会造成仇恨的。而且仇恨还会积累起来。"

"但是你也不能完全取消竞争精神吧？"杰拉德说道。"那是生产和进步很需要的一种动机。"

"对，"赫麦妮无所谓地回答道，"我认为没有它也可以。"

"我必须说一下，"伯金说道，"我很讨厌竞争精神。"赫麦妮正在吃一片面包，就以一种缓慢而可笑的动作，用她的手指将它从她的牙缝里面拉了出来。她朝伯金转了过去，

"你真的痛恨它，是的。"她亲昵而满意地说道。

"讨厌它，"他重复道。

"是的，"她自信而又满意地小声说道。

"但是，"杰拉德坚持道，"你不准一个人抢去他邻居的生计，那么，你为何允许一个民族从另一个民族那儿抢去生计呢？"

赫麦妮小声地嘟囔了好久之后，她才用一种简洁而漠然的口气说道：

"那通常都是一个有关财富的问题，是不是？可那也并非全都是财富的问题吧？"

杰拉德被这种庸俗唯物主义的含义给激怒了。

"对，多多少少是那样，"他反驳道，"我要是从一个人的头上拿下他的帽子，那顶帽子就成了自由的象征。当他为了他的帽子打我的时候，他就是在为他的自由而打我。"

赫麦妮不知道该怎么办了。

"对，"她生气地说道，"但是，通过假想事例来争论的办法应该不是真诚的，对吧？一个人不会过来把我的帽子从我头上拿走的，对不对？"

"那只是由于法律制止了他。"杰拉德说道。

"不只是这样,"伯金说道,"一百个人中有九十九个都不想要我的帽子。"

"那是一个看法的问题。"杰拉德说道。

"也许是帽子的问题吧。"新郎笑了起来。

"要是真像你说的那样他想要我的帽子,"伯金说,"我敢肯定地说,我会决断,对我来说,哪个损失更大,是我的帽子还是我的自由。我是个自由的无牵无挂的人。要是我被逼去打架的话,我就失去后者。这是个哪一样对我来说更有价值的问题,是我行为的自由,还是我的帽子。"

"是的,"赫麦妮很奇怪地看着伯金说道,"是的。"

"不过,你会让什么人来把你的帽子从头上抢走吗?"新娘问赫麦妮道。

这位高大、身板直挺的女人慢慢地转过身来,好像对这位新的说话人很麻木。

"不,"她用一种低沉而野蛮的声音回答道,那里面好像包含着吃吃的笑声。"不,我不会让任何人把帽子从我的头上拿下来的。"

"那你如何防止这事呢?"杰拉德问道。

"我也不清楚,"赫麦妮慢慢地回答道。"也可能我会杀死他,"

在她的语气里面有一声很奇怪的笑声,在她的举止中也有一种威慑而令人信服的幽默。

"当然,"杰拉德说道,"我能理解卢伯特的观点。对他而言,问题在于他的帽子和他心灵上的安宁哪一个更重要。"

"身心的安宁。"伯金说道。

"好吧,你爱怎么说都行,"杰拉德说道,"但是你如何以此来解决一个民族的问题呢?"

"上帝保佑我,"伯金笑了起来。

"对,但假如你必须去做呢?"杰拉德坚持道。

"那就是一样的了。要是民族的王冠是一顶旧帽子,小偷就能把它拿走。"

"但民族或者种族的王冠能是一顶旧帽子吗?"杰拉德坚持说道。

"绝对是的,我相信,"伯金说道。

"我就没有那么肯定,"杰拉德说道。

"我并不同意这个,卢伯特,"赫麦妮说道。

"好吧,"伯金说道。

"我非常赞成民族的王冠是顶旧帽子的说法。"杰拉德笑了起来。

"你戴着它就跟一个傻瓜似的。"迪安娜嚷了起来。她是他冒冒失失的妹妹,才只有十几岁。

"噢,我们都很难弄懂这些旧帽子。"劳拉·克里奇叫了起来,"现在嘴都干了,杰拉德,我们就要祝酒了,咱们来祝酒吧。祝酒——杯子,杯子——现在,好了,祝酒!祝酒词!祝酒词!"

伯金看着他的杯子被人倒满了香槟酒,还在思考着有关种族和民族灭亡的问题。泡沫溢出了酒杯,倒酒的那个人往后一撤。一看到那新鲜的酒,伯金突然觉得很干渴,就把杯子的酒喝光了。房间里的气氛弄得他心情很烦躁,他觉得非常压抑。

"我是偶然才那样,还是有目的的?"他问自己道。他判定,用一个庸俗的短语来说,他那样做是因为"偶然的目的性"。他看了看走过来的男仆,发现他走路的时候悄无声息,而且很冷淡,带着侍从那样的不满。伯金觉得他很讨厌祝酒,还有男仆,集会,和人类的很多方面。后来他就站起来祝酒,但是不知道怎么回事他觉得很厌烦。

最后,这顿饭总算结束了。一些男人闲逛着来到花园里。那儿有一块草坪,还有一些花坛,花园边上隔着一道铁栅栏。这儿的景色很宜人,一条公路绕着山下的湖泊蜿蜒而至,就在树荫下面。在这春天的空气里,水波闪着微光,而对面的树林则略微显出一点紫色,生机勃勃。一群漂亮的泽西种乳牛来到了栅栏前面,从它们那光滑的嘴与鼻子里嘶嘶地朝人们呼着气,大概是盼望能得个面包干吧。

伯金靠在栅栏上,一头母牛正朝他的手上喷着潮湿的热气。

"可爱的母牛,太可爱了,"马歇尔说道,他是克里奇家的一位女婿,"它们能给人们提供最好的奶。"

"是的,"伯金说道。

"哦,我的小美人儿,哦,我的美人儿!"马歇尔用一种很高的假音说道,而那让另一个人心中暗暗发笑。

"那场赛跑谁赢了,鲁普顿?"他问新郎道,以掩盖他正在笑的事实。

新郎从他的嘴里抽出雪茄烟。

"那场赛跑?"他叫了起来。后来,一丝微笑闪现在他的脸上,他并不想说关于往教堂门口飞跑的事。"我们一块儿到了那儿。最起码,是她首先摸住门的,但我把我的手放在了她的肩膀上。"

"说什么呢?"杰拉德问道。

伯金就跟他讲了新郎与新娘赛跑的事情。

"哼!"杰拉德不满地说道,"你怎么能迟到呢?"

"鲁普顿说了好多有关灵魂不朽的事,"伯金说道,"后来他找不到钮扣钩了。"

"噢，上帝！"马歇尔叫了起来，"在你结婚的日子里说灵魂不朽！你脑子里面就没有其他好一点的事了吗？"

"那又有什么错？"新郎问道，这个脸刮得干干净净的海军军官很敏感地红了脸。

"听起来你好像不是准备结婚，而是要被处死。灵魂不朽！"这位连襟加重了语气重复道。

但是他的话相当无聊。

"那你得出的结论是什么？"杰拉德问道，马上就竖起他的耳朵来想要听一场形而上学的讨论。

"今天你并不需要灵魂，我的孩子？"马歇尔说道，"它会挡着你的路的。"

"主啊！马歇尔，去和其他的人说吧。"杰拉德突然急躁地叫了起来。

"我发誓，我是心甘情愿的，"马歇尔发了火，说道，"说太多该死的灵魂，又在一起谈论——"

他愤怒地停住了，杰拉德用一双发怒的眼睛直盯着他。当另一个人的胖胖的身体消失在远处的时候，目光又慢慢地变得平静而亲切了。

"这有一件事，鲁普顿，"杰拉德突然转向新郎说道，"劳拉可不能像罗蒂一样给这个家带来这样一个蠢货。"

"这你就放心好了。"伯金笑了起来。

"我一点没有注意他们。"新郎笑了起来。

"那么，这场赛跑怎么回事？谁先开始的？"杰拉德问道。

"我们迟到了。当我们的马车到达的时候，劳拉正站在教堂院子的台阶上。她看到鲁普顿跑向她，她就跑了。可你看上去为什么那么生气？这伤了你们家的尊严吗？"

"对，相当厉害，"杰拉德说道，"要是你正在做一件事，就要做的很适当，如果你不打算把它做好，那就把它放在那儿。"

"真是非常好的格言。"伯金说道。

"难道你不同意吗？"杰拉德问道。

"非常同意，"伯金说道，"只不过当你用格言式的口气说话的时候，使我很不舒服。"

"你真该死，卢伯特，你想将一切格言都变成你自己的。"杰拉德说道。

"不，我想让它们滚出去，而你老是把它们推进来。"

杰拉德对这种幽默只是冷冷地笑了笑，接着他又用眉毛做了一个不屑一顾的表情。

"你根本不相信有什么行为准则,对不对?"他吹毛求疵地向伯金挑战。

"准则,不。我憎恨准则。但是对普通的人们而言,它们还是有必要的。任何人都可以有他的自我,做他喜欢的事。"

"但是你的自我指的是什么意思?"杰拉德说道,"那是一条格言还是一句陈腐的话?"

"我指的是做你想做的事。我觉得劳拉从鲁普顿那挣脱,而朝教堂大门跑去就是一个特别好的例子。那真是一个非常好的例子。这世上最难做的事情就是自然地按自己的冲动做事——而这才真是有绅士风度的事情——倘若你做得到的话。"

"你并没有期望我会认真对待你所说的,是吗?"杰拉德问道。

"对,杰拉德,你就是我所期望的很少的人中的一个。"

"那么,恐怕在这里我不能满足你的期望了,在任何程度上都不能。你觉得人们应该做人们喜欢的事。"

"我一向都认为他们应该那样。但是我希望他们喜欢他们自己身上完全个性化的东西,那会让他们单独行动的。而他们却只喜欢集体行动。"

"而我呢,"杰拉德阴郁地说道,"不喜欢处在你所说的那样一个世界中,在那儿人们单独做事,而且总是按照本能去做。我们应该让所有的人在五分钟之内就砍下其他所有人的脖子。"

"那就意味着你要砍断所有人的脖子,"伯金说道。

"那是什么意思?"杰拉德生气地问道。

伯金说道:"没有人会砍下其他人的脖子的,除非他想砍,并且其他的人想让他砍。这是一条完完全全的事实。要有两个人才能制造一起凶杀:一个凶手和一个被害者。而被害的人就是适合于被人杀害的人,而适合被害的人就是身上潜伏着一种巨大的被害欲望的人。"

"有时你纯粹是在说废话,"杰拉德对伯金说道,"实际上,我们之中没有人想被砍断脖子,却有很多其他的人想替我们去砍脖子,不知道是在什么时候。"

"这是一种让人厌恶的看法,杰拉德,"伯金说道,"因此你才害怕你自己,和你自己的幸福生活。"

"我怎么会害怕我自己?"杰拉德说道,"而且我并不觉得我很幸福。"

"你心里好像有一种潜在的欲望,让人把你的内脏剖开,而你就想着所有的人袖子里都藏着刀。"伯金说道。

"你怎么猜出来的?"杰拉德说道。

"从你那儿。"伯金说道。

这两个人有一段很奇怪的带着敌意的停顿,而那份敌意已非常接近于爱了。他们之间一向都是如此,他们的对话总会导致一种势不两立的接近关系,那是一种奇怪而又可怕的亲近,或恨、或爱、或者二者都有。他们总是漫不经心地分开,就好像分离是一件微不足道的小事,而他们也真的将它作为一件小事。

但是他们燃烧的心彼此映照着,他们的心一起燃烧着,而这一点他们永远都不承认。他们故意要把他们的关系保持为一种漫不经心,轻轻松松而又毫无拘束的朋友关系,他们并不打算将他们之间的关系弄得那么没有男人味、那么不自然,也不想那样彼此心心相映,亲亲热热。他们绝对不相信男人之间会有多么亲密的关系,而且,他们相互猜疑阻止了他们的友情发展,这份友谊是很深厚,却又很压抑的。

第三章 教室

　　一天的学校生活快要结束了。教室里面，正上着最后一节课，安宁而又寂静。这是一节基础植物学课。课桌上到处都是杨花，榛子与柳枝，这是让孩子们看着来临摹的。但是天暗了下来，下午的尾声就要来临了，几乎都没有了什么光线，所以也不能再画下去了。厄秀拉在教室前面站着，用提问题的方式引导着孩子们去了解杨花的结构与意义。

　　一束浓重的桔黄色光线照亮了西边的窗户，给孩子们的头部的轮廓镀上了一层火红金黄的颜色，在对面的墙上抹上了一层浓艳的红色。然而，厄秀拉几乎没有在意它，她太忙了，现在白天的尾声已经来临了，而工作就如同一股平静的潮水一样，正慢慢地退潮收尾。

　　这一天就跟很多天一样，跟做梦一样就过去了。最后，为了完成手里的工作，稍微有一点匆忙。她正在用问题催促着孩子们，为了在下课的时候他们可以弄明白他们应该明了的东西。她在教室前面的阴影里站着，手中拿着杨花，她朝孩子们探着身子，正全神贯注于教学的激情。

　　她听见门"咔嗒"响了一声，不过没有在意。突然，她吓了一跳：她看见在那束血红而金黄的光线里面，有一张男人的脸，离她非常近。它正跟红焰一样闪着光，盯着她看，等着她去注意他。它让她非常的害怕，她觉得她都快晕倒了。

　　她所有的压抑着的那种下意识的恐怖感一下子就痛苦地爆发了出来。

　　"我吓着你了没有？"伯金说着，一边跟她握着手，"我还以为你听见我走进来了呢。"

　　"没有，"她支吾着，几乎说不出话来。他笑起来，说他非常抱歉。她不明白这为什么让他那么开心。

　　"这么黑，"他说道，"我们把灯打开行不行？"

　　于是他就挪到边上，打开了那盏光线很强的电灯。教室里清晰多了，与他过来之前相比显得陌生了，刚才这里全都是柔和而暗淡的魔幻色彩。伯金转过身好奇地看着厄秀拉。她的眼睛睁得圆圆的，显得很惊奇，由于有点慌乱,她的嘴唇微微地哆嗦着,她看上去就跟一个突然被惊醒的人似的。她的脸上有一种生动而又柔和的美,就像柔和的夕阳一样闪烁着。他带着一份新的喜悦看着她,他心里觉得非常的欢乐,轻松愉快。

"你正在收拾杨花?"他一边问,一边从他面前的讲桌上拿起一颗榛子。

"它们已经长这么大了吗?今年我还未曾注意过它们呢。"

他专心致志地看着他手里的那朵榛子花。

"还有一些红色的!"他看着雌蕊里面掉出来的深红色说。

接着,他在课桌之间走过,去看那些学术书,厄秀拉看着他那稳重的步伐,在他的动作中有丝沉静,让她的心跳猛一停顿。她好像静静地在旁边站着,望着他走在另一个浓缩的世界里面。他的仪态是那样的安静,差不多就像凝结着的空气里的一个空洞。

突然,他朝她扬起脸来,而一听到他的声音,她的心就猛烈地跳动起来。

"给他们一些彩笔,好吗?"他说道,"这样一来,他们就可以将雌性花染成红色,将雄性花染成黄色。我只画素描,不画其他的画,只涂红色和黄色这两种颜色。在这种情况下素描基本上没有什么大碍。也只有这一点需要强调一下。"

"我一点彩笔都没有。"厄秀拉说道。

"别处会有的,红色的与黄色的,你就需要这么多。"

厄秀拉派了一个男孩去找。

"那东西会将书搞脏的。"她跟伯金说道,脸色通红。

"不会太严重,"他说道,"你必须把这些东西标明,那是你要强调的事实,而并非拿去记录的主观印象。什么是事实?就是雌花的红色的小斑点与摇摆着的黄色雄性杨花,黄色的花粉从一个上面飞到另一个上面。把这一事实绘成图,就跟孩子画一张脸的时候一样——两只眼睛,一只鼻子,长着牙齿的嘴巴——就是如此——"于是他就在黑板上画了一个人形。

就在这时,玻璃门外出现了另一个人的身影。那是赫麦妮·罗迪斯。伯金走了过去,给她打开门。

"我看见了你的汽车。"她对他说道,"我过来找你,你不介意吧?当你工作的时候,我想看一下你的样子。"

她亲密而顽皮地盯着他看了很长时间,接着她短促地笑了一声。然后她转向了厄秀拉,而她正跟她的学生们一直在观望着这对情人之间的一幕。

"你好，布朗温小姐，"赫麦妮用她那低沉而又很奇妙的声音像唱歌似的打着招呼，听起来她似乎是在开玩笑。"对我的到来，你介不介意？"

她那双灰色的、几乎带着讽刺意味的眼睛一直看着厄秀拉，就像想将她看透一样。

"噢，不。"厄秀拉说道。

"你确定吗？"赫麦妮重复道，带着十分镇定的态度，一点也不掩饰那种蛮横与霸道。

"噢，不，我很高兴，"厄秀拉笑了起来，稍微有点激动，而又不知所措，因为赫麦妮好像是在威逼她，正在跟她靠得特别近，好像跟她非常亲密，然而，她怎么可能会亲近厄秀拉呢？

而这正是赫麦妮所想要的回答。她心满意足地朝伯金转过身去。

"你在干什么呀？"用她那种好奇而又不经意的声音问道。

"收拾杨花，"他回答道。

"真的！"她说道。"那关于它们，你学了些什么？"她一直都在用一种调戏、嘲笑的方式说话，好像所有的这些全是在做游戏。她拿起一枝杨花，引起了伯金对它的注意。

她在教室里的形象有点奇怪，身上穿着一件宽大的绿色的旧大衣，那上面凸出着暗淡的金色的花纹。那高高的衣领与大衣的衬里全是用黑色皮毛做的，里面穿了一件很不错的香草色的衣服，边上镶着皮毛，而她的帽子非常合适，是用毛皮做的，上面有暗绿色与暗黄色的华丽的花纹。她个子很高，模样奇怪，看上去她就好像是从哪幅希奇古怪的图画上走出来的似的。

"你知道红色的小椭圆花朵吗？它能产出坚果。你过去注意过它们没有？"他问她道，接着他就走到近前，在她拿着的那根枝子上把它们指给她看。

"没有，"她回答道，"它们是什么？"

"那些是产籽的小花朵，而这长长的杨花呢，它们仅仅生产花粉来给它们受精。"

"是吗？是吗！"赫麦妮一边重复地说着，一边凑上去看着。

"如果它们从长长的杨花那儿受了精的话，坚果就会从那些红色的小东西里面长出来。"

"红色的小火焰，红色的小火焰，"赫麦妮自言自语地咕哝着。有好长一段时间，她只是盯着那长着红花朵的小花蕾使劲地看。

"难道它们不漂亮吗？我认为它们是那样的漂亮，"她靠近伯金，用她那长长的、白净的手指指点着那些红色的花丝说道。

"你过去注意过它们吗？"他问道。

"没有，从来没有。"她回答道。

"你现在会经常看到它们的，"他说。

"现在我应该经常看到它们。"她重复道，"谢谢你让我看了这么多，我觉得它们是那样的漂亮，红色的小火苗——"

她这份痴迷有点奇怪，几乎都有点疯狂了。厄秀拉与伯金都觉得非常迷惑，这些小小的红色的雌蕊花真是有点奇怪，几乎让她产生了神秘的激情。

这节课结束了，书本放在了一边，最终，学生们都离开了。而赫麦妮依旧在桌子旁边坐着，用她的手托着下巴，双肘支在桌子上，她那长长的苍白的脸朝上仰着，不知在注意什么东西。伯金走到了窗前，从灯光明亮的房间里向外面看，外面是灰色的，很单调，而雨正在无声无息地下着。

厄秀拉将她的东西全收拾到了柜子里面。

赫麦妮终于站了起来，并走到她的旁边。

"你妹妹回到家里来了？"她说道。

"是的。"厄秀拉说道。

"那她愿不愿意回到贝多弗？"

"不愿意。"厄秀拉说道。

"不会的，我想她能忍受下来。我住在这个地方，就要用尽我所有的力气去忍受这一地区的丑陋。你不想过来看看我吗？你不想和你妹妹一块儿到布莱德比住上几天吗？"

"非常感谢你。"厄秀拉说道。

"那么，我将会写信给你，"赫麦妮说道，"你认为你妹妹会不会来啊？那样我会很高兴的。我认为她非常不错，我觉得她的一些作品确实很不错。我有她的一幅刻着两只小鸰鹈的木刻，还着了色，你可能见到过它吧？"

"没有。"厄秀拉说道。

"我认为它真是特别的优秀——就像是本能的闪光一样。"

"她的小雕刻品很古怪。"厄秀拉说道。

"非常的漂亮——充满了原始的激情——"

"她总是喜欢那些小东西，这是不是有点奇怪呀？她一定总是做一些小东西，那些人们可以拿在手里玩的，像小鸟和小动物什么的。她很喜欢通过望远镜的反面观察东西，观察世界，你觉得那是怎么回事？"

赫麦妮俯视着厄秀拉，用那种超然、审视的目光长时间地看着她，这让这个比较年轻的女子很激动。

"对，"最终，赫麦妮说道，"这真奇怪。那些小东西好像对她而言更加微妙——"

"但其实并不是，对不对？一只老鼠并不比一头狮子更微妙，是不是？"

赫麦妮又俯视着厄秀拉，还是那样长时间地审视着她，好像她依旧按照自己的思路思考着什么，几乎就没有在意另一个人说的话。

"我也不清楚。"她回答道。

"卢伯特，卢伯特，"她像唱歌一样温和地喊他过来。他就默默地走到了近旁。

"小东西是不是比大东西更加微妙啊？"她问道，她的声音里藏着一声奇怪的笑，好像她是在用这个问题跟他做游戏。

"我不清楚。"他说道。

"我讨厌那些微妙的东西。"厄秀拉说道。

赫麦妮慢慢地看了看她。

"是吗？"她问道。

"我总是觉得它们是一种软弱的象征。"厄秀拉一边说，一边抬起胳膊，好像她的尊严受到了威胁一样。

赫麦妮并没有在意。突然，她的脸皱了起来，她的眉头紧锁着，好像她在苦恼地想着什么，竭力想要发表点意见。

"卢伯特，你真的觉得，"就好像厄秀拉不存在一样，她问道："你真的觉得那很有价值吗？你真的觉得唤醒孩子们的思想更好一些吗？"

一丝阴影从他的脸上掠过，他暗中发怒了。他的两腮下陷着，而且很苍白，差不多都显得有点怪异了。而这个女人用她那严肃、让人心烦的问题折磨他，触到了他敏感的地方。

"他们并不是被唤醒知觉，"他说道，"思想自然地就会来找他们的，无论是不是愿意。"

"但是，你觉得把它加快或是刺激一下，他们会更好吗？他们不知道榛子是什么东西不是更好一些吗？不将这些都弄成碎片，不将所有这些知识都弄成碎片，而是让他们看到整体的东西岂不是更好？"

"无论你是不是明白，你是否想让这些红色的小花朵在这儿受精呢？"他严厉地问道。他的语调非常残酷、轻蔑、霸道。

赫麦妮仍旧出神地仰着脸。而他在暗中生着气。

"我不知道，"她温和地回答道，"我真的不知道。"

"但知识对你而言就是一切，它是你全部的生命，"他脱口说道。她慢慢地看了看他。

"是吗?"她说道。

"要知道,那是你的一切,那是你的生命——你只拥有这个,这种知识,"他叫了起来,"只有一棵树,也只有一棵果子,在你的嘴里面。"

她再一次沉默了片刻。

"是吗?"最后,她还是那样无动于衷地说道。接着,她用一种古怪而好奇的声音问道:

"什么果子,卢伯特?"

"那永恒的苹果,"他恼怒地回答道,非常憎恨他自己的这个比喻。

"对,"她说道,显出一副筋疲力尽的神态。于是出现了好长一段时间的沉默。接着,她自己又努力地打起精神来,赫麦妮又继续用那种不经意的像唱歌一样的语气说了起来。

"但是要是把我放在一边,卢伯特,你觉得有了所有这些知识,孩子们会变得更好、更富有、更幸福吗?你真的觉得他们会吗?还是让他们不受影响,自然而然更好一些?让他们依旧还做动物,单纯的动物,粗鲁、残暴,怎么样都行,就是不能因为有自我意识而无法顺其自然。"

他们想着她的话已经结束了,但她的喉咙里面奇怪地咕噜了一声,她又继续道:"让他们怎么样都可以,都比长大以后缺乏灵魂,缺乏感情好一些,最终自食其果,不能——"赫麦妮就像一个神情恍惚的人一样握紧了拳头——"不能自然而然地做事,老是深思熟虑,老是背负着选择的重担,永远都做不成事。"

他们再次认为她已经结束了。但是他正准备回答的时候,她又狂热地继续道:"永远都做不成事,总是如此清醒,总是有很强的自我意识,总是注意着自己,难道就没有什么比这更好了吗?当动物还好一些,没有思想的纯粹的动物,也比这好,这样太没有价值了。"

"但是你是不是觉得是知识让我们变得毫无生气,而又使我们有了自我意识?"他生气地问道。

她瞪大眼睛并慢慢地看了看他。

"对,"她说道。她停了下来,一直盯着他看,她的眼神很茫然。接着,她用手指擦了一下眉毛,看上去很疲倦。这让他非常的不舒服。"那就是思想,"她说道,"而那就是死亡。"她慢慢地抬起眼睛看着他。

"难道思想,"她的全身抽动着,说道,"不正是我们的死亡吗?难道它没有破坏咱们的自然天性,以及咱们所有的本能吗?难道现在正在成长的年轻人不是在他们有了一个活着的机会之前就死去了吗?"

"但那并不是因为他们有太多的思想,而是因为思想太少了。"他粗暴地回答道。

"你是不是很肯定？"她叫了起来。"我认为，正好相反。他们的意识过于强烈了，一直到死都背负着意识的重担。"

"在那有限的、虚假的观念里面受着禁锢。"他叫了起来。

可是，她根本就没在意这个，只是继续着她自己那狂热的问询：

"当我们有了知识的时候，除了知识之外，我们不就失去了所有的东西吗？"她情绪激昂地问道。"要是我了解了这朵花，那我不就失去了这朵花，而仅仅拥有了那些知识？难道我们不是正在以实物来跟影子交换吗？难道我们不正是为了这些僵死的知识丧失了生命吗？而那对我而言到底有什么意义？所有的这些知识对我又有什么意义？没有一点意义。"

"你只不过是在造词而已，"他说道，"知识对你而言意味着所有的东西。就连你的兽性理论也是一样，你只不过是在头脑里想一下。你并不愿意做野兽，你只不过是要说一说你的动物功能，从而得到一种精神上的刺激。而这完全是次要的，比最为保守的唯理智论更加颓废。你喜欢激情，喜欢野兽的本能，而这只是唯理智论最坏的一种表现形式，除了这还有什么？激情与本能，你特别地想要得到它们，但是，那只不过是在你的思想之中，在你的意识之中。所有的这一切都发生在你的头脑之中，就在你的脑壳里。只不过你不能意识到实际的情况而已：你想要的是谎言，用它可以取代你那些真实的东西。"

对这一攻击，赫麦妮报以冷酷而恶毒的神情。厄秀拉站在那里，脸上全是惊讶和羞涩。看到他们互相憎恨对方，把她吓傻了。

"这都是夏洛特小姐那些理论，"他用非常深奥的语气说道。他仿佛是在对着一片看不见的空气说着指责她的话。"你得到了那面镜子，那是你自己有着顽固的意志，是你永不改变的理解能力，是你那严密的意识世界，除了这些就再没有其他的了。在这面镜子里你一定得到了所有的东西。但是现在你已经完全清醒了，你要返回去了，要变得像一个野蛮人一样，不要知识。你想要一种纯粹的感觉和'激情'的生活。"

他引用了最后那个词来反驳她。她恼怒得全身直发抖，说不出话来，就跟一个古希腊神谕宣示所里的女巫一样。

"但你所说的激情是一句谎言，"他接着激烈地说道，"根本就不是激情，那只是你的意愿。你想抓住什么东西，并把它们控制在你的手中。你想把所有的东西都控制在你的手中，那是为何呢？因为你没有一个真实的身体，一个黑暗而又富有肉感的生命之躯。你没有性欲，你只拥有你的意志和意识思想与对权力的渴求，对知识的渴求。"

他又憎恨又轻视地望着她，也觉得痛苦，因为她在遭受痛苦，他还觉得羞耻，因为他很清楚他是在折磨她。他有一种冲动，想跪下来请求原谅，但怒火已经在他心中燃烧起来。他都忽略她的存在了，他只是用一种充满热情的声音说着：

"顺其自然！"他叫了起来，"你还要顺其自然！不管干什么你都是最为深思熟虑的！你顺着你的深思熟虑，那就是你。因为你想把所有的东西都控制在你的意志之中，控制在你的深思远虑和主观意志之中。你把它们都装在你那讨厌的小脑壳里面，应该像砸碎坚果一样将它砸碎，除非把它砸碎，不然的话你还会是老样子，就跟包在壳里面的昆虫一样。要是什么人把你的脑壳给砸碎了，或许他可以让你成为一个自然的、充满激情的、有着真正肉欲的女人。就是那样，你所需要的只是淫荡——从镜子里面看着你自己，在镜子里面观察着你那毫无遮掩的动物行径，从而你可以把所有的一切都意识化。"

空气中有一种亵渎的气氛，好像说出了太多让人没法宽恕的话。可现在厄秀拉关心的只是借助他的话语的光芒来解决自己的问题。她脸色苍白而且有点出神。

"但是你是不是真的需要肉欲啊？"她疑惑地问道。

伯金看了她一眼，他的解释就变得认真起来。

"对，"他说道，"就是这一点，而并非其他的。那是一种满足与完善——你的头脑无法获得的伟大而黑暗的知识——黑暗是自然而然就存在的。它是一个人自身的死亡，但它也是另一个自我的存活。"

"但是这怎么行呢？你如何让知识不存在于你的头脑之中呢？"她问道，一点也不能解释他的表达。

"在血液里面，"他回答道，"当意识跟这个已知世界沉到黑暗里面去的时候，所有的一切都要去——那就肯定会下一场大雨。然后你就发现自己有了一个能够感知的黑暗躯体，成了一个魔鬼——"

"但是我为何会成为一个魔鬼呢？"她问道。

"'女人哀叫着寻找她的魔鬼情人，'"他引用道，"为什么，这我不太清楚。"

赫麦妮好像从死亡或灭绝中把自己给唤醒了。

"他是一个那样可怕的撒旦主义者，对不对？"她用一种很奇怪的带共鸣的声音慢腾腾地跟厄秀拉说道，在结尾处还有一声略带嘲弄的尖笑。这两个女人都在嘲弄他，把他笑得什么都不是了。从赫麦妮那儿发出来尖利而得意的女人的笑声正在嘲弄他，好像他是个太监一样。

"我不是的，"他说道，"你们才是真正的魔鬼，你们都不允许生命存在。"

赫麦妮慢慢地盯着他看了好长时间，目光恶毒而傲慢。

"关于这事你什么都知道,对不对?"她用一种缓慢而冷淡的口气说道,透着狡猾的嘲弄味。

"够了,"他回答道,他的脸坚定而明朗,就跟钢铁一样。马上就有一种可怕的失落感涌上赫麦妮的心头,同时又觉得很释然,很轻松。她带着一种令人愉快的亲昵转向了厄秀拉。

"你能肯定你们会到布莱德比来吗?"她催促着说道。

"对,我非常愿意去。"厄秀拉回答道。

赫麦妮非常满意地望着她,出神而又奇怪地思考着什么,好像着了魔,又好像丢了魂似的。

"我太高兴了。"她一边说,一边打起了精神,"在两个星期之内的什么时候来,好吗?我会往这儿给你写信,写到学校来,好吗?行了。你一定会来的吧?行了。我太高兴了。再见!再见吧!"

赫麦妮伸出手来,并用眼睛望着那另一个女人。她很清楚厄秀拉是她的直接竞争对手,而知道了这个让她很高兴,真是奇怪。现在她要离开了。跟其他人告别,将其他人留在身后总是让她觉得有力量,觉得占到了便宜。而且,她如果只是在仇恨中把这个男人带走的话,那就太好了。

伯金在旁边站着,茫然地一动不动。但是现在,当轮到他告别的时候,他又开始说起话来。

他说道,"在这个世界上,真正的肉欲与我们命中注定的罪恶的放荡性意淫之间绝对是不一样的。夜里的时候,我们就会把电灯打开,我们就观察着我们自己,我们将所有这些东西全都注入了大脑之中,真的。在你了解肉欲的真实之前,你就得先沉迷,坠进无知里面,放弃你的意志。你一定得这样。在你学会生存之前,你首先得学会死。

"但是我们自己有了太多的自负,就是这样的。我们是那样的自以为是,而并非自豪。我们有太多的傲气,那样的自以为是,自己欺骗自己。我们宁愿去死也不放弃我们的那一点自以为是,固执己见的自我意志。"

房间里安静了下来。两个女人都怀着敌意和不满。而他却似乎是在一个大会上讲演一样说着话。赫麦妮差不多一点都没去注意,只是站在那儿耸了耸肩膀表示厌恶。

厄秀拉好像是在暗中望着他,却没有真正意识到她正在看的是什么。他体内有一种很大的自然的吸引力——一种潜藏着的奇怪而低沉的声音从这个瘦削而苍白的人身上发出来,似乎是另一个人的声音,正传达着对他的认识。他的眉毛、他的下巴的曲线美丽而优雅,那是对生命本身那强有力的美丽的展示。她也没法说清楚那是什么,不过,她有一种满足而畅快的感觉。

"不过,虽然我们有足够的肉欲,而我们却并未这样做,对不对?"她朝他转过身,问道,她那蓝色的眼睛里闪烁着金黄色的笑意,似乎是一种挑战。于是,在他的眼睛和眉毛上马上就显出神奇、毫无拘束而又特别吸引人的微笑,不过他的嘴唇一下也没动。

"不,"他说道,"我们没有,我们只是太自我了。"

"那绝对不是自负的问题。"她叫道。

"是的,不会是别的。"

她都快迷惑了。

"难道你不觉得人们都为他们那肉欲的力量感到骄傲吗?"她问道。

"那就是为什么说他们并不是肉欲者,而只是感觉者的原因,那是另外一回事,他们总是意识到他们自己,又那么的自傲,却没有解放自己,而且总生活在另一个世界之中,而不是从另外一个中心来的,他们

"你需要喝点茶了吧,是不是?"赫麦妮一边说,一边优雅而亲切地转向厄秀拉。"你已经工作了整整一天了——"

伯金一下子打住了。一种愤怒与懊恼的感觉涌上了厄秀拉的心头。伯金绷起脸道别,好像他不再去注意她了。

他们走了,厄秀拉站在那儿,往门口望了好长一段时间。后来,她就关上电灯,做了这些之后,她就坐在椅子上茫然地发起呆来。后来,她就痛苦地哭了起来,难过地流着泪,但是是快乐还是悲伤?她永远都不知道。

第四章 潜水者

　　那个星期过去了。星期六的时候，下雨了，是一场柔和的毛毛细雨，时下时停。在其中一次雨停的时候，戈珍与厄秀拉出来散步，朝着威利湖走去。天色灰蒙蒙的，小鸟们在嫩嫩的树枝上尖声鸣叫着，大地上的万物都已经复苏了，正快速生长着。

　　这两个姑娘高兴地快步走着，因为在这柔和的早上，到处都是细腻的薄雾。路边，黑刺李正在开花，那花又白又湿，它那小小的棕色果粒在那烟雾般的白色的花朵里隐隐地闪现着。在这灰色的空气里面，紫色的树枝变得黯淡了，高高的篱笆就跟活着的阴影一样闪动着，走近了才能看清楚。早上，到处都是新的东西。

　　当这姐妹两人来到威利湖的时候，湖面朦朦胧胧的一片灰色，朝那潮湿而灰蒙蒙的树林与草坪延伸过去。道路的下方传来了微弱的电机转动的声音，小鸟们互相对唱着，而水则神秘地从湖里面流了出来。

　　这两位姑娘飘然而至。在她们的前面，在湖的角落里，就在大路的附近，有一座掩映在一棵胡桃树下的爬满了青苔的停船房，还有一座小小的浮码头，有一条船正在那儿停泊着，就像影子似的在绿色腐朽的柱子下的湖水上摇晃着。夏天快要来了，所有东西都笼罩着阴影。

　　突然，一个白色的身影从停船房里冲了出来，以令人吃惊的速度飞快地穿过那破旧的浮码头。随着一道白色的弧形从空中飞过，水面上溅起一团水花，接着一个游泳者从平滑的涟漪中钻了出来。他所处的地方是另一个潮湿而又遥远的世界。他可以钻到那纯洁透明的天然水域里面。

　　戈珍站在石头墙旁边，望着。

　　"我是多么羡慕他啊。"她用一种低沉而又满怀渴望的声音说道。

　　"唷！"厄秀拉哆嗦着道："这么冷！"

　　"对，但是在那儿游泳是那样的棒，真的很不错！"姐妹俩站在那儿，看着泳者向更远处那浩淼的灰蒙蒙的水面游去，他用非常小的动作游着，逐渐跟薄雾与朦胧的树林溶到了一块儿。

"难道你不希望那是你吗?"戈珍望着厄秀拉,问道。

"我当然希望,"厄秀拉说道,"但是我没法肯定,这水太凉了。"

"是的,"戈珍很不情愿地说道。她依旧站在那儿望着那人在湖心游动,就像着了迷似的。他游了一段距离之后,就翻一下身,仰面朝天地游着,顺着湖水望着墙边的那两个姑娘。在微微的波动之中,她们能看到他那红润的脸,并且能觉察到他正望着她们。

"那是杰拉德·克里奇。"厄秀拉说道。

"我知道,"戈珍回答道。

她一动不动地站着,凝视着那张在水中一起一伏的脸,看他稳健地游着。从他那个隔离的地方,他望着她们,他为自己感到特别高兴,因为他置身于一个很便利的地方,他自己拥有一个世界。他非常自由,一点都不受别人的影响。他喜欢自己那强有力的击水动作,还有那非常凉的水对他的肢体那猛烈的推动,把他浮了起来。他能看见岸上的姑娘们也正望着他,而那让他很高兴。他从水里面举起胳膊跟她们打招呼。

"他正在致意呢。"厄秀拉说道。

"对。"戈珍回答道。她们看了看他。他再次挥动了起来,用一种很奇怪的动作表示看见她们了。

"就像一个尼伯龙根家的人一样。"厄秀拉笑道。但是戈珍没有说话,只是站在那儿静静地望着水面。

杰拉德突然翻了个身,用侧泳的姿式很快地游走了。他现在是独自一个人,非常自由地呆在湖心,而他拥有所有的这一切。他当然为自己处在这个新的环境,这个与外界隔绝的环境里而高兴了,他非常的幸福,舒展着双腿和他的全身,一点束缚都没有,跟外界也没有什么联系,只有他自己呆在这个水的世界里。

戈珍羡慕得几乎都有点痛苦了,对她来说,甚至对那纯粹的孤独和流水那一瞬间的拥有,她都有着那样强烈的渴望,以至于她觉得自己好像站在公路上受着诅咒。

"上帝,当一个男人真是太好了!"她叫了起来。

"什么?"厄秀拉吃惊地叫了起来。

"自由,解放,灵活!"戈珍大叫了起来,脸红得有点奇怪,显得容光焕发。"你是一个男人,你要想做什么事,那你就去做。你没有女人面前那成千上万的障碍。"

厄秀拉真不懂戈珍脑子里想些什么,让她如此突然地大喊大叫。她有点无法理解。

"你要干什么呀?"她问道。

"没什么,"戈珍马上大叫着驳斥道,"我只不过是假设罢了。假设我想在那水里面游泳,可这不可能,在生活中,对我来说,这是件不可能的事,我现在不能脱下衣服跳进去。但是这不是很荒谬吗,那不正阻碍我们的生活了吗!"

她是那样的激动,脸是那样的红,是那样兴奋,以至于厄秀拉都有点茫然了。

两姐妹继续沿着那条路走了起来。她们正在穿过肖特兰兹下面的那片树林。她们抬头望了望那长长的低矮的房子,潮湿的早晨朦胧而又迷人,更有棵棵雪松掩映着一扇扇窗口。戈珍好像是在认真地研究着它。

"难道你不认为它很有魅力吗,厄秀拉?"戈珍问道。

"非常迷人,"厄秀拉说道,"非常的平静而又很迷人。"

"它还很有风格,有它的特定时期。"

"什么时期?"

"噢,当然是十八世纪了,朵拉茜·华滋华斯与简·奥斯汀的时期,难道你不这样认为吗?"

厄秀拉大笑起来。

"难道你认为不是这样的吗?"戈珍重复道。

"也可能吧,但是我认为克里奇家的人与那一时期不般配。我很清楚,杰拉德正在建造一座私人发电厂,为室内照明供电,并正在做各种最先进的改进。"

戈珍迅速地耸了一下肩膀。

"当然了,"她说道,"那都是很必然的。"

"是的,"厄秀拉笑了起来。"他一次就做了后面几代人的事。就因为这,他们恨他。他强抓住他们所有人的脖领子,扯着他们走。当他将每一种可能改进的全部改进了,再也没有什么需要改进的时候,他很快就会死掉。但无论如何,他都应当做这些。"

"当然了,他是应当做。"戈珍说道,"实际上,我从未见过像他这样大显身手的人。不幸的是,他这样做会走到什么地方,会有什么后果?"

"噢,这我清楚,"厄秀拉说道,"那会是引进最新的机器!"

"非常正确!"戈珍说道。

"你知不知道他打死了他的弟弟?"厄秀拉问道。

"打死了他的弟弟?"戈珍皱着眉头大叫了起来,好像她不同意这样说。

"难道你不知道吗?噢,对!我还想着你知道呢。他正在跟弟弟一块儿玩一杆枪。他让弟弟低头去看枪筒,那里面已经装上了子弹,他开了枪，就将他的头给打破了。难道那不是一件可怕的事吗？"

"太可怕了！"戈珍叫了起来，"但是那是很久以前的事了吧？"

"噢，是的，当时他们还很小。"厄秀拉说道，"我认为这是我所知道的最可怕的事情的其中一件。"

"那他肯定不知道枪膛里装了子弹？"

"是的，你看，那是一支在马厩里放了很多年的旧东西了。谁也没料到它还可以响，当然了，也没有人想到它里面还装了子弹。但是出了那样的事，不是很吓人吗？"

"太可怕了！"戈珍叫了起来，"一想到当一个人还是个孩子的时候，就发生了这样的事，想想都可怕，因为这让他一辈子都会感到内疚。想象一下这件事，两个男孩子正在一块儿玩着，后来，不知道怎么回事，这事就从空中降临到了他们的头上。厄秀拉，这非常的可怕！噢，我受不了。如果是谋杀还能理解，因为那是故意的。但一个人出了那样的事——"

"也可能这里面有一种下意识的意志。"厄秀拉说道，"在这无意的杀戮里面隐藏着一种原始的杀人欲望，难道你不这样认为吗？"

"欲望！"戈珍冷淡而又有点生硬地说道。"我觉得这根本算不上杀人。我猜应该是一个孩子对另一个孩子说道，'我扣扳机的时候你低头看着枪口，看一下会发生什么事。'我认为这是纯粹的偶然事故。"

"不，"厄秀拉说道。"要是有人低头看枪口的话，我难以扣动扳机。一个人的本能是不会那样做的——不可能。"

戈珍沉默了片刻，但心里十分不服气。

"当然了，"她冷冷地说道。"要是那是个女人，而且长大了，那她的本能就会阻止她。但我不认为两个一块儿玩的男孩子也会那样。"

她的声音既冷淡又恼火。

"不会的，"厄秀拉坚持道。恰在那个时候，她们听见几码之外一个女人在大叫：

"噢，该死的东西！"她们走上前去，就看见劳拉·克里奇和赫麦妮·罗迪斯在篱笆墙里面，而劳拉·克里奇正摆弄着大门想出来。厄秀拉赶紧上去帮忙打开大门。

"太感谢了，"劳拉说着抬起头，脸红得像个悍妇，仍旧很恼怒地说道："它没有装在铰链上。"

"对，"厄秀拉说道，"而且它们是那样的沉。"

"太奇怪了！"劳拉叫了起来。

"您好,"赫麦妮从地里面出来,一张口便像唱歌一样说道。"现在天气很不错。你们是来散步的?对。难道这片嫩绿色不好看吗?它是那样的美丽,非常的美丽。早上好——早上好——你们会不会过来看我?——太感谢你了——下个星期——对——再见——再——见。"

戈珍与厄秀拉站在那儿,看着她慢慢地点头,并慢慢地挥动着手来告别,微笑着,那是一种装出来的很奇怪的微笑,她那浓密的头发滑到了眼睛上,身影显得很高,而且很吓人。后来她们就走开了,好像她们地位低下,被人打发走了似的。四个女人就这样分开了。

她们刚一走到足够远的地方,厄秀拉就说了起来,她的脸色通红。

"我认为她太放肆了。"

"谁?赫麦妮·罗迪斯?"戈珍问道,"为什么?"

"她待人的态度——很轻率!"

"怎么啦,厄秀拉,你注意到她什么地方没有礼貌了?"戈珍冷淡地问道。

"她所有的举止,噢,那是不可能的,她竭力想去欺负人。那纯粹是欺负人,她是个很没礼貌的女人。'你们会过来看我的',似乎我们应该爬着去抢那份恩赐一样。"

"我难以理解,厄秀拉,你为什么发这么大的火,"戈珍有点生气地说道,"大家都知道,那些女人是无礼的——这些从贵族阶层把自己解放出来的自由的女人。"

"但是这是那样的多余,那样的庸俗。"厄秀拉叫了起来。

"不,我看不出来。而且我要是知道了这些,我就不准她对我放肆。"

"你是不是觉得她喜欢你?"厄秀拉问道。

"噢,不,我觉得她不会的。"

"那么,她为何请你到布莱德比去跟她呆在一块儿?"

戈珍轻轻地耸了耸肩膀。

"毕竟,她很清楚我们并不是一般的人。"戈珍说道,"无论她怎么样,她都不是个傻子。而我宁愿跟一个我厌恶的人在一块儿,也不跟那些墨守成规的普通女人在一块儿。赫麦妮·罗迪斯在有些方面是敢于冒险的。"

厄秀拉对这话思考了一会儿。

"我怀疑这些,"她回答道,"实际上,她并没冒什么险。她竟能邀请我们这些学校的老师,这一点值得我们敬佩,而她也绝对不冒险。"

"非常正确!"戈珍说道,"想一想,很多的女人都不敢这样干。她把她的特权利用到了极限,这也可以。我觉得,真的,要是我们处于她的位置,我们也会做同样的事情。"

"不,"厄秀拉说道,"不,那样会让我很厌烦。我不可能花费我的时间去做她这样的游戏。那有失体面。"

这两个姐妹就跟一把剪刀一样,会剪断从她们中间穿过的每一件东西;或者像一把刀与一块磨刀石一样,相互摩擦。

"当然了,"厄秀拉突然叫了起来,"要是我们过去看她的话,她应该感谢她的运气。你特别的美丽,比她的过去与现在都要美丽一千倍。而且我还认为,你穿的也比她漂亮一千倍。她从未曾像一朵鲜花一样鲜艳、自然,老是显得很苍老、老谋深算。而且我们比大部分人都聪明。"

"毫无疑问!"戈珍说道。

"而这一点绝对是应该被承认的。"厄秀拉说道。

"当然应该了,"戈珍说道,"但是,你会发现,真正美好的东西应该是绝对的普通,绝对的平凡,就跟大街上的人一样。这样你才真正是人类的杰作,而不是实际上的大街上的人,而是艺术的创造品——"

"多好啊!"厄秀拉叫了起来。

"对,厄秀拉,是非常的好。你不敢做一些惊世骇俗的事情,彻底的朴实才是艺术创造出来的平凡。"

"不能把自己打扮得更好那是非常没意思的。"厄秀拉笑了起来。

"太没意思了!"戈珍说道。"真的,厄秀拉,那很没趣,就是这么回事。一个人希望自己可以口若悬河,于是就学着高乃依的样子大肆演说。"

戈珍因为她自己的聪明才智,脸也变红了,激动起来。

"而且高视阔步,"厄秀拉说道,"一个人总想像鹅群中的一只白天鹅一样高视阔步。"

"非常正确,"戈珍叫了起来,"鹅群中的一只白天鹅。"

"他们全都忙活着装扮成丑小鸭,"厄秀拉嘲讽地笑着说,"而我就一点也不觉得自己是一只低下的、可怜的丑小鸭。我禁不住觉得自己是鹅群中的一只白天鹅。他们让我这样觉得。我不管他们如何看我,想如何看就如何看。"

戈珍有点奇怪地抬眼看着厄秀拉,说不出的嫉妒和厌恶。

"当然了，惟一要做的事情就是轻视他们所有的人，就这么多。"她说道。

两个姐妹又回家了，去看书、说话，还有干活儿，并等待着星期一，等着去上课。厄秀拉经常都弄不明白，除了学校一星期的开始和结束还有假期的开始和结束之外，其他的她还等待什么。这便是整个生活！有的时候，当她好像觉得要是她的生活不是这样度过的时候，她就有一段非常可怕的时期。可是她从来都未曾真正的接受过这些。她的精神是活跃的，她的生活就跟一棵正在稳定地生长着的幼芽一样，只是还没有钻出地面。

第五章 在火车上

　　一天，伯金奉召到伦敦去。他并不经常住在他的家里面。他在诺丁汉有房子，因为他的工作主要都是在那个地方开展。不过，他经常去伦敦或者是牛津。他的流动性很大，他的生活好像不太稳定，没有什么固定的节奏，也没有什么意义。

　　在火车站的月台上，他看见了杰拉德·克里奇，正在看着一张报纸，而且明显地是在等火车。伯金在远处的人群当中站着，他的本性使他不去接近任何人。

　　杰拉德时不时地抬起头朝四周看看，那是他的一种习惯。虽然他正在认真地读着报纸，可他一定得注意着他的四周。好像有两股意识在他的心中流动。他正在认真地想着他从报上看到的东西，同时，他的眼睛也扫视着他四周的生活，而且他没有错过任何事。伯金正在盯着他看，对他这种双重功能生着气。他还注意到，虽然杰拉德的社交举止特别的温和、亲切，可他好像老是在提防着每一个人。

　　现在，伯金猛地一惊，发现那亲切的表情又闪现在杰拉德的脸上，并看见杰拉德手向前伸着，走了过来。

　　"嗨，卢伯特，你要到什么地方去呀？"

　　"伦敦。我猜着你也是一样吧？"

　　"对——"

　　杰拉德的目光好奇地从伯金的脸上掠过。

　　"你要是愿意的话，咱们一块旅行好了。"他说道。

　　"你不是经常要坐头等车厢吗？"伯金问道。

　　"我不能忍受那拥挤的人群，"杰拉德回答道，"但是三等也可以。车上有一节餐车，我们可以去喝点茶。"

　　这两个男人再没有更多的话可以说了，就都看着车站上的挂钟。

　　"你刚才在报纸上读到了什么？"伯金问道。

　　杰拉德迅速地看了看他。

"他们登在报纸上真是太有趣了,"他说道,"有两位领袖人物——"他拿起《每日电讯报》,"全都是报纸上平时的行话——"他朝下面看了看那个专栏,"这儿有篇小文章,我不清楚你是如何喊它的,差不多就算杂文吧,跟这两位领袖人物一块儿出现了,说一定要有一个人崛起,他会把新的价值赋予事物,给我们以新的真理,新的生活态度,不然的话用不了几年,我们就会变得一无所有,一个国家就会灭亡——"

"我认为那也有点像报纸的行话。"伯金说道。

"听起来那个人说得非常真诚。"杰拉德说道。

"把它给我,"伯金一边说,一边伸出手要报纸。

火车来了,于是他们就上了车,在餐车里面的一个窗户旁边的一张小桌子边,相对坐了下来。伯金扫了一眼报纸,接着抬眼看着杰拉德,而他正等着他说话。

"我相信这人就是这个意思。"他说道,"就是这样的。"

"你觉得那是真实的吗?你觉得我们真的需要一部新的福音书吗?"杰拉德问道。

伯金耸了耸肩膀。

"我觉得那些说他们想要一个新宗教的人是最后才接受新事物的人。他们需要的只不过是新奇。但是,审视一下我们自己正在过的生活,要抛弃它,要让我们彻底地打碎自己往日的偶像,那我们是绝对不会干的。在新的事物尚未出现以前,你不管怎么样都得先摆脱旧的东西,甚至是旧的自我。"

杰拉德认真地看着他。

"你觉得我们应该毁掉这种生活,马上就开始飞腾吗?"他问道。

"这种生活。是的,我是这样想。我们一定得完全摧毁它,或者让它从内部枯萎,就像一张绷紧的皮一样。因为那样它就不会再膨胀了。"

杰拉德的眼里闪出一丝奇怪的微笑,显得很高兴,平静而又古怪。

"那你准备如何开始?我觉得你指的是要改良整个社会制度?"他问道。

伯金的眉头轻轻地皱了起来。他对这样的交谈也觉得很不耐烦。

"我根本就没有打算,"他回答道,"当我们真正要走向更美好的事物的时候,我们就会把旧的打碎。到那个时候,任何一种建议或是提议对于狂妄自大的人而言都只是一个无聊的游戏。"

那一丝微笑开始从杰拉德的眼睛里消失,他冷冷地盯着伯金,说道:

"那你真的认为事情如此的糟糕吗?"

"糟糕透顶。"

那一丝微笑又出现了。

"在什么方面？"

"各个方面，"伯金说道，"我们都是那样意气消沉的惯于说谎的人。我们的一个观念就是欺骗我们自己。我们想象着一个完美的世界，洁净、正直而充实。所以我们就将地球上弄满了垃圾；生活也是一种劳动污染，就像昆虫跑在肮脏的东西之间一样。于是，你的矿工才可以在他的客厅里放上钢琴，而在你那现代化的家里面才拥有了男仆与摩托车，而作为一个国家，我们才有了里兹饭店或者是帝国饭店，才有了《加比·戴斯里斯》或者是《星期日》报纸。那太让人丧气了。"

这篇激烈的演说使得杰拉德过了好一阵子才醒过神来。

"你觉得我们的生活没有房子可以吗？要返回到自然中去吗？"他问道。

"我压根就不想要任何东西，人们只想做他们想做的事情——还有他们能做的事情。要是他们能做其他的什么事情的话，那就会有其他的什么东西了。"

杰拉德又思索起来。他并不打算惹伯金生气。

"难道你不觉得矿工家的钢琴，就像你说的那样，是某种很真实的东西的象征吗？它象征着矿工高层次的生活。"

"更高！"伯金叫了起来，"对，让人惊讶的高级奢侈品。这让他在附近的矿工的眼中变得高人一等了。他是通过自己反映在邻居中的看法才看清了自己，就跟布罗肯峰上的幽灵一样。借钢琴的力量，就比人高出几英尺，于是他就心满意足了。他就是为了那而生活的，是在别人的反映中生活的。你也是一样。要是你对人类变得非常的重要，你对你自己也就变得非常的重要。那就是你在矿上干的那样起劲的原因。要是哪天你可以生产做五千份饭菜的煤，你的身价就比你做自己的一份饭菜提高了五千倍。"

"我觉得我是。"杰拉德笑了起来。

"你不知道吗，"伯金说道，"帮助我的邻居吃饭还不如我自己吃饱呢。'我吃，你吃，他吃，我们吃，你们吃，他们吃'，那么还有什么？为何所有的人都要把这个动词变格呢？对我而言，第一人称单数就可以了。"

"你要将物质的东西放到首位，"杰拉德说道，对这话伯金没去理睬。

"而我们一定得为什么东西活着，我们并不是牛，可以吃草，并从中获得满足。"杰拉德说道。

"跟我说，"伯金说道，"你为什么而活？"

杰拉德的表情变得很困惑。

"我为何而活？"他重复道，"我觉得我是为了工作而活，为了生产些东西,因为我是一个有目的的人。除了这些,我活着就因为我是个活着的人。"

"你的工作是什么呢?就是每天把那几千吨煤从地下给挖出来。当我们有了足够的煤的时候,有了豪华家具与钢琴的时候,吃饱了炖兔肉的时候,当我们所有的人都穿得很暖和,我们的肚子也吃饱的时候,当我们听着年轻的女人弹钢琴的时候,那会怎样?当你在物质上有了真正很不错的开端的时候,你还会怎样?"

杰拉德坐着,嘲笑着另一个所说的话与讽刺性的幽默。但是他也在思索着。

"我们尚未到达那儿呢,"他回答道,"还有许多人依旧在等待着兔肉,等着燃料来炖它。"

"这样的话,当你挖煤的时候,我就该去逮兔子?"伯金嘲笑着杰拉德说道。

"就跟那差不多。"杰拉德说道。

伯金眯着眼睛看着杰拉德。他发现,杰拉德尽管很温和,可他却非常阴冷,他甚至从他那似是而非的道德论中发现了一些奇怪、恶毒的东西在闪动。

"杰拉德,"他说道,"我非常恨你。"

"我很清楚,"杰拉德说道,"你为何要恨呢?"

伯金高深莫测地沉思了几分钟。

"我很想弄明白,你是不是也有意地憎恨我,"最后,他说道。

"你是不是有意地讨厌我——莫名其妙地恨我?有的时候我特别恨你。"

杰拉德很吃惊,甚至都有点惊慌了。他都不知道该怎样说了。

"当然,有的时候,我恨过你,"他说道,"可我并没有意识到这一点——从未敏感地意识到,就是那样。"

"那样就更糟糕了。"伯金说道。

杰拉德用奇怪的眼神看着他,他没法弄懂他的意思。

"那不是更糟糕了吗?"他重复道。

火车在继续前进着,而在这两个男人之间出现了一阵沉默。伯金的脸上露出一种烦躁而紧张的表情,眉头紧紧地皱在一起,尖锐而生硬。杰拉德小心而谨慎地望着他,猜测着,因为他不知道他下面会说些什么。

突然,伯金的眼睛直直而有力地望向另一个人的眼睛。

"你觉得什么才是你生活的目标与目的呢,杰拉德?"他问道。

杰拉德再一次觉得很吃惊,他搞不清楚他的朋友指的是什么。他是不是在开玩笑呢?

"在这个时候,我也说不清楚。"他回答道,带着点幽默的讽刺。

"你是不是觉得爱情就是生活的全部啊?"伯金直截了当、非常严肃地问道。

"关于我自己的生活吗?"杰拉德说道。

"对。"

出现了一段真正困惑的停顿。

"我也没法说,"杰拉德说道,"迄今为止,它还尚未定型。"

"那么,到现在,你的生活是什么样的呢?"

"噢,我自己发现事物,并获取经验,再做成一些事情。"

伯金皱起眉头,像一块棱角分明的钢模一样。

"我发觉,"他说道,"一个人需要某种真正、单纯的单独行动——我觉得爱就是一个纯粹的单独行动。但我并不真正喜欢什么人——现在没有。"

"你未曾真正爱过哪个人吗?"杰拉德问道。

"对,也不对。"伯金回答道。

"尚未最终确定?"杰拉德说道。

"最终——最终——没有。"伯金说道。

"我也是这样。"杰拉德说道。

"那你希望如此吗?"伯金问道。

杰拉德的眼睛里闪着光,长时间地看着另一个人的眼睛,几乎都有点讽刺的意味了。

"我不太清楚。"他说道。

"但我明白,我想去爱。"伯金说道。

"是吗?"

"对。我想要最终的爱。"

"最终的爱。"杰拉德重复道。他又等了一会儿。

"就一个女人?"他补充道。夜里的灯光沿着野地洒下了一片桔黄色,照亮了伯金那紧张、迷惑而又坚定的脸。杰拉德依旧搞不懂。

"对,一个女人。"伯金说道。

但在杰拉德听起来,好像他这并不是自信,只是固执而已。

"我不相信,一个女人,仅仅一个女人就可以构成我的生活。"杰拉德说道。

"难道你跟一个女人之间的爱也不可以吗?这可是它最主要的问题。"伯金问道。

杰拉德的眼睛眯了起来，奇怪而又阴险地微笑着，看着另一个人。

"我从未曾这样认为过。"他说道。

"你没有？那么对你来说，生活的中心在什么地方？"

"我不大清楚，我正想有个人告诉我呢。就我现在而言，它还压根就没有中心，只不过是让社会的结构人为地撮合在了一块儿而已。"

伯金沉思起来，好像他想打碎一些东西。

"我明白，"他说道，"它就是没有中心。那些旧的意识就像指甲一样死了——什么都没留下。对我而言，好像只有跟一个女人完美的结合是永恒的，那是一种最终的婚姻，没有其他的什么东西。"

"你的意思是不是说，要是没有这个女人，就什么都没有了呀？"杰拉德说道。

"非常正确，也没有上帝了。"

"那么，我们就没有出路了。"杰拉德说道。他转过身去朝窗户外面望着，金黄色的原野飞驰而过。

伯金不由自主地认为他那张脸既漂亮又英俊，但他仍提起精神装作不在意的样子。

"你觉得那对我们没有什么益处吗？"伯金说道。

"对，要是我们一定要从一个女人那儿创造我们的生活，一个女人，只是一个女人，那我就是这样认为的。"杰拉德说道，"我不相信我会在那种情况下生活。"

伯金看着他，差不多都快发怒了，

"你生来就不是一个信仰者。"

"我只相信我感受到的东西，"杰拉德说道。他又用他双蓝色的、很有男人味的、明亮的眼睛看着伯金，差不多都有一种讽刺的味道了。这个时候，伯金的眼睛里充满了愤怒，不过它们很快又变得烦乱、迷惑，接着又充满了温暖、热情，还带着笑意。

"那让我非常烦躁，杰拉德。"他皱着眉头说道。

"我可以看出，"杰拉德说道，他的嘴角上掠过一丝很有男人味的英俊的笑意。

不知不觉中，杰拉德被另一个人吸引了。他想接近他，他想进入到他的影响范围之内。在伯金身上有一些东西与他非常相像。不过，除了这些，他并没有注意太多的东西。他觉得他自己，杰拉德，有着其他人所不清楚的、更能经受考验的真理，他觉得自己年龄大些，知道的也多些。可他喜欢他的朋友身上那一触即发的热情、生命力与灿烂而热烈的话语。他欣赏他的口才与快速表达交流感情的能力，而那些话的真正含义他从未曾真正思考过,他自己更清楚这一点。

伯金也知道这一点。他很清楚杰拉德很喜欢他,却不看重他。这使得他非常冷酷。在火车前进的时候,他坐在那儿,望着田野,把杰拉德给忘却了,对他而言,他就好像什么都不是了。

伯金一边望着田野与夜色,一边想着:"噢,要是人类被毁灭了,要是我们的种族跟索德姆城一样被毁灭了,在明亮的田野与森林中,还依旧会有如此美丽的夜色,我就满意了,那些通风报信者也都还在,而且永远都不会失去。总而言之,人类只是这未知世界的一种表现形式。要是人类灭亡了,那也只是意味着这种特殊的表现形式结束了,完了。被表现的与将要被表现的是不可能会消失的,它就在那儿,在这亮丽的夜色之中。让人类灭亡好了,让时间决定吧。创造的演说是不会停下来的,它们只会在那儿存在。人类再也不会体现那未知世界的意义了。人类是一个死去的字母。会有一种新的表现形式,以一种新的方法。让人类尽快地消失好了。"

杰拉德用问话打断了他的思路,

"你在伦敦住在什么地方?"

伯金抬起头。

"跟一个人一块儿住在索赫区。我付了一间房的一部分房租,我高兴的时候就可以住在那儿。"

"好主意,多多少少也有一个你自己的地方。"杰拉德说道。

"对。但是我并不关心这些,我对那些我一定要去交往的人感到很厌倦。"

"哪一种人?"

"艺术家——音乐家——伦敦那些放荡不羁的文人们,那些小气鬼,总是精打细算、斤斤计较。但是也有少数一些很体面的人,在某些方面也还算体面。他们是一些真正特别彻底的厌世者,也可能他们活着只不过就是为了拒绝,为了否定,但是,他们的态度也算很消极了。"

"他们是什么人?画家,音乐家?"

"画家、音乐家、作家———些食客,模特儿,时髦的年轻人,任何一个跟传统公开决裂的人,而又不属于哪个特定的地方。据他们说,他们大多都是一些从大学出来的年轻人,还有一些独立生存的姑娘们。"

"都很放荡吗?"杰拉德说道。

伯金可以看出他的好奇心上来了。

"一方面是这样,而另一方面,大部分都很严肃。虽然他们都那么骇人听闻,实际上都一样。"

他看了一眼杰拉德，看到他蓝色的眼睛里面亮起一小团好奇的期望的火苗。他还看到，他是那样的好看。杰拉德很有魅力，他的血运好像非常旺盛，很迷人。他那蓝色的眼睛闪着敏锐而冷酷的光芒，在他整个躯体上有一种特定的美，一种顺从的美。

"我们可以在他们各自身上发现一些东西——我要在伦敦呆上两三天呢。"杰拉德说道。

"对，"伯金说道，"我不愿意到剧院或者音乐厅去，你最好到家里来，看一下海里戴与他的那一群人。"

"多谢，我非常愿意，"杰拉德笑了起来，"今天夜里你要干什么？"

"我答应说要到庞巴多去跟海里戴相聚，那是个很糟糕的地方，但是也没有其他的地方可去。"

"在什么地方？"杰拉德问道。

"皮卡迪利广场。"

"噢，是的，噢，我能到那儿去吗？"

"当然了，那你会很高兴的。"

夜色来临了，火车已经过了贝德福德。伯金看着田野，心里面充满了一种失望的感觉。每当快到伦敦的时候，他总是会有这样的感觉。他对人类的憎恶，对人们的憎恶，差不多都快变成一种病了。

"'那安静而灿烂的黄昏，在非常遥远的地方微笑——'"

他就跟一个被判处死刑的人一样，自言自语地咕哝着。杰拉德那敏锐的感觉被他给触醒了，他朝前探着身子微笑着问道：

"你刚才在说些什么呀？"伯金看了他一眼，笑了起来，并重复道：

"'安静而灿烂的黄昏，在非常遥远的地方微笑，
草原上羊儿正在打盹——'"

杰拉德现在也望着原野。而伯金不知道怎么回事，现在觉得疲惫而又沮丧，就对他说道：

"当火车正驶进伦敦的时候，我总是觉得厄运就要来临了。我觉得那么绝望，那么的失望，就好像这是世界的末日。"

"真的！"杰拉德说道，"那么世界的末日是不是让你觉得害怕了？"

伯金轻轻地耸了耸肩膀。

"我也不清楚。"他说道，"当它快要塌陷而又尚未塌陷的时候是那样的。但是人们给我一种很不好的感觉，非常不好。"

在杰拉德的眼睛里面有一丝快乐的微笑。

"是吗？"他说道。他审慎地盯着另一个人。

几分钟后，火车穿行在肮脏的伦敦市区之中了。车厢里的人们全都打

起了精神，等着离开。最后，他们来到了火车站那巨大的拱顶的下面，就在这座城市那巨大的阴影之中。伯金提起精神，他到站了。

这两个人一齐上了一辆出租汽车。

"你难道不觉得就像进地狱一样吗？"伯金问道。他们坐在这小小的迅速行驶着的空间之中，望着那丑陋的大街。

"不，"杰拉德笑了起来。

"这是真正的死亡。"伯金说道。

第六章 薄荷酒

　　过了几小时,他们在餐馆里面相遇了。杰拉德推开门走到宽大高雅的房间里面,顾客们的脸与头从那弥漫的烟雾中隐隐约约地闪现出来,这些人影反射到墙上的那面大镜子中,景象更加昏暗、庞杂,这样以来,就跟走到了一个模糊、黯淡的世界里面一样,空气中弥漫着蓝色的烟雾,到处都是嗡嗡的顾客。然而,在这欢乐的嘈杂声里面,那椅子上的红色绒毛倒给人一种实在的感觉。

　　杰拉德慢慢地观察着周围,小心从那些桌子与人们之间穿过,当他经过的时候,他们那带着暗影的脸就都抬起来看着他。他好像进入了一个奇妙的地方,进入了一个明亮的新地方,置身于一些放荡的人们中间。他觉得很满足,很快乐。他扫视着那些从桌面上伸过来的那些暗淡的面庞,那些脸上闪动着奇特的光芒。然后,他看见伯金站起来跟他打招呼。

　　坐在伯金的桌子旁边的是一个姑娘,长着一头柔软而蓬松的黑发,剪得非常短,是一种流行的艺术样式,直披下来,很丰满,很像一位埃及公主。她很娇小,而且很美丽,长着一双热情而幼稚的大大的黑眼睛。她整个人都很娇嫩,差不多是很美了,而且,神态相当有吸引力,这马上让杰拉德的眼睛一亮。

　　伯金看上去很默然,他有点心不在焉,介绍说她是塔林顿小姐。她突然不大情愿地朝杰拉德伸出了手,与此同时,却又阴郁、大胆地盯着他看。他精神焕发地坐了下来。

　　侍者出现了。杰拉德扫了一眼其他两人的杯子。伯金正在喝一种绿色的东西,塔林顿小姐拿了个很小的利口酒杯子,里面空空的只剩下几滴酒了。

　　"你不再要一点了吗?"

　　"白兰地,"她一边说,一边喝干了最后一滴,把杯子放了下来。侍者离去了。

　　"不,"她对伯金说道,"他还不知道我回来了。当他发现我在这里的时候，他会非常吃惊的。"

她把"吃"发成了"七"音，有点咬舌，就跟小孩子的发音似的，就她的性格而言，这既像是假装出来的，又好像是真的。她的声音单调而乏味。

"那么他在什么地方？"伯金问道。

"他正在纳尔格鲁夫人那里举办个人画展。"那姑娘说道，"沃伦斯也在那儿。"

于是就停顿了下来。

"好吧，那么，"伯金以一种不带感情而又予以保护的口气说道，"你想要做什么？"

姑娘闷闷不乐地不说话了。她讨厌这个问题。

"我什么都不准备做，"她回答道，"我明天准备去找一些主顾给他们当模特儿。"

"你准备到谁那里去呢？"伯金问道。

"我准备先去班特利那儿，但是我相信因为出走的事，他肯定生我的气了。"

"是不是从马多那那儿呀？"

"对。如果他不想要我的话，我知道我能在卡马松那里找到工作。"

"卡马松？"

"弗德里克·卡马松，他搞摄影。"

"穿着薄纱衣，而且露着肩膀——"

"对。但是他特别正派。"停顿了片刻。

"那你准备对裘里斯怎么做？"他问道。

"没什么，"她说道，"我只是不去理睬他。"

"你和他完全决裂了？"她不高兴地把脸扭到了一边，没有回答这个问题。

另一位年轻人匆匆忙忙地走到了桌子旁边。

"嗨，伯金！嗨，米纳蒂，你什么时候回来的？"他急切地说道。

"今天。"

"海里戴知不知道？"

"我不太清楚，而且我也不关心。"

"哈哈！运气依旧还在那个地方，对不对？要是我挪到这张桌子上来的话，你会不会介意？"

"我正在同卢伯特聊天，你介不介意？"她冷淡而又恳求地回答道，就跟个孩子一样。

"公开的招认,对灵魂有好处,嗯?"那年轻人说道,"好吧,再见吧。"

那年轻人锐利地看了一眼伯金与杰拉德,就离开了,他的上衣的下摆来回动着。

在这段时间内,杰拉德彻底被忽略了。可他觉得这姑娘意识到了他的存在。他等待着,聆听着,并试图加入谈话中。

"你是不是住在旅社里啊?"那姑娘向伯金问道。

"住三天,"伯金回答道,"那你呢?"

"我还不太清楚。但我平时住在伯萨家。"

一阵沉默。

突然,这姑娘朝杰拉德转了过来,用一种相当正式、有礼貌的口气说道,就跟一个觉得她的社会地位很低下的女人一样,态度很疏远,可是她那女人气的谈话又显出对男人的亲昵。

"你对伦敦是不是很了解啊?"

"我也很难说,"他笑了起来,"我到这里来过很多回了,不过以前我从未来过这个地方。"

"那么,你并不是一位艺术家了?"她用一种将他当成一个外人的口气说道。

"不是。"他回答道。

"他是一名士兵,还是一位探险家,一位工业上的拿破仑。"伯金说道,对杰拉德显示他对放浪艺术家的信任。

"你是一名士兵吗?"那姑娘冷淡而又好奇地问道。

"不,我已经退伍了,"杰拉德说道,"在很多年以前。"

"他参加过上一次战争,"伯金说道。

"真的吗?"姑娘说道。

"那时,他还探测了亚马逊河,"伯金说道,"而目前他正管理着一座煤矿。"

那姑娘一动不动、好奇而平静地盯着杰拉德看。听到他自己被人说起,他笑起来。他也觉得很自豪,充满了男人的力量。他那敏锐的蓝眼睛闪着光,含着笑,他那红润的脸庞与那整齐的金黄色的头发都充满了满足感,并焕发着生命的活力。他让她感到好奇。

"你要在这儿待多长时间?"她问他。

"一天或两天,"他回答道,"但是,也没什么特别急的事。"

她依旧那样怔怔地望着他的脸,对他来说,那眼神是那样的好奇,那样的令人激动。他有着非常强烈的自我意识,为他自己的魅力而觉得特别喜悦。他觉得充满了力量，可以释放出一种惊人的能量。而他也意识到姑娘那热切的黑眼睛正大胆地看着他。她有一双美丽的眼睛，黑黑的，睁得圆圆的，正毫不掩饰地望着他。而且在它们上面好像漂浮着一层分裂的彩虹，一种忧伤而阴沉的眼神，就跟油漂在水上一样。

在这闷热的咖啡馆里，她没戴帽子，宽松简朴的外套穿在身上，领口扎着一根细带。这细带是用贵重的双绉做的，又沉重又柔软的带子从她那娇嫩的脖子上垂落下来，在她那纤弱的手腕上也垂着同样的带子。她的长相单纯而又完美，真是非常的漂亮。她显得很端庄，她那柔软的黑发披落了下来，她很挺拔，又娇小，体态很柔软，露出了每一处细小的曲线，她的脖子很纤细，那多彩的烟雾在她瘦弱的肩膀上缭绕着。她非常沉稳，几乎就不露表情，神态总是若即若离而且显得很警惕。

她让杰拉德很动心。他觉得对她有一种可怕而又巨大的控制力，一种几近残忍的本能上的爱。因为她是个牺牲品。他觉得她就在他的权力之内，而他则施恩于她。这让他觉得他的四肢跟过电一样兴奋，并充满了情欲。要是他释放电能的话，他就可以彻底地摧毁她。但是她却在她那若即若离的状态下等待着。

他们说了一会儿无聊的话，突然伯金说道：

"裘里斯来了！"他站了起来，并朝着新来者走过去。那姑娘奇怪地动了一下，简直可以说是带着恶意了，没有转动她的身子，只是扭过了头。而杰拉德正望着她柔软的黑发在耳朵上甩动着。他觉得她在密切地看着那个正在走近的人，因此他也望了过去。他发现了一位皮肤苍白、高个子的年轻人，在他的黑帽子下露出长长的黑发，正慢慢地走了进来，他的脸很明朗，带着天真而又热情的微笑，不过又缺乏生气。他接近了匆匆忙忙过去迎接他的伯金。

一直等他走得非常近了，他才发现了那个姑娘。他往后退了一步，脸色变白了，高声尖叫了起来：

"米纳蒂，你来这个地方做什么？"

听到这声尖叫，咖啡馆里的人都跟动物似的抬起头来看。海里戴却不为所动，一丝差不多有点愚蠢的微笑闪现在他苍白的脸上。那姑娘只是用一种忧郁的眼神盯着他，带着一副深不可测的表情，却也有点苍白无力。她被他限制了。

"你为何要回来？"海里戴依旧用那种歇斯底里的大嗓门重复着，"我告诉过你别再回来了。"

那姑娘并未回答，只是依旧以一种冷淡而沉重的眼神直直地盯着他，而他朝另一张桌子退缩着，好像是要寻找保护。

"你很清楚你想让她回来,过来,坐下。"伯金对他说道。

"不,我没想让她回来,而且我跟她说过不要再回来了。你来做什么啊,米纳蒂?"

"不关你的事。"她用一种极其怨恨的语气说道。

"那么你到底为什么要回来?"海里戴大叫了起来,他的声音都变成尖叫了。

"她回来是因为她愿意,"伯金说道,"你还准备不准备坐下来?"

"不,我不会与米纳蒂坐在一起。"海里戴叫了起来。

"我不会伤害你,你不要担心。"她非常尖刻地对他说道,可在她的声音中,有一种自卫的意思。

海里戴走过来坐到了桌子旁边,把他的手放到胸前,嚷嚷着:

"噢,这让我大吃了一惊!米纳蒂,我希望你不要做这些事情。你为什么回来啊?"

"一点也不关你的事。"她重复道。

"你以前说过这个。"他高声大叫道。

她一下子转过身,朝着杰拉德·克里奇,他的眼睛正闪烁着快活的光。

"你以前是不是很怕野蛮人?"她用那种平淡、孩子般的口气问杰拉德。

"不,从未特别害怕过。大致而言,他们并没有害处——他们还没出生呢,你不会感到真的害怕他们的。你也很清楚你能够对付他们。"

"你真的不怕?难道他们不是非常凶恶吗?"

"不是太凶。实际上,并没有多少凶恶的东西。无论是人还是动物,都没有多少是真正危险的。"

"除了在兽群中以外。"伯金插了一句。

"真的吗?"她说道,"噢,我认为所有野蛮的东西都是危险的,在你还没来得及往四周看一下的时候,他们就已经要了你的命。"

"是吗?"他笑了起来,"野蛮的东西是不能划分等类的。他们跟有些人特别一样,都是见过第一面之后才会兴奋。"

"噢,那么,当一名探险者不就是太勇敢了吗?"

"不。更大的问题是艰险,而不是恐怖。"

"噢!那你曾经怕过没有?"

"在我这一辈子?我不太清楚。对,我非常怕一些东西——我害怕被关起来,囚禁在哪个地方,或者是被绑起来。我就怕让人绑住手脚。"

她用那双黑眼睛直直地盯着他看,那让他很心动,头脑反倒完全冷静了。他觉得她从他身上获取了他的自我暴露，好像是从他躯体内黑暗的内心最深处获取的，这真是非常有意思。她想弄明白，而她的黑眼睛好像是看穿了他赤裸的身体。

他觉得，她被他吸引住了，她命中注定要跟他接触，一定得观察他并了解他。这让他觉得非常得意。而且，他还觉得她一定得投入到他的手中，并且听命于他。她是如此的世俗，像奴隶一样盯着他看，被他给吸引住了。那并不是说她对他所说的话感兴趣，她是让他的自我暴露给吸引住了，让他给吸引住了，她想要他的秘密，想要他那男性的经验。

杰拉德的脸上带着一种奇怪的微笑，精神焕发可又有点迷糊。他在那儿坐着，把两只胳膊放到桌子上，他那被太阳晒黑的吓人的手向她伸开着，就跟动物的一样，不过样子倒挺好看，也很有魅力。而它们让她着了迷，而她也清楚自己着了迷。

其他的男人来到桌子旁边，来跟伯金与海里戴说话。杰拉德用一种很低的声音对米纳蒂说道：

"你是从什么地方回来的？"

"从乡下，"米纳蒂用很低的声音回答道，不过那声音非常圆润。她的脸紧绷着，她时不时地往海里戴那儿扫一眼，然后，一束黑色的火光就从她的眼睛里面燃起。那神色沉郁的年轻人根本就不理她，他是真的害怕她。有的时候，她就会把杰拉德给忽略，他并未把她征服。

"那海里戴跟你回来有何关系？"他问道，他的声音仍然很低沉。

她有好长时间都不愿回答，后来，她才不情愿地说道：

"是他让我走，跟他住在一块儿的，可眼下他要把我扔到一边。而他又不许我到其他任何人那里去。他想让我隐居在乡下。后来他说我把他给害了，因为他不能摆脱我。"

"他简直失去理智了。"杰拉德说道。

"他一点理智都没有，因此他不清楚这些事。"她说道，"他等着别人对他说去做什么。他从来不去做自己想做的事，因为他不清楚他要什么。他完全就是一个小孩。"

杰拉德看了海里戴一会儿，看着那个年轻人那柔和而又颓废的面庞。

它的柔和非常有吸引力；它那柔和而又热情的天性，让人不由自主地觉得很可亲。

"可他并没有控制你，是不是？"杰拉德问道。

"你很清楚，他强迫我与他住在一块儿，而我并不愿意，"她回答道，"他过来冲我大嚷，流着泪，你从未见过如此多的眼泪，说除非我回到他那儿去，不然的话他就难以忍受。每一次他都是这个样子。而眼下我就要生孩子了，他就想给我一百镑并把我送到乡下去，这样他就永远也看不到我了，再也听不到我的声音了。但我不准备那样做，不——"

一丝奇怪的表情闪现在杰拉德的脸上。

"你就要有一个孩子了？"他怀疑地问道。她看上去好像是不可能的，她是如此的年轻，而且精神状态也不像怀孕的。

她盯着他的脸看，而现在她那幼稚的黑眼睛正偷偷地看着，发现了不祥的东西，显出迷茫而又不肯屈服的神情。一束火焰在他的胸中燃烧起来。

"对，"她说道，"那不是很可怕吗？"

"难道你不想要吗？"他问道。

"我不想。"她加重语气回答道。

"但是——"他说道，"你知道多长时间了？"

"十周了。"她说道。

她一直都在用她那幼稚的黑眼睛盯着他看。而他则一言不发地沉思着。后来，他转过身去，变得很冷淡，却用一种非常关切的口气问道：

"我们在这儿有什么东西能吃啊？有你喜欢吃的东西吗？"

"对，"她说道，"我喜欢吃牡蛎。"

"好吧，"他说道，"我们要些牡蛎吧。"于是他冲侍者招招手。

海里戴一直没有在意，而等到那小小的盘子放到了她面前的时候，他突然大叫了起来：

"米纳蒂，当你喝白兰地的时候，你不能吃牡蛎。"

"那又关你什么事？"她问道。

"没什么，没什么，"他叫道，"但是当你喝白兰地的时候，你不能吃牡蛎。"

"我没喝白兰地，"她回答道，并把杯子里最后一滴酒泼到了他的脸上。他发出一声很奇怪的尖叫。而她就跟没事人似的看着他。

"米纳蒂，你为什么要这样？"他惊慌地叫了起来。他给杰拉德的印象是，他非常怕她，而他喜欢自己惊慌的样子。他好像因为自己怕她而又恨她觉得很自得，从那真正的惊慌里面回味无穷。杰拉德觉得他是个奇怪的蠢货，不过又很有意思。

"但是米纳蒂，"另一个男人用一种很小的声音带着伊顿腔很快地说道，"你许诺过不去伤害他的。"

"我并没有伤害他。"她回答道。

"你想喝什么？"那年轻人问道。他皮肤很黑，而且很光洁，充满了一种很难发觉的活力。

"我不喜欢让人服侍,马克西姆。"她回答道。

"你一定得要些香槟。"那另一个人用一种很有绅士派头的声音小声咕哝道。

杰拉德突然明白过来这是对他的一种暗示。

"咱们来点香槟好不好?"他笑着问道。

"对,请吧,要干的,"她跟孩子一样口齿不清地说道。

杰拉德看着她吃牡蛎。她吃的时候,非常细致,也非常讲究。她的手指尖很好看,而且显得非常敏感,她就用一种好看而又很小的动作把食物剥开,她小心而优雅地吃着。看着她,杰拉德觉得非常高兴,但这惹恼了伯金。他们全都正在喝着香槟酒,马克西姆,这位整洁的俄国年轻人,脸色光洁而又温暖,长着一头乌黑油亮的头发,只有他显得非常的平静而镇定。伯金脸色苍白,而且很迷惑,也很不自然。

杰拉德正微笑着,他的眼睛里闪着愉快而又冷淡的光芒,有点保护意识地朝米纳蒂歪着身子,而她非常的美丽,而且很柔和,像一朵在恐惧中盛开的冰花一样。现在她虚荣地红着脸,因为喝了酒,周围又有男人在场,她很激动。海里戴显得很愚蠢。只一杯酒就能把他灌醉并让他傻笑起来。但在他身上总有一种令人愉快的热情的幼稚,那让他很有魅力。

"除了黑甲壳虫之外,我什么都不怕。"米纳蒂说道,她突然抬起头并用她那黑色的眼睛盯着杰拉德,那里面好像有一团看不到的火,他从骨子里骇人地大笑一声。她那孩子般的言谈触到了他的神经,而她那火辣辣的朦胧的目光现在全都投在他身上,忘却了她过去所有的东西,给他一种很放肆的形象。

"我不害怕,"她抗议道,"我不害怕其他的东西。但是黑甲壳虫——噢!"她痉挛似的哆嗦了一下,好像一想起这个就没法忍受。

"你指的是不是,"杰拉德说道,有一种喝了酒的男人的拘谨,"你一看到黑甲壳虫就害怕,还是害怕黑甲壳虫咬你,或是怕它给你带来危害?"

"它们咬人吗?"姑娘大叫道。

"多么令人厌恶啊!"海里戴惊叫道。

"我也不清楚,"杰拉德朝桌子周围看着回答道,"黑甲壳虫咬人吗?不过那不是关键。你是不是怕它咬,或者,它是一种形而上学上的丑恶东西吗?"

姑娘一直都在用那幼稚的眼光盯着杰拉德看。

"噢,我认为它们让人恶心,可怕。"她叫了起来,"如果我看到一只,就会全身都起鸡皮疙瘩。如果有一只爬到了我的身上,我敢肯定我就死了,我肯定我会的。"

"我希望不要那样。"年轻的俄国人小声说道。

"我敢肯定我会的,马克西姆。"她郑重地说道。

"那么,虫子就不会爬到你的身上了。"杰拉德非常理解地微笑着说道。不知道怎么回事,他非常理解她。

"那是个形而上学的问题,就是杰拉德说的那样。"伯金开口道。

出现了不安的停顿。

"那么,米纳蒂,你其他的什么都不怕吗?"那年轻的俄国人快速问道。他的声音很小,举止非常文雅。

"不好说,"她说道,"我害怕一些东西,不过不是同样的东西。我不怕血。"

"不怕血!"一个年轻人惊叫了起来。他长着一张苍白而肉乎乎的脸,带着嘲弄的表情,他刚刚来到桌子旁边,喝着威士忌。

米纳蒂扭过脸去,朝他阴郁而又厌恶地看了一眼。

"你是不是真的不怕血?"另一个追问道,他的脸上露出了一丝嘲笑。

"不,我不怕。"她反击道。

"为什么,除了在牙医的痰盂里见过血以外,你还没见过血吧?"年轻人嘲笑道。

"我没跟你说话。"她非常巧妙地回答道。

"你没法回答我了,对不对?"他说道。

她突然抓起一把刀刺向他那苍白肥胖的手,作为回答。他粗俗地叫骂着跳起身来。

"看看你的样子。"米纳蒂轻蔑地说道。

"你真该死,"那年轻人说道,在桌子旁边站着,用恶毒的眼光俯视着她。

"打住,"杰拉德,马上就本能地站出来控制局面。

年轻人在那儿站着,轻蔑地朝下望着她,一种胆怯的表情显现在他那肉乎乎的苍白的脸上。血开始从他手上流了出来。

"噢,多么可怕啊,把它拿走!"海里戴尖叫了起来,他的脸色发青,都变形了。

"你感到很难受吗?"那位讽刺人的年轻人有点关切地问道,"你觉得难受吗,裘里斯?伙计,这没什么,小伙子,不要让她觉得她演了一出好戏而快活,不要让她满意,小伙子,那正是她想要的。"

"噢!"海里戴尖叫了起来。

"他快吐出来了,马克西姆,"米纳蒂警告道。文雅的俄国年轻人站起身来,挽住海里戴的胳膊把他领走了。脸色苍白,默不作声的伯金在那儿看着,他好像不太高兴。那位受了伤的嘲弄人的年轻人也不管自己流着血的手,离开了。

"他是个特别胆小的人,"米纳蒂对杰拉德说道,"他对裘里斯产生了很大的影响。"

"他是谁?"杰拉德问道。

"他是一个犹太人,千真万确。我难以忍受他。"

"噢,他也没什么大不了的。但是,海里戴怎么了?"

"裘里斯是你曾经见过的胆子最小的人。"她叫了起来,"我如果举起一把刀,他就会晕过去,他被我给吓坏了。"

"嗬!"杰拉德说道。

"他们所有的人都怕我,"她说道,"只是那个犹太人想要表现一下他的勇气。但他是他们之中胆小的懦夫,真的,因为他怕人们对他会有什么想法,而裘里斯就不在意这些。"

"他们还是非常勇敢的。"杰拉德很和善地说道。

米纳蒂望着他,慢慢地露出了微笑。她非常美丽,脸色通红,碰到了可怕事依然很冷静。有两个小小的亮点在杰拉德的眼睛里闪烁起来。

"他们为何喊你米纳蒂?因为你跟一只猫一样吗?"他问她。

"我觉得是这样。"她说道。

微笑在他脸上变得更强烈了。

"你呀,更像是一只年轻的母豹。"

"噢,上帝,杰拉德!"伯金有点反感地说道。

他们俩都不安地看了看伯金。

"你今天夜里总是不说话,卢伯特。"她对他说道,因为有了另一个男人的保护,她有点放肆。

海里戴回来了,显得很难过,而且病恹恹的。

"米纳蒂,"他说道,"我希望你不要再做这些事情了——噢!"

他呻吟了一声跌坐在椅子里面。

"你最好回家吧。"她对他说。

"我会回家的,"他说道,"但是,你们不准备一块儿来吗?你们不准备到我家里来吗?"他对杰拉德说道,"如果你来了,我会很高兴的。那会很棒的,我说?"他朝四周望着寻找侍者。"给我弄辆出租车。"接着他又呻吟起来。"噢,我真的觉得——很难受!米纳蒂,你看你对我干了什么事。"

"那么你为何如此愚蠢呢?"她愠怒而平静地说道。

"可我不是个傻瓜!噢,多么可怕啊!一定要来,每个人,那会特别的好。米纳蒂,你来吧。什么?噢,不过,你必须得来,是的,你必须得来。什么?噢,我心爱的姑娘,现在不要大惊小怪的了,我觉得非常的——噢,如此的难受,噢!——哦!噢!"

"你也清楚你不能喝酒。"她冷淡地对他说道。

"我跟你说,那不是因为喝酒,米纳蒂,而是因为你那让人厌恶的行为,并不是因为其他什么事。噢,多么可怕啊!里比德尼科夫,我们走吧。"

"他只喝了一杯酒,只有一杯。"那个俄国年轻人用低沉的声音很快地说道。

他们全都走向了门口。姑娘紧靠着杰拉德,好像把她的步子跟他的协调一致。杰拉德注意到了这点,心里充满了一种恶魔般的满足:他的动作居然适用于两个人。他把她控制在他的意志之下,而她在那儿非常激动,显得很柔顺、神秘、隐秘。

他们一行五人挤到一辆出租车里面。海里戴第一个摇摇晃晃地进去了,跌坐到窗户旁边的座位上。接着米纳蒂坐了进去,而杰拉德则坐在她旁边。他们听到那年轻的俄国人指示了司机,后来他们就全都坐在黑暗之中了,紧紧地挤到了一块儿,海里戴呻吟着,朝窗户外面探着身子。他们觉得汽车快速地行驶着,跑动的声音非常沉闷。

米纳蒂坐在杰拉德旁边,而且她好像变得柔和了,一点一点把她自己溶到他的骨头里面,她好像是一束黑色的电流进了他的身体。她的生命全都溶化在他的血管里面,就像一个黑暗的磁场一样,集中在他的脊髓里面,形成一股惊人的力量源泉。同时,她与伯金与马克西姆说话的时候,她的声音也变得细弱而冷淡起来。在她跟杰拉德之间,是这种沉默和黑暗中闪电一样的理解。

后来,她找到他的手,就将它抓在自己的小手里面,紧紧地攥着。这纯粹黑暗而坦白的表示加快他全身血管的颤动,让他觉得头晕,他已经失去理智了。而她的声音却依旧跟一只铃铛似的响着,带着嘲弄的味道。当她晃动头的时候,她那纤细的头发就扫上了他的脸,于是他所有的神经全都燃烧起来,好像受到了细微的电流的磨擦。不过,他力量的中心仍旧很稳固,在他的内心深处,他觉得特别的骄傲。

他们到了一大片街区那儿,来到了一条小路上,不大一会儿,就来到一个房门前,一个印度人为他们开了门,杰拉德惊奇地看着他,怀疑他可能是从牛津来的东方绅士,不过不是,他是男仆。

"上茶,哈桑。"海里戴说道。

"有我的房间吗?"伯金说道。

对这两个问题,那仆人都只是咧开嘴笑着,并哝咕着。

他使得杰拉德产生了怀疑,因为他身材又高又瘦,衣着体面,就跟个绅士一样。

"你的仆人是谁?"他问海里戴,"他看上去还不错嘛。"

"噢,对,那是因为他穿着其他人的衣服。他是个很漂亮的人,真的。我们在街头上发现了他,都快饿死了,于是我就将他带到了这儿,而另一个人给了他一些衣服。他就是看上去的那个样子,他唯一的长处就是不会说英语,而且也听不懂,因此他很可靠。"

"他太脏了,"那年轻的俄国人很快地轻声说道。

那男仆立即在门口出现了。

"怎么了?"海里戴说道。

那男仆咧开嘴笑了,并害羞地小声说道:

"想与主人说说话。"

杰拉德好奇地望着。门口的那人长得很不错,而且很清爽,他的举止很文雅,显得很高雅,带点贵族的气质。但他又似乎是一个野蛮人,在那儿咧着嘴傻笑着。海里戴出去了,到走廊里去与他谈话。

"什么?"他们听到他的声音,"什么?你说什么?再跟我说一次。什么?想要钱?想要更多的钱?但是你要钱做什么?"只听到那印度人含糊不清的说话声,后来海里戴就出现在房间里面,也傻笑着,并说道:

"他说他想要钱去买贴身的衣服。哪位能借给我一先令?噢,谢了,一先令可以买下所有他想要的内衣了。"他从杰拉德那儿拿了钱,接着又走到了走廊里面,他们听到他在那儿说道:"你不能再要钱了,昨天你要了三镑六先令。你不能再要钱了。快点将茶拿过来。"

杰拉德朝房间的四周看了看。这是一间伦敦家庭中样式普通的起居室,很明显租用的时候是配着家具的,样式普通,而又乱糟糟的。不过有几尊黑色的雕像与几幅来自西部非洲的木刻,古里古怪的,令人不舒服。这些雕塑品刻的土著人看上去差不多就跟人类胎儿一样。一尊是一个以一种很奇怪的姿式坐着的裸女像,看样子正在受着折磨,她的腰部凸了起来。

年轻的俄国人解释说她正在坐着生孩子,抓着从她的脖子上垂下来的箍带的顶端,这样她可以忍受下来,并帮助分娩。那奇怪的普通女人呆滞的面孔再一次让杰拉德想到了胎儿。它也相当奇妙，它表明人体极端的感觉是超出人的精神意识的控制范围的。

"难道它们不是很淫秽吗？"他不赞成地问道。

"我也不清楚，"另一个人很快地咕哝道，"我从来都不觉得它淫秽。我觉得它们很不错。"

杰拉德转过身去。房间里面有一两幅新画，是未来主义的风格，还有一架很大的钢琴。而这些东西，加上伦敦出租房间的一些样式比较好的普通家具就是屋子里面所有的东西。

米纳蒂把帽子取了下来，脱下了大衣，坐到了沙发上面。她在这屋里明显很像回家的样子，不过有点局促不安。她还不太清楚她的地位。这个时候，她的同盟是杰拉德，而她不清楚这一同盟被所有的男人承认到了何种程度。她正在考虑着应该怎样去对付现在的情况，她决定体验一下。现在，在这种危急的时刻，她绝对不能再受到阻碍。她的脸色通红，好像要打仗一样，她的眼睛也正思索着，不过那是难以避免的了。

男仆端着茶点与一瓶科麦尔酒走了进来。他将托盘放到了长沙发椅前的桌子上。

"米纳蒂，"海里戴说道，"倒茶。"

她没有动。

"你不准备倒了吗？"海里戴重复道，处在一种非常恐惧的状态之中。

"我回这里来，与过去不一样了。"她说道，"我过来只不过是别人想让我来，而不是看在你的份上。"

"我亲爱的米纳蒂，你很清楚你是自己的主人。我不想让你做任何事，只不过是为了你自己方便而享用这所公寓，你也清楚，我告诉过你那么多次了。"

她并未回答，而是默默而又有节制地伸手去拿茶壶。他们所有的人全都围坐成一圈喝着茶。杰拉德能感觉到他跟她之间那电磁般的联系是那样的强烈，以至于当她默不作声而又克制地坐在那儿的时候，他认为这是别的一种场合。沉默和她的稳固让他不知所措。他如何才能接近她呢？而他觉得那绝对是难以避免的。他完全相信那把他们两人连结到一块儿的电流了，他的困惑只是表面上的，新的条件已经出现了，而旧的已经过去了。现在一个人一定要去做他特别想做的事，无论那是什么事。

伯金站了起来。都将近一点钟了。

"我要去睡了，"他说道，"杰拉德，早上我会往你住的地方打电话，或者你往这里给我打电话。"

"好吧，"杰拉德说道，于是伯金就走了出去。

当他走掉之后，海里戴用一种激动的声音跟杰拉德说道：

"我说，你不准备留在这里吗，噢，留下好了！"

"你并不能让所有的人全都住下来。"杰拉德说道。

"噢，我可以，完全可以，除了我的床之外，还多出三张床，一定要留下，好吧。所有的东西都准备好了，经常有人在这儿住，我经常让人家住下来，我喜欢把这房间变得拥挤一点。"

"但是只有两个房间，"米纳蒂用一种冷淡、敌视的声音说道，"现在卢伯特在这里。"

"我很清楚只有两个房间，"海里戴用他那很高很怪的声音说道。"可那又怎么样？还有间画室呢。"

他非常憨厚地微笑着，他说的很热切，还有一种巴结的意味。

"裘里斯与我分享一个房间，"俄国人用他那谨慎而准确的声音说道。海里戴跟他在伊顿公学上学时就是朋友了。

"这非常的简单，"杰拉德一边说，一边舒展着他的胳膊，扩扩胸，接着他又走过去看一幅图画。他肢体的每一部分都让电流给催胀了，而他的背就跟老虎似的紧张地耸着，带着一束火焰。他觉得非常的自豪。

米纳蒂站了起来。她朝海里戴忧郁而憎恨地瞪了一眼，而这就把那憨厚而又满足的微笑带到了那年轻人的脸上。后来，她朝他们冷冷地说了一声晚安，就走出了房间。

于是出现了一段沉默，他们听到了关门的声音，然后马克西姆就用他那优雅的声音说道：

"那好吧。"

他意味深长地看了杰拉德一眼，默默地点了一下头，又说道：

"那好吧，你没什么事了。"

杰拉德朝那张光洁、红润、标致的面孔看了看，又看了看那又奇怪而意味深长的眼睛，好像这年轻的俄国人微弱而好听的声音是在血液里面回响，而并非在空气里面。

"我本来就没什么事。"杰拉德说道。

"对！对！你没什么事了。"那俄国人说道。

海里戴继续微笑着，什么也不说。

突然，米纳蒂再次出现在门口，她那小小的孩子气的面孔显得很不高兴，还带着报复性。

"我很清楚你们要挑我的毛病，"传来了她那冷淡而又圆润的声音，

"但我并不在意,我不在意你们挑出我多少毛病。"

她一转身,又走了。她穿了一件宽松的棕色丝绸上衣,下摆系在她的腰部。她显得如此的娇小,就跟孩子似的,而且很容易受到伤害,简直令人同情。但她眼中那凶狠的目光却让杰拉德觉得掉到了一个黑暗的深渊里面,差点把他给吓坏。

男人们又点着一支烟,随便地谈起话来。

第七章　图腾

早晨，杰拉德醒来的有点晚，他睡得非常沉。米纳蒂依旧在熟睡，孩子般地睡着，而且很动人。她很娇小，蜷缩着，一点戒备都没有，那使得这年轻人的骨子里产生了一种不满足的感觉，有一种很贪婪的渴望，有点遗憾。他又看了她一下，不过要是叫醒她的话，那就太残酷了。他克制住了自己，走开了。

一听见海里戴与里比德尼科夫谈话的声音从起居室传了过来，他便走到门口，并往里面看了一下。他穿了一件漂亮的蓝色绸衣，上面镶着紫色的边。

让他惊讶的是，他发现那两个年轻的男人全身赤裸裸地躺在壁炉旁边。海里戴往上看了一下，非常的高兴。

"早上好，"他说道，"噢，你是不是要毛巾啊？"于是他就一丝不挂地走出去到了前厅里面，那奇特的白色躯体在静止不动的家具之间走过。他拿着毛巾回来了，又来到他以前的位置上，在火的前面蜷缩着坐到了地上。

"难道你不喜欢火舌烤着你的皮肤的感觉吗？"他说道。

"那非常舒服。"杰拉德说道。

"在可以不穿衣服的气候下生活该是多么的美好啊。"海里戴说道。

"对。"杰拉德说道，"要是没有那么多东西蜇你、咬你的话。"

"那是一个不利的条件。"马克西姆咕哝道。

杰拉德望着这个金黄皮肤赤裸裸的人间动物，觉得有点厌恶，还有点耻辱。海里戴就不一样了。他有那么一种庄重、懒洋洋而又散淡的美，很白，而且非常结实，他就跟圣母怜子像中的基督一样。这个动物并不止那些，并不光是庄重而散淡的美。而杰拉德还发现海里戴的眼镜也非常好看，那样的蓝，很温暖而又非常迷茫，眼神也很散淡。火光照到他那沉重而滚圆的肩膀上，他懒懒地蜷缩在栅栏上，他扬起脸，脸色苍白，可能还有点潦倒，不过依旧是非常的漂亮动人。

"当然了，"马克西姆说道，"你去过人们赤裸着身体到处跑的热带国家呀。"

"噢，真的！"海里戴惊叫了起来。"什么地方？"

"南美洲——亚马逊河流域。"杰拉德说道。

"噢，可那是多么奇妙啊！那是我最想做的事情之一——天天什么衣服都不穿地生活着。要是我可以那样做的话，我就会觉得我也算曾经活过了。"

"但是为什么呀？"杰拉德说道，"我很难发现这有多大的区别。"

"噢，我认为那太美了。我可以说，那样生活完全是另一种样子，一点也不一样，而且绝对非常的美妙。"

"但这是为什么呢？"杰拉德问道，"为什么？"

"噢，那样，一个人就会感知到事物，而不光是看着它们。我愿意感觉到空气在我身边流动，感觉我所接触到的东西，而不光是去看它们。我敢肯定，生活之所以全都错了，是因为它变得太视觉化了——我们既没法听到、也没法感受、没法理解，我们只能去观望。我敢肯定，那全都是错误的。"

"是的，那是对的，那是对的。"俄国人说道。

杰拉德扫了他一眼，看到了他那柔和、金黄色的躯体，那黑色的头发长得很漂亮，自由地生长着，就跟植物的卷须一样，而他的肢体就跟光洁的树干一样。他是那样的健康，那样的漂亮，那他为何让人觉得羞耻呢？为何让人觉得厌恶呢？为何杰拉德甚至会厌恶它，为何在他看来它好像损害了他自身的尊严呢？那么所有的人都是这样的吗？多么缺少灵气啊！杰拉德想道。

伯金穿着白色的睡衣，头发湿漉漉的，突然在门口出现了，一条毛巾搭在他的胳膊上。他很冷淡，而且很苍白，多少还有点纤弱。

"如果你们需要的话，现在浴室空了。"他平淡地说道，又准备走开的时候，让杰拉德喊住了：

"我说，卢伯特！"

"什么？"那个白色的身影再次出现在房间里面。

"你觉得那儿的那个雕塑如何？我想搞清楚。"杰拉德问道。

伯金面色苍白，古怪而吓人地走向了那个黑色女人生孩子的雕像。她赤裸的、隆起的身体以一种奇怪的姿式蜷缩着，她的两只手抓着胸口上面的带子的顶端。

"它是件艺术品。"伯金说道。

"非常的美，真是非常的美。"俄国人说道。

他们全都靠拢过来看。杰拉德望着这一群男人：那俄国人是金黄色的，就跟一棵水生植物一样；海里戴又高大又稳重，有着散淡的美；伯金很苍白而且很朦胧，当他认真地望着那女人的塑像，那形象没法形容。杰拉德觉得有一种很奇怪的得意，也抬起眼睛去看那木雕的脸，于是他的心就紧缩起来。

他用心观察着那黑色女人朝前伸出的灰色的面庞，脸部紧绷着，浑身都在出神地使着劲。那是一张很吓人的脸，很茫然，紧皱着，因为下身那疼痛的感觉，脸缩得都快不成样子了。他在那上面看到了米纳蒂的影子，就像是在梦里面一样，他认识了她。

"为何这是件艺术品？"杰拉德觉得很震惊，反感地问道。

"它表达了一条完美的真理，"伯金说道，"它包含了那种情况下的所有真实，无论你如何去感觉它。"

"但是你很难说它是高级艺术品。"杰拉德说道。

"高级！在那座雕刻之前，艺术已经经过几百个世纪的直线发展了，它是一种特定文化的惊人高度的标志。"

"什么文化？"杰拉德反问道，他憎恨纯粹的非洲的东西。

"纯感觉的文化，肉体意识的文化，真正最终的肉体意识，没有一点精神作用，彻底肉感化。它是那样的肉感，所以是终极的，是最高的。"

但是杰拉德很反感这个。他想保留一种幻像，就像衣服之类的那些看法。

"你喜欢错误的事物，卢伯特，"他说道，"跟你作对的事物。"

"噢，我很清楚，这并不是所有的东西。"伯金回答着，走到一边去了。

当杰拉德从浴室回到他的房间里的时候，他也没穿衣服，而是搭在手臂上。他在家的时候很守规矩，而当他真的离开了，过着现在这种放荡的生活，他也就完全享受这种让人无法容忍的生活方式了。因此，他那蓝色的绸衣搭在胳膊上，挑战般地大步走着。

米纳蒂纹丝不动地在床上躺着，她那圆圆的黑眼睛就跟一池忧郁而不幸的清水一样。他只能看到她眼睛中那深不见底的死水。也许她非常痛苦。她那莫名其妙的痛苦的感觉把他心中原来的那股情火点燃了，一种撕心裂肺的同情，一种简直有点残酷的激情。

"现在你醒过来了。"他对她说。

"几点钟了？"传来了她那低沉的声音。

她好像液体一样从他这儿流了出去，无能为力地离开他，沉了下去。她幼稚的表情就跟一个被伤害了的奴隶一样，她的满足存在于她那一而再再而三地被伤害之中,这样子让他的神经因为那强烈的欲望而发抖。总而言之,他就是唯一的意志,而她则是他意志的附着物。他被这种微妙而尖锐的感觉刺痛着。而后来,他就明白了,他一定得从她身边离开,他们之间必然要分开。

那顿早饭非常普通,而且很安静。四个男人都洗了澡,全都显得非常干净。杰拉德与那个俄国人的长相与举止全都很合时宜。伯金很憔悴,还病恹恹的,他试图像杰拉德与马克西姆那样,做一个穿着适当的男人,但看上去他有点失败。海里戴穿着斜纹软呢服与一件绿色的法兰绒衬衣,还扎了一条旧领带,那领带倒很适合他。那印度人端来很多软和的烤面包,他看着与昨天夜里完全一样。

早饭结束的时候,米纳蒂出现了,穿了一件紫色的丝绸外衣,系着一条微微发亮的腰带。她多少恢复了一点,不过依旧默不作声,了无生气。对她来说,任何人与她说话都是一种折磨。她的脸就跟一只小而好看的面罩一样,还有点险恶,上面笼罩着难以忍受的痛苦。将近中午了。杰拉德站了起来,去做他的事,很高兴地出去了。不过他还没有结束,夜里的时候,他还要再回来的,他们要一块儿吃晚饭,他为这次聚会在一家音乐厅订下了座位,不过要把伯金除外。

夜里的时候,他们又回来的特别晚,又喝得脸色通红。而那男仆人——他总是在夜里十点至十二点时之间会消失——又默不吭声而高深莫测地端着茶走了进来,以一种很奇怪的样子低低地弓着身子,就跟豹子一样,将盘子轻轻地放到了桌子上。他的脸还是老样子,看上去跟贵族一样,皮肤微微带着一点灰色,他很年轻,而且长得很好看。可是伯金一看见他就会产生一种恶心的感觉,而且觉得那浅浅的灰色就像灰烬或腐败后的颜色一样,而在那贵族气的高深莫测的表情里有一种让人恶心的兽性愚昧。

他们又在一块儿诚挚而热情地谈起话来。不过聚会中已经出现了一种要散伙的气氛。伯金恼怒得都快发疯了;海里戴变得对杰拉德无比地憎恨;米纳蒂变得很残酷而且很冷漠,就像一把锋利的刀一样;而海里戴则使出他浑身的解数去逢迎她。而她最终的目的便是把海里戴俘获,并完全把他控制住。

早上的时候,他们所有的人又都舒舒服服闲逛起来,不过杰拉德能够感觉到空气中有种奇怪的敌意冲他而来。这把他激得固执起来,而他就挺身而起跟它对抗。他又住了两天,而结果是在第四天夜里跟海里戴发生了那凶狠而疯狂的一幕。在咖啡馆里面,海里戴荒谬地向杰拉德表示敌意,于是就发生了争吵。有那么一会儿,杰拉德想往海里戴的脸上打一拳,但当时他心里突然充满了厌恶与无聊的感觉，于是他就走了，给海里戴一个机会去愚蠢地吹嘘胜利。米纳蒂冷漠而又非常坚定，而马克西姆只在旁边站着。伯金没在场，他又出城了。

杰拉德很不舒服，因为他走的时候没有给米纳蒂钱，的的确确，她并不在意他是不是给她钱，而他也很清楚这一点。不过要是给她十镑的话她可能很愉快的，而且他也会非常快乐地把它们给她的。而眼下他觉得处于一个错误的位置。他一边走，一边伸出舌头舐着唇上剪得短短的胡碴。他很清楚，现在能甩掉他，米纳蒂会很高兴，她得到了想得到的她的海里戴。她想把他完全置于她的控制之中，然后，她就会嫁给他。

她希望嫁给他，她下定了决心要嫁给海里戴。她永远也不愿意再听到杰拉德的音讯，除非，在她处于困境的时候会找他，因为无论如何，杰拉德都是她称之为男子汉的人，而其他这些人，像海里戴，里比德尼科夫，伯金，所有这些放荡的文人与艺术家，他们都只是半个男人。不过半个男人正好她可以对付。同他们在一块儿她对自己就很有信心。而真正的男人，就像杰拉德那样的，就让她太过于拘泥了。

她依旧敬重杰拉德，她真的很敬重他。她想方设法弄到了他的住址，这样一来，在穷困的时候她就能向他求助了。她很清楚他想给她点钱，在哪个不可避免的下雨天，她也可能会给他写信的。

第八章 布莱德比

布莱德比是一栋乔治时期的房子，有着格林斯式的柱子，坐落于德比郡那更为柔和，更为青翠的山峰之间，就在离克罗姆福德不远的地方。在前面，它正对着一块草坪、一些树木与那寂静的猎园山谷中的几座鱼池。在后面，是很多的树木，那里面可以看到马厩，还有很大的厨房与菜园，再往后是一片森林。

这是一个非常安静的地方，距离公路有几英里那么远，在德汶特峡谷的后面，在风景区的外面。宁静而又偏僻，那金黄色的水泥房顶闪现在林木之间，房子的正面俯视着下面的猎园，从未改变，也不再改变。

最近一段时间，赫麦妮一直住在这栋房子里面。她从伦敦、牛津避开了，来到了这宁静的乡下。她的父亲大部分时间都不在家，而是在国外，她或者同来访者一块儿孤伶伶地呆在家里，他们总是为数很少的几个，或者就跟她哥哥呆在一块儿，他是个单身汉，还是议会中自由党的议员，当议会休会的时候，他总是到乡下来，看上去他好像经常住在布莱德比，其实他是最为尽职尽责的了。

当厄秀拉与戈珍第一次同赫麦妮呆在一块儿的时候，夏季刚刚到来。当她们坐汽车进入猎园之后，她们从车窗里望去，那渔塘与房屋正座落在一片寂静之中，那前面带着柱子的房子，掩映在树丛中，处于翠绿的山坡之上，被阳光照耀着，小小的，就像一幅旧式英国学校的图画一样。在那绿色草坪上面，有一些小小的身影，那是穿着淡紫色与黄色衣服的女人们正走向那高大优美而稳固的雪松的荫影。

"真是太完美了！"戈珍说道，"这就跟幅旧的凹版画一样完美！"她语音中透着反感，就好像她是被不情愿地骗来的一样，好像她一定得违背她的意愿来赞美一样。

"你喜不喜欢这儿？"厄秀拉问道。

"我不喜欢，不过看这样子，我觉得它相当的完整。"

汽车一口气跑下了一座山，接着又上来了，接着她们就盘旋着来到侧门那儿。伺候前厅的女佣出现了,接着赫麦妮也走上前来,她那苍白的脸高扬着,而她的手则直直地朝新来的人伸着,她的声音也跟唱歌一样:

"你们来啦,见到你们我太高兴了,"她吻了吻戈珍——"看到你真是太高兴了"——她吻了厄秀拉,并用胳膊搂着她:"你是不是非常累啊?"

"一点也不累。"厄秀拉说道。

"那你累不累,戈珍?"

"一点也不,谢谢。"戈珍说道。

"不啊——"赫麦妮拉长声音说道。她在那里站着看着她们。那两个姑娘觉得有点局促,因为她不愿到屋里面去,却一定要在过道上举行这小小的欢迎仪式,仆人们都等待着。

"进来吧,"最后,赫麦妮看够了她们两个,说道。她又下了结论,戈珍更美丽一些,更有魅力,而厄秀拉就比较实在一些,比较有女人味。她更羡慕戈珍的衣服,绿色的府绸上衣,配件饰有宽大的深绿色与绛紫色的条纹宽松的外套,帽子是用白色与绿色的稻秆编的,还是新草的颜色,而且还编进几条黑色与桔黄色的带子,而长筒袜是暗绿色的,鞋是黑色的。这是一身很不错的打扮,非常时髦,而且很有个性。厄秀拉穿着深蓝的衣服,比较普通,尽管她看上去也很漂亮。

赫麦妮穿了身缀着珊瑚色珠子的深紫色的绸衣,和一双珊瑚色的长筒袜。但是她的衣服很旧,还斑斑点点的,甚至是相当的肮脏。

"现在,你们想先看一下你们的房间,对不对?是的。现在咱们上去吧,好不好?"

当她一个被留在房间里的时候,厄秀拉觉得很高兴。赫麦妮逗留了那么长时间,给人造成了那样大的压力。她站得离人那么的近,紧紧把她自己挤到人身边,而那是最让人觉得窘迫的,而且难以忍受。她好像要妨碍别人做什么事一样。

午饭是在草坪上吃的,就在那棵大树底下,它那浓密的黑色的大树枝都快垂到草地上了。在场的有:一位很娇小,衣着时髦的年轻的意大利女子,一位长得很像运动员的布莱德利女士,一位五十来岁干瘦驼背的男爵,他总喜欢说一些俏皮话,并用一种跟马嘶一样的刺耳的声音大笑;还有卢伯特·伯金;后来又来了一位女秘书玛兹小姐,年轻而又苗条,长得很美丽。

食物非常的好,这一点不必说了。而对所有的东西都很挑剔的戈珍,对它也表示非常满意。厄秀拉很喜欢这个环境:雪松旁边那白色的桌子,阳光明媚,那小小的茂盛的猎园景观,远远的鹿群正在安静地吃东西。好像有一层神秘的光圈笼罩在这个地方的周围,将现在排除到了外面,这里全都是欢乐、宝贵的过去，树木和鹿群，还有那份宁静，就像一个梦一样。

但是在精神方面，她却并不幸福。谈话就跟小型炸弹的响声一样继续着，总是带着点简洁的警句的味道，不断地爆出的几句俏皮话更突出了这一点，那都是些常说的嘴边的小笑话。故意给那无聊而又吹毛求疵的小溪似的谈话加入一点轻浮的气氛，那谈话比小溪还多，就跟运河一样。

那些看法都带着心计，而且让人非常厌烦。只有那位上了年纪的社会学家，他的脑神经非常的迟钝，好像都没有感觉了，所以他显得非常幸福。伯金低着头，叹着气，而赫麦妮出现了，令人惊讶地坚持着想要嘲笑他，并要把他弄得在所有人的眼中都显得很不光彩。让人吃惊的是她看上去是那样的成功，而他对她竟是那样的无能为力，他显得彻底的无足轻重。厄秀拉与戈珍两个人都很不习惯，一直不大说话，聆听着赫麦妮慢慢的唱歌般的狂言，或是听着约瑟华先生口头的俏皮话，要不就听着那位小姐说些孩子气的话，或是其他两个女人的回应。

午饭结束了，咖啡端了出来放到了草坪上，大家就离开了桌子，按照他们所想的，坐到了树荫或者是阳光下的躺椅上面。秘书小姐离开了，进了屋子，赫麦妮拿起了她的刺绣，那娇小的伯爵夫人拿起了一本书，布莱德利女士用那好看的小草编着一个篮子，他们所有的人全都在那初夏下午的草坪上，从从容容地忙活着，并深思熟虑地说着话。

突然，传来了一辆汽车刹车与停车的声音。

"那是赛尔西！"赫麦妮用她那种有趣的象唱歌一样的声音慢腾腾地说道。她放下活计，缓缓地站了起来，并慢慢地从草地上走过，绕过灌木丛，消失在视线之外。

"是谁啊？"戈珍问道。

"罗迪斯先生，赫麦妮的哥哥，最起码，我想是他。"约瑟华先生说道。

"赛尔西，是，就是她的哥哥，"娇小的伯爵夫人从书本中抬起头，用她那有点低沉的英国喉音说道，好像是要提供信息一样。

他们所有的人全都等待着。后来，身材高大的亚历山大·罗迪斯绕过灌木丛，浪漫地大步走了过来，就像梅瑞迪斯笔下那位狄斯累利式的主人公一样。他对所有的人都非常热情，他马上就成了主人，带着潇洒而随便的好客风度。那是他为了招待赫麦妮的朋友们而学的。他刚从伦敦的下议院过来。而一股下议院的气氛马上就在草坪上漫延开来：内政部长说了如此这般的一件事，而另一方面，他罗迪斯又思索了如此这般的一件事，而他跟首相说了如此如此的话。

此时赫麦妮同杰拉德·克里奇一块儿绕过了灌木丛走了过来。他是跟亚历山大一块儿来的。杰拉德被介绍给了所有的人，赫麦妮让他站在那里，好好地展示了一会儿，然后才带他走。很显然，这个时候他是她的客人。

内阁中曾经有过分裂，教育大臣因为受到了不利的批判而辞职了。这就开始了一个有关教育的谈论。

"那是当然，"赫麦妮狂烈地抬起头，说道，"教育可能没有原因或者是借口，除了它自身知识中的美与享受之外。"她好像是要吵架，暗中想了一会儿，然后她又继续道："职业教育并不是教育，它是教育的结束。"

杰拉德在参加讨论之前先高兴地使劲吸了一口空气，并做好了发言的准备。

"那也不一定，"他说道，"但是，教育不是真的像体操那样吗，难道教育的结果不是产生了经过良好训练、精力旺盛而又积极的头脑吗？"

"就像运动员练出一个健康的身体一样，为所有的事而做准备。"布莱德利女士衷心地赞同这一点，就大嚷道。

戈珍默不作声地而又厌恶地看了看她。

"噢，"赫麦妮低声说道："我不太清楚。对我而言，知识带来的欢乐是那样的伟大，那样的美好。在整个生活之中，对我而言，没有任何东西比一种特定的知识更重要，不，我敢说，没有。"

"哪种知识？举个例子呀，赫麦妮？"亚历山大问道。

赫麦妮抬起面庞，并低声说道：

"噢—噢—，我也不清楚……不过一个就是星球，当我真正理解了有关星球的一些东西的时候，我就觉得升起来了，没有束缚。"

伯金面色发白，恼怒地望着她。

"你觉得没有了束缚是为了什么呢？"他讽刺地说道。"你并不想解脱。"

赫麦妮受到触犯，就退缩了。

"对，不过，一个人真的有那种无穷无尽的感觉，"杰拉德说道，"那就像登上高山的顶端望着太平洋一样。"

"默默地站在戴林山尖上，"那位意大利女士从书本中抬起头，咕哝道。

"不一定要在戴林湾。"杰拉德说道。厄秀拉开始笑了起来。

赫麦妮一直等到喧闹结束之后，她才不动声色地说道：

"对，获取知识才是生活中最伟大的事情，那才是真正的幸福与自由。"

"当然了，知识便是自由。"麦赛森说道。

"那只是简略的摘要而已。"伯金一边说，一边望着从男爵那干瘦而僵直矮小的身体。戈珍马上就发觉那位有名的社会学家像一只装着干巴巴自由的扁瓶子一样，这让她快乐。在她的心目中，就永远烙上了约瑟华先生的影子。

"那意味着什么，卢伯特？"赫麦妮用一种平静而冷漠的口气拉着长音问道。

"严格地讲，你仅仅可以掌握有关过去的东西的知识，"他回答道，"就像把去年夏天的自由装到醋栗酒瓶里面一样。"

"一个人只能掌握过去的知识吗？"从男爵尖锐地问道。"比方说，我们能将万有引力定律称为过时的知识吗？"

"对。"伯金说道。

"在我这本书里面有一件精彩的事，"那位娇小的意大利女士突然叫了起来，"说一个人来到门口，却将他的眼睛扔在了大街上。"

人群中发出一声哄堂大笑。布莱德利小姐走上前去，从伯爵夫人的肩膀上面望过去。

"看看！"伯爵夫人说道。

"巴扎罗夫来到了门口，仓促地将他的眼睛扔到了大街上，"她念道。

于是就又一次爆发出一阵大笑，而最让人吃惊的是从男爵的笑声，它杂乱地爆发出来，就跟稀里哗啦地落下的乱石一样。

"那是本什么书？"亚历山大唐突地问道。

"《父与子》，屠格涅夫写的，"那瘦小的外国人说道，把每一个音节都说得非常清楚。她看着那本翻开的书来证实自己的话。

"一个旧的美国版本。"伯金说道。

"哈！——那当然，从法文翻译过来的，"亚历山大以一种演说的口吻说道。"巴扎罗夫来到了门口，将眼睛扔在了大街上。"

他神采飞扬地往四周看了一下。

"我想知道'匆匆忙忙地'在这儿是什么意思。"厄秀拉说道。

他们所有的人都猜测了起来。

后来，让人吃惊的是，那女佣匆匆忙忙走了过来，端着一个很大的茶盘。这一下午过得是那样的快。

喝过茶之后，他们全都聚在一块儿散步。

"你喜不喜欢散步？"赫麦妮一个接一个地问他们每一个人。而大家都说是，觉得多少有点像犯人要放风似的，只有伯金拒绝了。

"你准备散散步吗，卢伯特？"

"不了，赫麦妮。"

"但是你能肯定？"

"相当肯定。"有一秒钟的迟疑。

"那为何不呢？"赫麦妮拉长了声音问道。在这样无足轻重的小事上遭到阻碍，都会把她弄得发疯。她邀请所有的人都同她一块儿到花园里面去。

"因为我不喜欢与一群人结伴而行。"他说道。

她的声音在喉咙里咕哝了一会儿，后来她用一种难得的冷静口气说道：

"要是一个小男孩不高兴的话，那我们就得将他留下来了。"

当她嘲弄他的时候，她显得很高兴。但是那也不过让他发了一下呆。

她转过身来向他挥了挥手帕，就悠哉悠哉地走向了大伙儿，吃吃地笑着，像唱歌一样说道：

"再见了，再见吧，小男孩。"

"再见吧，放肆的女巫。"他自言自语地说道。

人们在公园里穿行。赫麦妮想给他们展示一条小小的斜坡上野生的水仙花，"这条路，这条路。"她不断地用那懒洋洋的口气说着。而他们就全都沿着这条路走来。水仙花是很好看，但是谁会去观赏它们？此时，厄秀拉都麻木了，心里充满了反感，反感这所有的气氛。戈珍带着嘲弄的心情，有目的地将所有的东西全都看到了、记住了。

他们观看了那怕羞的鹿，而赫麦妮还与牡鹿聊了聊，似乎它也是个她想去哄骗、抚弄的男孩子一样。它是雄性的，因此她一定得尽力给它施加点压力。他们顺着鱼塘朝家里走，而赫麦妮就给他们讲了有关两只雄天鹅的故事，它们曾经争夺过一只雌天鹅的爱。当她说到那被赶出来的情人如何将它的头埋在翅膀底下，而坐到砂砾上面的时候，她吃吃大笑了起来。

当他们回到家里的时候，赫麦妮站到了草坪上，用一种奇怪而尖细的声音叫卢伯特，那声音传得非常远：

"卢伯特！卢伯特！"头一声很高而且很慢，而第二声调子降了下来。"卢——伯——特。"

可是没有回应。一个女佣出现了。

"伯金先生在哪儿？艾丽斯？"赫麦妮声音温和而淡然地声音问道。但是在那淡然的声音下面却是执拗、差不多是疯狂的意志！

"我认为他在他的房间里面，太太。"

"是吗？"

赫麦妮慢慢地上了楼梯，顺着走廊走着，并用她那又细又高的声音喊着：

"卢——伯——特！卢——伯特！"

她来到了他的房门口，敲响了门，仍旧嚷着："卢——伯特。"

"是的。"最终，听到了他的声音。

"你正在干什么啊？"

这个问题很温和，却有点奇怪。

没有回答。后来，他就把门打开了。

"我们已经回来了，"赫麦妮说道，"水仙花太漂亮了。"

"对，"他说道，"我已经看过了。"

她沉下了脸，冷漠地、慢慢地长时间地盯着他看。

"真的？"她回应道。而她依旧望着他。当他跟一个恼怒的男孩子一样在布莱德比孤立无助，而她给了他救助的时候，与他发生的这一冲突，比所有事都让赫麦妮觉得刺激。不过她很清楚，分手的时候到了，而她下意识地、强烈地憎恨他。

"你刚才正在做什么事？"她用她那温和而又无所谓的声音重复道。他并未回答，而她几乎是不知不觉地就走到了他的房间里面。他从她的闺房里面拿来了一幅画着鹅的中国画，正在临摹它，他有很高的技巧，画得非常生动。

"你正在描摹这幅画。"她一边说，一边站到桌子旁边，俯视着他的作品。"是的，你画的真是太漂亮了！你非常喜欢它，对不对？"

"这是一幅很了不起的画作。"他说道。

"是吗？你能喜欢它，我是太高兴了，因为我过去一直都很喜欢它。这幅画是中国大使送给我的。"

"我知道。"他说道。

"但是你为何要描摹它呢？"她跟唱歌似的，漫不经心地问道，"为何不画自己的原作？"

"我想搞明白它，"他回答道，"通过描摹这幅画，能让我比读全部的书籍更加了解中国。"

"那么你了解到了什么呀？"

她马上又振奋了起来，她紧紧抓住他，要从他身上找到他的秘密。她一定得搞清楚。她想搞清楚他所了解的一切，她心中一种很可怕的很霸道的欲望纠缠着她。有好一会儿他都没说话，不愿意回答她。后来，被逼无奈，他就说道：

"我很清楚哪儿是他们生存的中心了——他们感觉到的和体会到的东西——一只处于奔涌的冰水与泥浆里面热辣辣的鹅——那奇妙的痛苦的

而又热辣辣的血就跟熊熊的火焰似的注入到他们自己的血液里面,那是冷寂地燃烧着的泥潭之火,藏有玉荷的神秘。"

赫麦妮那窄窄的而又苍白的脸看着他,她的眼睛很奇怪,而且很呆滞,沉重地闪在它们那低垂着的眼睑上。她那瘦弱的胸脯跟抽筋一样起伏着。而他则不动声色地跟恶魔似的回望着她。她又奇怪而严重地抽动了一下,于是扭了过去,她好像病了一样,觉得自己的身体正在分解。因为她的头脑无法理解他的话语中的真谛;他抓住了她的心,而她却好像难以挣脱,并用一些阴险而神秘的力量将她摧毁。

"对,"她说道,就好像不知道自己正在说什么一样,"对,"她又咽了回去,并尽力去恢复她的思绪。但是她没办法,她变得毫无机智,觉得都被分解了。虽然她竭尽她所有的意志,她还是不能恢复理智。她忍受着那可怕地分解,在可怕的堕落之中变得粉碎。而他则一动不动地站着,看着她。她迷迷糊糊地出去了,就像一个被捕杀的苍白的幽灵一样,像被坟鬼追着攻击的人一样。于是,她就像一具尸体一样走了,没有灵魂、跟其他人也没有关系。他依旧很残酷,怀着报复的心理。

赫麦妮下来吃饭的时候,很奇怪,跟死人一样,她的眼睛低垂,充满了死人一样的黯然。她穿了一件绿色的旧缎子长衫,紧紧地贴着身,使得她看上去很高大,还相当的可怕、吓人。在客厅那快乐的气氛里面她显得古里古怪的,还很抑郁。但是一坐到餐厅那昏暗的灯影里面,呆呆地坐在桌子上的烛光的阴影里面,她就变成一种力量,变成了一个精灵。她聆听着,并呆呆地留心注意着。

出席的人们既快乐又放纵,除了伯金与约瑟华·麦赛森之外,每一个人都穿了晚礼服。那娇小的意大利伯爵夫人穿了一件薄纱罗,衣服上缀着桔黄色、金黄色与黑色的宽宽的柔软的带子;戈珍穿了一身鲜艳的绿色,那上面饰有奇特的针织品;厄秀拉穿着黄色的衣服,饰有银白色的纱巾;布莱德利女士穿着灰色、深红和黑玉色的衣服;玛兹小姐则穿了一身浅蓝色的衣服。

一看见烛光下这些多种多样的颜色,赫麦妮突然有了一种痉挛似的高兴的感觉。她意识到谈话还在不停地进行着,约瑟华的声音很专横;女人们不断地轻浮地笑着、回答着;还有那灿烂的色彩和那白色的桌子以及上上下下的灯影。而她好像满意得都要晕过去了,被快乐震动了,却仍然很难受,就像一个魔鬼似的。她很少加入谈话,然而她却把它全都听去了,就全都成了她的。

所有的人都一块儿到了客厅里面,就好像他们是一家人似的,很随便,还丝毫不注意礼节。玛兹小姐送上了咖啡,每一个人都吸上了烟,而有的则用长长的陶土做的白色烟斗吸烟。

"你吸烟吗？——烟卷还是烟斗？"玛兹小姐悦人地问道。那儿坐了一圈人，带着十八世纪气质的约瑟华先生，温厚而好看的英国年轻人杰拉德，高大英俊的政治家亚历山大，非常民主而且说话很清晰，奇怪的赫麦妮就跟高高的卡桑德拉一样。女人们都长得白白净净，在灯光柔和、舒服的画室里面坐成一个半月的形状，围着那正在大理石壁炉里闪着光的圆木，认真地抽着那长长的白色烟斗。

谈话经常是有关政治或者是社会的，而且非常有趣，带着奇妙的无政府主义。房间里面聚集着一种强大的具有毁灭性的力量。所有的东西好像都被投到了熔炉里面，厄秀拉觉得，她们所有的人全都是些女巫，帮着那熔炉沸腾起来。虽然这一切之中有着欢乐与满足，可是，对一个新来的人而言，这种谈话却是特别的让人疲惫不堪，从约瑟华与赫麦妮还有伯金那里散发出来的残酷的精神上的压力，强大、猛烈、带着毁灭性。支配着其他。

不过，一种难受而又极度不快的感觉慢慢地占据了赫麦妮的内心。谈话出现了暂停，这都是她不知不觉却很强大的意志造成的。

"赛尔西，你能不能表演点什么？"赫麦妮说道，彻底地打断了谈话。"什么人能来跳个舞？戈珍，你来跳舞，好不好？我希望你能跳。帕拉斯特拉，跳个舞吧？——好，非常不错。还有你，厄秀拉。"

赫麦妮缓缓站了起来，拉着壁炉边上的金黄色绣带，在那上面靠了一会儿，接着又突然把它松开了。她看上去就像一位女牧师似的，毫无知觉，沉陷于严重的恍惚之中。

一个仆人过来了，然后又出去了，很快又再一次的出现，抱了一堆丝绸长袍和披肩还有围巾，大部分都是东方的东西。赫麦妮喜欢好看而华贵的衣服，就逐渐地收集了起来。

"这三位女士一块儿跳好了。"她说道。

"跳什么舞啊？"亚历山大一边精神抖擞地站起来，一边问道。

"《岩石上的少女》。"伯爵夫人立即说道。

"那太没意思了。"厄秀拉说道。

"那就跳《麦克白斯》中那三个女巫跳的，"玛兹小姐很中肯地提议道。最终决定演诺米和卢斯以及奥帕，厄秀拉演诺米，戈珍演卢斯，而伯爵夫人演奥帕。依照俄国舞蹈家巴芙洛娃与尼金斯基那种风格跳一场小小的芭蕾舞。

伯爵夫人首先准备好了，亚历山大就走向了钢琴，于是腾出了一块地方。奥帕穿着美丽的东方式的衣服，开始慢慢地跳起了悼念亡夫的舞蹈。

接着卢斯来了,于是她们就一块儿哭,并哀悼着。后来,诺米过来安慰她们。全部都是以哑剧的形式来演的,女人们以手式与动作来表达她们的感情。这场小小的戏剧持续了一刻钟的时间。

厄秀拉扮演的诺米非常美丽。她所有的男人全都死了,剩下她独自一人不屈不挠地生活,不索求任何东西。卢斯对女人很钟情,爱上了她。奥帕是一位活泼、有激情而又很敏感的寡妇,想回到以往的生活中去,走原来的路。女人之间的相互影响演得非常的逼真,相当的动人。让人奇怪的是,看到戈珍对厄秀拉怀着那样沉重而不顾一切的激情,对她微笑的时候,却带着很微妙的恶意,而厄秀拉则默默地忍受了,不管对她自己还是对其他人,都不能够做更多的事情,不过在危急的时候,她却跟她的悲哀作不屈不挠的斗争。

赫麦妮很爱观看表演。她可以看出伯爵夫人那迅速的跟鼬鼠一样敏锐的感觉,戈珍把对姐姐扮演的女人那种惊人的坚贞之情演得非常的好。厄秀拉非常的危险,而且无依无靠,就好像她无望地承受着难以摆脱的重压。

"真是不错。"所有的人都异口同声地叫了起来。可赫麦妮却因为对一些东西她搞不明白,心里觉得非常烦恼。她嚷嚷着要再多跳点舞,这是她的意志,于是伯爵夫人与伯金就一块儿唱着《马博罗》跳了起来。

杰拉德也被戈珍对诺米的那种坚贞的感情给打动了。那女人潜藏着的鲁莽而又嘲弄的本质渗透了他的骨髓。他没法忘掉戈珍那种自发的、表演出来的、忠贞的、不计后果的感情,另外还有那讽刺的力量。伯金就跟躲在洞里的寄生蟹一样观察着,发现了厄秀拉那明显的受挫与无助。她身上充满了一种危险的力量。她就跟一朵强壮的雌性花蕾一样,奇特而又毫无自我意识。他毫无意识地被她吸引了。她就是他的未来。

亚历山大弹奏了一些匈牙利曲子,而他们所有的人全都被那种感觉感染了,于是就跳起舞来。杰拉德高兴地发现他自己也跳着,并朝着戈珍挪了过去。虽然他只会跳华尔兹舞和两步舞,可是他觉得有股力量激荡着他的四肢与他的身体,于是就摆脱了束缚。他还不大清楚如何去跳他们那种跟抽筋一样的拉格泰姆舞,不过他清楚怎么样开始。当他从他不喜欢的那些人的压力之下摆脱出来之后,伯金就真正快乐地飞快地跳了起来。而赫麦妮对他这种不负责任的快活却是那样的愤恨。

"眼下我明白了,"伯爵夫人兴奋地嚷了起来,她望着他那彻底的自我陶醉的快活的动作,"伯金先生是一个可变的人。"

赫麦妮慢慢地看了她一眼,打了个哆嗦。她很清楚只有一个外国人才可以发现这些并把它说出来。

"这指的是什么，帕拉斯特拉？"她像唱歌似的问道。

"瞧瞧，"伯爵夫人用意大利语说道："他不是个人，他是一条变色龙，一个可变的人。"

"他不是一个人，他很危险，并非我们中的一员，"赫麦妮在心里面说道。而她的心里暗中翻腾着对他的屈服，因为他那跟她不一样的逃避力量与生存力量，因为他并不是坚定不变的，不是一个男人，称不上是一个男人。她在一种绝望感中仇恨他，而那粉碎了她，并击败了她，以至于她跟一具尸体一样忍受着彻底地被肢解的痛苦，而且，除了可以感觉到自己的身体与灵魂正在被解体的那吓人的感觉之外，什么都感觉不到了。

房子全都占满了，给了杰拉德比较小的一个房间，实际上，是跟伯金的卧室相通的更衣室。当所有的人全都拿了各自的蜡烛走上楼梯的时候，赫麦妮抓住了厄秀拉，并把她带进了自己的房间，去跟她说话。在那个又大又奇特的卧室里面，有一种拘谨的感觉袭上了厄秀拉的心头。赫麦妮好像压抑着她，可怕而又难以理解地说着一些话。

她们观赏着一些印度的丝绸衬衣，它们很华丽而且很性感，它们的样式几乎是腐化的华贵。赫麦妮就走到近前，她的胸脯起伏着，有好一会儿厄秀拉觉得非常慌乱，都不知道怎么办。赫麦妮那双野性的眼睛从这另一个人的脸上看出了恐惧，就再一次产生了一种坠落感，一种彻底的下沉的感觉。而厄秀拉拿起一件为十四岁的年轻公主做的鲜艳的红色与蓝色的丝绸衬衫：

"真是太漂亮了，谁敢把那两种强烈的色彩穿到一块儿——"

后来，赫麦妮的女仆悄无声息地走了进来，而厄秀拉带着强烈的刺激，满怀恐怖地逃走了。

伯金径直到了床上。他觉得很愉快，而且很困乏。从他跳舞时起他就觉得很愉快。但是杰拉德却想与他谈话。当伯金已经躺下的时候，杰拉德穿着晚礼服，坐到了伯金的床上，一定要说说话。

"布朗温家那两位姑娘是什么人哪？"杰拉德问道。

"她们在贝多弗居住。"

"在贝多弗！那么她们是什么人哪？"

"小学里面的老师。"

出现了一阵沉默，"是她们！"最后，杰拉德惊叫了起来："我认为我以前曾经看到过她们。"

"这让你失望了？"伯金说道。

"让我失望？不！但是赫麦妮如何将她们邀请到这里来的呢？"

"她在伦敦结识了戈珍，就是比较年轻的那一位，长着比较黑的头发的那个，她是一位艺术家，做雕塑与造型艺术的。"

"那么，她不是小学老师了——只有另一个是？"

"两人都是，戈珍是美术老师，而厄秀拉是一位任课老师。"

"那她们的父亲是干什么的？"

"是学校里面的工艺品教师。"

"真的！"

"阶级障碍被毁掉了！"

只要伯金稍微有一点嘲讽的口气，杰拉德就会很不安。

"她们的父亲是一所学校里的工艺品教师！这跟我有什么关系？"

伯金大笑起来。杰拉德望着他的面庞，它正枕在枕头上，刻薄而又无所谓地大笑着，而他却不能走开。

"我认为，最起码你以后不会经常看到戈珍了。她是一只不安分的小鸟，在一两个星期之后她就会走的。"伯金说道。

"她要到什么地方去？"

"伦敦、巴黎、罗马——上帝才知道。我老是希望她躲到大马士革或者是旧金山去。她是一只天堂的鸟儿。上帝才知道她跟贝多弗有何关系，它却恰恰相反地这样了，就跟做梦似的。"

杰拉德考虑了一段时间。

"你怎么对她知道的如此清楚？"他问道。

"我是在伦敦结识她的，"伯金回道，"在阿尔加农·斯特林治那一帮人中间。她会认识米纳蒂与里比德尼科夫和其他人的——即使她不是自己认识他们。她与那些人从来都不是一帮的，她更加传统一点。我想我结识她已经两年了吧。"

"那么，除了教学之外，她还挣不挣钱？"杰拉德问道。

"有一些，不太稳定。她可以卖她的造型艺术品，她还是有一定名气的。"

"那要多少钱？"

"一基尼，十基尼。"

"那它们好不好啊？它们都是些什么？"

"我觉得有的时候它们相当的好。在赫麦妮书房里面的那两只鹡鸰，就是她的——你看到过它们，它们是刻到木头上，并着了色的。"

"我认为它又是野蛮人的雕刻。"

"不，她的不是。那就是它们——一些动物与小鸟，有的时候是一些穿着日常服装的小人儿，当它们刻出来的时候，确实是相当的奇妙。它们有一种相当无意识的乐趣，而且很微妙。"

"或许有一天她可能会成为一位很著名的艺术家?"杰拉德沉思着说道。

"有可能。但是我认为她不会。如果其他的什么东西吸引了她,她就会放弃她的艺术,她的乖张就决定了她不能认真地对待它——她从来都不是太认真,她觉得她自己要放弃了。而她又不愿意放弃,她总是提防着。那就是我所没法容忍她这样的人的地方。顺便提一下,我离开你们之后米纳蒂有什么事没有?我一点消息都没听到。"

"噢,非常的让人厌恶。海里戴变得很让人讨厌,而我与他好好地大吵了一顿,几乎忍不住要把他杀死。"

伯金不说话了。

"当然了,"他说道,"裘里斯有点神经病。一方面他有疯狂的宗教信仰,另一方面他又对淫秽的东西着迷。他既是一个纯洁的仆人,洗着基督的脚,另外,他又画着基督的淫秽的画面——行动与反动,就在这两者之间,别的什么也没有。他是真的神经了。他想要一朵纯洁的百合花,想要另一个长着娃娃脸的女子,这是一个方面,而另一方面,他又非要拥有米纳蒂,仅仅是为了自己能与她鬼混。"

"那是一件我说不清的事情,"杰拉德说道,"他是爱米纳蒂呢,还是不爱?"

"他既不是爱也不是不爱。对他而言,她是一个妓女,实际上是一个与他通奸的妓女。而他有一种渴望就是把他自己抛入到她那污秽之中。接下来他就去弄一个跟百合花一样纯洁的,长着娃娃脸的姑娘,如此一来,他就占全了。那是个很古老的故事,反复而重复的事情,这两者之间什么都不是。"

"我不太清楚,"杰拉德停了一会儿之后,说道:"他把米纳蒂凌辱得那样厉害。而她那样的肮脏,真是让我惊讶。"

"但是我觉得你很喜欢她,"伯金叫了起来,"我一直都很喜欢她,而我自己却从未与她做过任何事,那是真的。"

"我是很喜欢她,都有很多天了,"杰拉德说道,"但与她在一块儿呆一个星期就让我厌倦了。那些女人的皮肤上有某种味道,到最后会令人产生一种难以表达的恶心,即使你刚一开始很喜欢它。"

"我很清楚,"伯金说道,接着他又烦躁地补充道:"但是,去睡觉吧,杰拉德,上帝才清楚现在几点了。"

杰拉德看了一下手表,最后,从床上站了起来,到他的房间去了。可是几分钟之后他又穿着衬衫转了回来。

"有一件事情,"他再一次坐到了床上,说道,"我们结束得相当匆忙,而我没有时间送给她任何东西。"

"钱?"伯金说道,"她会从海里戴或者她的一个熟人那儿获得她想要的东西。"

"不过,"杰拉德说道,"我情愿把她应该得到的那些给她,了结了这笔账。"

"她并不在乎。"

"也可能不会吧。但是一个人觉得账还没有还清,就总想把它清了。"

"是吗?"伯金说道,他正盯着杰拉德那白白的腿看,而后者穿了件衬衫坐在床边上,它们是一对皮肤白净,长满了肌肉的腿,很漂亮而且很健壮。而伯金被一种怅然而柔和的感觉所感动,好像它们是孩子的腿一样。

"我认为我宁愿将这笔账结清。"杰拉德含含糊糊地重复着自己的话。

"这样或那样都无所谓。"伯金说道。

"你老爱说没什么事,"杰拉德一边迷惑地说道,一边亲切地望着另一个人的面庞。

"真的没什么。"伯金说道。

"但是她属于正派的那种人,千真万确——"

"是该撒的就归该撒,"伯金说着,扭到了一边。在他看来,杰拉德好像是在为了说话而说话。"走吧,这让我觉得厌倦,夜已经太深了。"他说道。

"我希望你能跟我说一点有关系的事,"杰拉德一边说,一边目不转睛地盯着伯金的脸看,并等待着什么。但是伯金却将脸转到了一边。

"那好吧,睡觉了,"杰拉德说道,他的手亲切地拍拍伯金的肩膀,就走了。

早上,当杰拉德醒过来,听见伯金在房里走动的声音时,他叫了起来:"我还是觉得我应该给米纳蒂十镑钱。"

"噢,上帝!"伯金说道,"不要那么实事求是了。如果你乐意的话,那在你的心目中结清就可以了。而你却没法在那儿把它结清。"

"你怎么知道我不能?"

"我很了解你。"

杰拉德沉思了一阵子。

"在我看来,你也知道,对米纳蒂那样的人而言,能把钱给她就是一件正确的事。"

"对情妇们而言,正确的事情就是养着她们。对妻子们而言,正确的事情就是跟她们生活在同一个屋顶下。生活正直的人总是纯洁的。"伯金说道。

"那没必要把它弄得令人厌恶呀。"杰拉德说道。

"这让我感到厌倦了,我对你那些小过失不感兴趣。"

"而我不在意你是不是感兴趣,我是的。"

早上阳光又非常充足。女仆已经进来了,端来了水,还把窗帘拉开了。伯金在床上坐着,懒洋洋而又很快乐地向外望着公园,那儿是那样的青翠而又清静、浪漫,有种属于往日的感觉。他思考着,以前所有的东西都是多么的可爱,多么的稳定,多么的整齐,多么的难以改变——那可爱的东西全都过去了——这栋屋子多么的寂静、金碧辉煌,这公园已经安静地睡过了好几个世纪。

然而,这寂静而又美丽的东西竟是一个陷阱和一种错觉,而实际上布莱德比是一座恐怖的而且死气沉沉的地狱!这份安宁是那样让人无法容忍、那样的束缚人!不过,它还是比这肮脏、杂乱无章、满是冲突的现实世界要好一点。要是一个人能依照自己的心愿来创造未来的话,只为一点点单纯的真实,一点点对生活的纯朴真理的追求,那么心灵就会不断地呼唤出来。

"我根本没法搞清楚你到底对什么感兴趣,"从下面的房间里传来了杰拉德的声音,"既非米纳蒂那样的人,也不是矿井,也不是其他任何东西。"

"你对你能做到的事情感兴趣,杰拉德。而我本人却不感兴趣。"伯金说道。

"那么,我到底该做什么呢?"传来了杰拉德的声音。

"做你喜欢的事。我自己能做些什么?"

寂静中,伯金能够感觉到杰拉德正在考虑着这件事。

"如果我清楚的话,我就幸福了。"传来了杰拉德那温吞吞的声音。

"你瞧瞧,"伯金说道,"一方面你考虑着米纳蒂,除了米纳蒂什么也没有,而另一方面你又考虑着矿井与生意,而且除了生意什么都没有,而你就是那样,全都分散了。"

"可我还想着其他的事情,"杰拉德用一种奇怪而又平静、真实的声音说道。

"什么?"伯金非常惊讶地说道。

"那便是我希望你能跟我讲的事情。"杰拉德说道。

出现了好一会儿沉默。

"我不能跟你说,我连我自己的路都不能找到,更不用说你的了。你应该结婚了。"伯金回答道。

"和谁——米纳蒂?"杰拉德问道。

"也有可能，"伯金说道。然后他就站了起来，走向了窗口。

"那就是你的万能药，"杰拉德说道，"但是你还未曾在你自己身上试过它呢，而且你病得也够重了。"

"对，"伯金说道，"不过，我会好起来的。"

"是不是通过结婚？"

"是的，"伯金执拗地回答道。

"哦不，"杰拉德接着道，"不，不，不，我的小男孩。"

他们之间出现了一阵沉默，还有很奇怪的紧张的敌意。他们之间，他们总是留有一道鸿沟，保持着一定的距离，他们总是想从对方那儿摆脱出来。但是彼此对对方都有一种紧张的心理。

"妇女的救星。"杰拉德讽刺地说道。

"为何不呢？"伯金说道。

"没有为什么这一说，"杰拉德说道，"要是那真的可以的话。不过你会娶谁呢？"

"一个女人。"伯金说道。

"好啊，"杰拉德说道。

伯金与杰拉德是最后才下来吃早饭的。赫麦妮喜欢大家都能早一点。当她觉得她的一天减少了的时候，她就觉得很痛苦，她就觉得她错过了生命。她好像捏着时间的咽喉，要从它们那里面挤出生活来。早上的时候，她面色苍白，就像死人一样，好像是落在了后头。不过她有力量，她的意志有很强烈的普遍的影响。这两个年轻的男人一进来，人们就觉察到一种突如其来的紧张气氛。

她抬起脸，并用她那开心的声音唱歌般地说道：

"早上好！你们睡得好不好啊？我是那样的高兴。"

然后她就转到了一边，不再理睬他们。伯金非常了解她，很清楚她是故意要削弱他的身价。

"你们从橱子里面拿点你们想吃的东西，好吧？"亚历山大用一种不太高兴的口气说道，"我希望那些东西还没有凉。噢，不！卢伯特，你介不介意把火锅下的火熄灭？谢谢你。"

当赫麦妮冷淡的时候，就连亚历山大的语气也相当的专横。他那口气绝对是从她那儿学来的。伯金坐了下来，看了看桌子。通过几年来亲密的交往，他对这栋屋子，这个房间和这种气氛是那样的熟悉，而眼下他觉得十分讨厌它，它与他没有任何关系。

赫麦妮笔直地在那儿坐着，一言不发，有点发呆，但还是那样的有力，那样强大！他对她了解得是那样的清楚。他对她了解得是那样的彻底，她几乎令他疯狂了。当一个人走到全都是死人的埃及国王坟墓里面的时候，真难以相信他不疯狂，在那儿，那些尸体都非常的古老，还非常的多。

他对约瑟华·麦赛森了解得是那样的彻底，他正用他那刺耳而又装腔做势的声音不断地说着话，无止无休，总是非常的机智，也总是很有趣，不过却都是一些大家都知道的事，他所说的每一件事，不管有多新奇，有多机智，人们预先都已经知道了。亚历山大消息非常灵通，最冷酷也最洒脱。玛兹小姐是那样的迷人，而她做得恰如其分。那娇小的意大利伯爵夫人留意着每一个人，只顾着玩她那小小的把戏，她跟一只黄鼠狼似的，冷漠而有目的地望着所有的一切，并给她自己寻找乐趣，却从不让自己介入。

而布莱德利女士呢，她阴沉而非常的顺从，赫麦妮对待她很冷漠，差不多都是开心地取笑她了，因此她被每一个人所轻视。所有这些都是那样的熟悉，就跟下国际像棋似的，还是同样的棋子，女王、骑士、卒子。而现在就像它们几百年以前一样，相同的棋子在那数不清的位置上换过来换过去，就组成了那个游戏。但是这个游戏大家都知道，它就像疯了一样继续进行着，是那样的耗人心神。

杰拉德的脸上有一种很开心的神情，这场游戏让他很快活。戈珍也在那儿瞪着那敌对的大眼睛，目不转睛地看着，这游戏把她迷住了，但又非常厌恶它。厄秀拉也在那儿，她的脸上有一丝震惊的神情，好像她被伤害了，而那疼痛却已经超出了她的意识范围。

突然，伯金站了起来，出去了。

"够了，"他不由自主地暗自说道。

赫麦妮尽管没有意识，却也知道了他的举动。她抬起她那沉重的眼睛，就发现他突然在一波突如其来的未知的潮流中不见了，而她就觉得那波浪打到了自己的头上。只有她那不屈不挠的意志才让她一动不动而又机械地仍然呆在那儿，她坐在桌子旁边，胡思乱想着。但是黑暗已经把她覆盖了，她就跟一只船一样沉了下去。她在黑暗之中被毁坏了，那对她来说，也就完了。不过她那顽强的意志系统依旧起着作用，她依旧在努力。

"今天早上沐浴好不好？"她突然看着他们所有的人说道。

"好极了。"约瑟华说道，"这是一个完美的早晨。"

"噢，真是非常的美。"玛兹小姐说道。

"对，咱们去沐浴好了。"那个意大利女人说道。

"我们没有泳装。"杰拉德说道。

"穿我的，"亚历山大说道，"我必须到教堂去上日课，他们都在等我。"

"你是不是一个基督教徒啊?"意大利伯爵夫人带着突如其来的兴趣问道。

"不是的,"亚历山大说道,"我不是的,不过我相信要维持旧的制度。"

"旧的体制很好。"玛兹小姐很动听地说道。

"噢,是的。"布莱德利女士嚷了起来。

他们所有的人全都漫步到了草坪上。这是初夏一个阳光充足而又柔和的早上,生活过得非常的微妙,就跟一场梦一样。不远的地方,教堂的钟声正在响着,天空中一点云彩都没有,天鹅像百合花一样漂浮在下面的湖水上,孔雀昂首挺胸地迈着大步子穿过树荫走到了阳光照耀的草地里面。人们都要被所有这一切美好的昔日景色陶醉了。

"再见吧,"亚历山大兴高采烈地挥动着手套喊道,接着他就在灌木丛后面消失了,走向了教堂。

"现在,"赫麦妮说道,"咱们大家去不去沐浴?"

"我不想去,"厄秀拉说道。

"你不想去吗?"赫麦妮慢慢地盯着她,说道。

"对,我不想去。"厄秀拉说道。

"我也一样。"戈珍说道。

"我的衣服怎么样了?"杰拉德问道。

"我不大清楚,"赫麦妮以一种奇怪而快活的声调大笑道。"一块手帕可不可以?——一块很大的手帕。"

"可以。"杰拉德说道。

"那么一块儿走吧。"赫麦妮拉长着声音说道。

头一个穿过草坪的是那娇小的意大利女人,小小的就跟一只猫一样,走动的时候,她那雪白的腿闪着光,并略略地低着她那用一块金黄色的绸帕包着的头。她跑过大门到了草坪那儿,就在水边站住了,脱下了她的浴巾,露出象牙般洁白的身体,金黄色的手帕包着头,望着那些天鹅,它们都吃惊地跑了上来。

接着布莱德利女士跑了出来,她穿着墨绿色衣服,就像一只又大又软的洋李子一样。然后,杰拉德来了,他的腰里围了一块腥红色丝绸方巾,浴巾就搭在他的胳膊上,他好像在阳光底下有些自得,他微笑着走走停停,很洒脱地漫着步,他那裸露的身体很白净,不过却非常自然。

然后,约瑟华先生穿了一件长衫来了。最后是赫麦妮,大步地走着,她披了一件很大的紫色丝绸斗篷,她的头用紫色与金黄色的头巾包着,她那修长挺拔的身体非常的漂亮。她那白净的双腿走着一字步,当她大步走过,带动披风轻轻飘动的时候,她身上就透出一种恬静的华贵。她从草坪上走过,就跟某些奇特的记忆一样,堂而皇之地朝水边慢慢地走去。

在通往山谷的阶梯平台上,有三个大池塘,阳光底下,水面平静,很美丽。池中流水从一道小小的石头墙上漫过,流过小小的石块,飞溅着从一个池塘落到下边那一层。天鹅都跑出来到了对面的岸上,芦苇散发着芳香的气味,微微的轻风吹拂着人们的皮肤。

杰拉德已经在约瑟华的后面跳了进去,并已经游到了池塘的尽头。他从那儿爬了出去,坐到了那堵墙上。又有人跳了进去,是伯爵夫人,正跟一只猫似的游着去跟杰拉德会合。他们两个人都坐在阳光下,把他们的胳膊交叉在胸前大笑着。约瑟华先生朝他们游了过去,站在离他们不远的地方,他的胳肢窝正到水面。后来,赫麦妮与布莱德利女士也游了过去,于是他们就在堤上坐成了一排。

"难道他们不可怕吗?难道他们真的不可怕吗?"戈珍说道,"难道他们看上去不像蜥蜴吗?他们就跟一些很大的蜥蜴一样,你曾经看到过什么东西跟约瑟华一样吗?他真像刚刚出世时到处爬行的大蜥蜴。"

戈珍惊诧地看了看约瑟华先生,他就站在齐胸深的水里面,长长的灰白头发湿湿地搭在了眼睛上,他的脖子嵌进了厚重而粗鲁的肩膀里面。他正在跟坐在岸上的布莱德利女士说着话,她非常丰满,体形巨大,而且湿漉漉的,看上去她好像可以像一只动物园里那滑溜溜的海狮一样在水里来回动。

厄秀拉默默地观望着。杰拉德正在赫麦妮与伯爵夫人之间快乐地大笑着。他让她想起了酒神狄奥尼索斯,因为他的头发真的是黄色的,他的身体是那样的丰满,那样的欢乐。赫麦妮那高大挺拔的身体以一种很险恶的优美姿式向他倾斜着,让人很恐惧,好像她对她可能做的事一点都不负责任。他察觉了她身上的某种危险性,那是一种痉挛般的疯狂。不过他只是大笑着,不断地朝伯爵夫人转过身去,而她则抬起脸望着他。

他们又都跳到了水里面,就跟一群海豹似的在一块儿游着。赫麦妮在水里面沉醉般地游着,身材高大,动作缓慢而有力。帕里斯特拉跟一只水老鼠似的默不吭声地飞快地游着。杰拉德就跟一条白色的影子一样在水中起伏闪动。后来,他们一个接着一个地钻出了水面,然后就到屋子里去了。

不过,杰拉德则逗留了一会儿,想跟戈珍说话。

"你是不是不喜欢水啊?"他说道。

她慢慢地看着他,漫不经心地盯着他看,而他则随随便便地在她面前站着,他的皮肤上全都是水珠。

"我非常喜欢水。"她回答道。

他停顿了一下,期待着一些解释。

"那你会游泳吗?"

"对,我会。"

而他依旧不问刚才她为何不下去。他能够感觉到她的话中的讽刺味。他走开了,头一回受到了刺激。

"你为何不下水呢?"后来,当他再一次成了一个穿戴得体的年轻的英国人的时候,他又问她。

在回答前,她迟疑了一下,对他的坚持有点反感。

"因为我不喜欢这一伙人。"她回答道。

他大笑起来。她的话好像还在他的意识中回响。对他来说,她的话的味道很辛辣,无论他是不是承认,她都把那真实的世界展示给了他。他要达到她的标准,满足她的期望。他很清楚她的标准是唯一重要的东西,其他的人全都是一些局外人,无论他们可能有怎样的社会地位。杰拉德都难以控制了,他下决心一定要努力达到她的标准,符合她心目中一个男人和一个心上人的形象。

吃过午饭,当其他所有的人全都退出去的时候,赫麦妮和杰拉德与伯金,正在结束他们的谈话。大体来讲,那些讨论相当的有才智,而又没有真实的东西,是有关一个新的国家,一个新的人类世界。要是这个旧的社会形态被打破了,并毁灭了,那么,紊乱之后,会是什么呢?

约瑟华先生说过,伟大的社会观点就是人们的社会平等。而杰拉德却说不然,应该是每一个人都要适合承担他自己的那一小点任务,让他做那件事,还可以使他自己满足。统一法则是手头正在做的工作。只有工作,只有生产才可将人们聚集到一块儿。这是机械的,不过社会就是一个机械系统。要是离开了工作,他们就是孤立的了,能自由地去做他们想做的事。

"噢!"戈珍叫了起来,"那样的话,我们就再不需要名字了,我们会跟德国人一样,除了高级师傅先生与低级师傅先生以外什么也没有。我能够想象,'我是矿山经理克里奇太太;我是议会议员罗迪斯太太;我是美术教师布朗温小姐。'那也非常的有意思。"

"事情会变得越来越好,美术教员布朗温小姐。"杰拉德说道。

"什么事情,矿山经理克里奇先生?比方说,你跟我之间的关系?"

"是的,比方说,"那意大利人叫了起来,"那就是在男人与女人之间——!"

"那并非社会问题。"伯金辛辣地说道。

"确实,"杰拉德说道。"我和一个女人的关系,社会的问题并未介入,那是我自己的事情。"

"这句话值十英镑。"伯金说道。

"你不觉得一个女人是一个社会的人吗?"厄秀拉问杰拉德。

"她是两方面的,"杰拉德说道。"就社会而言,她是一个社会的人。可是就她自己的私生活而言,她是一个自由的人,她干什么事,都是她自己的事情。"

"可是,要想分开这两方面不是很难吗?"厄秀拉问道。

"噢,不,"杰拉德回答道,"它们很自然地就分开了,现在,我们看,每一个地方都是。"

"在你找到答案以前你别笑的那么开心。"伯金说道。

杰拉德一下子愤怒地皱紧了眉头。

"我笑了吗?"他说道。

"要是,"最终赫麦妮说道,"要是我们仅仅只能明白我们在精神上全都是相同的,平等的,都是兄弟,剩下的就没什么关系了,就不会再有这些吹毛求疵,妒忌,就不会有权力之争了,这些都是毁灭,也只能是毁灭。"

这番言论得到是沉寂,在座的人几乎是马上就站了起来离开了桌子。不过,当其他的人都走掉的时候,伯金就转过来很尖刻地辨解,说道:

"正好相反,正好相反,赫麦妮,我们在精神上都是不一样的,也是不平等的——这只是决定于偶然的物质条件造成的社会地位的不同。要是你愿意的话,从抽象或者是数字上看,我们全都是平等的。每个人都有饥饿和干渴,都有两只眼睛、一个鼻子与两条腿。从数字上讲我们都是一样的,但是在精神上,却有着本质的不一样,而且也不是平等或者不平等所能说清的。你必须在这两点知识上建立一个国家。你的民主主义是一个彻底的谎言,你说人们的兄弟关系也纯粹是句谎言,如果你用抽像的数字计算进一步推广、应用它的话就能够证明。我们都要喝牛奶,我们都要吃面包和肉,我们都想坐上汽车——这里面就包含着所谓的兄弟关系的始末。但是,却没有平等。

"但是,我自己,就我自己而言,我跟别的男人或是女人的平等有什么关系?在精神上,我就跟一个星星和另一个星星之间一样是独立的,在质量与数量上也不一样。还是在那上面建立一个国家吧。一个人一点也不比另一个好,并非因为他们是平等的,而是因为他们本质是不一样的,而那则没有可比性。你只要一开始比较,就会发现一个人比另一个人强得多,于是你就想像着不平等是自然产生的。我希望每一个人都从这世界上的财产中拥有他的一份,因此我就舍弃了他的强求,因此我就能告诉他:'现在,你已经获得了你想获得的东西,你从这个世界中分到了你公平的那一份。现在,你这个笨蛋,不要妨碍我了,去管好你自己吧。'"

赫麦妮斜着眼睛盯着他看。他能够觉出对所有他说的话那种强烈的厌恶和仇恨,那从她心中发出来的。那是一种潜意识的憎恨与厌恶,无意中强烈地散发了出来。她在无意识的内心深处听见了他的话,但她下意识中却好像聋了一样,对它们一点都没有留意。

"听起来有点妄自尊大了吧,卢伯特?"杰拉德亲切地说道。

赫麦妮发出一声不满的哼哼,伯金朝后面站了站。

"对,就是这样。"他突然说道,他的语气如此的固执,让每一个人都退缩。说完他就走开了。

可是后来他觉得有点后悔,他对可怜的赫麦妮太粗暴、太残忍了。他想去回报她,想悔过。他曾经把她伤害了,他还报复了她,他又想跟她处好关系了。

他走进了她的闺房,那是一个又小又舒适的地方。她正坐在桌子旁写信。当他进来的时候,她淡漠地抬起脸,望着他走到沙发边并坐了下去,接着她又朝下看着她的信纸。

他拿起一本很大的他以前一直在看的书,而且非常注意这本书的作者。他的后背冲着赫麦妮。弄得她没法再继续写信了。她的整个头脑一片混乱,一片黑暗,她自己挣扎着要获取意志的支配,就像一个游泳者在漩涡状的水里面挣扎着一样。虽然她竭尽了全力,但她还是崩溃了,黑暗好像把她笼罩了,她觉得她的心都要爆炸了。那吓人的紧张感变得越来越强烈,那是一种最恐怖的痛苦,像被窒息了似的。

后来,她明白了,他的存在就是一堵墙,他的存在正在毁灭着她。除非她冲出去,不然的话,她就一定会被困在这可怕的墙里面恐怖地死掉。而他就是那堵墙,她一定要把那堵墙推到,她一定得推倒前面的他,他这个可怕的障碍阻断了她的生活。一定得这样做,不然的话,她就会可怕地毁掉。

一种恐怖的震动袭遍了她的全身,就像一股电流似的。好像有很多伏特的电流一下子将她击倒了。她觉察到他正默不作声地坐在那儿,那是一个无法想象的恐怖障碍物。他那静静地躬着的后背,他的后脑勺,只这一点就让她失去了知觉,压抑得她呼吸紧促。

一种可怕的情欲的颤抖冲向了她的胳膊——她想体验情欲的快感。她的胳膊颤抖着,而且很有力,那是股无穷无尽而且无法抗拒的强大力量。

那是如此的快乐，在这力量之下是如此的欢乐，是那样一种让人发疯的快活！终于，她就快获得情欲的美妙的快感了。它来了！在极度的恐惧和痛苦之中，她明白现在它降临到她身上了，就在极度的狂喜之中。

她的手拿起那块放在桌子上用作镇纸的美丽的蓝色青金石，她在手里面转着它，默不吭声地站了起来。她的心脏在她的胸中完全燃成了一团火，在狂喜中她完全失去了理智。她朝他走过去，狂喜地在他身后站了一会儿。他就在她的魔力之中，却依旧一动不动，而且毫无察觉。

然后，一股烈火飞快地燃遍她的全身，给她一种极度的而又无法表达的快感，一种用语言说不出来的满足感，她用尽所有的力量把宝石往他脑袋上砸了下去。不过她的手指挡了路，阻碍了这一打击。碰巧他的头正朝着他放书的桌子上低着，于是那石头就滑到了旁边，顺着他的耳朵滑了下去。对她来说，那纯粹是一种震动，她的手指被砸疼了，这疼痛使得她兴奋了起来。但是还有点不满足。她又一次高高地举起了胳膊，对准茫然趴在桌子上的那个脑袋砸了下去。她一定要把它砸烂，在她的狂喜达到极点之前一定要砸碎它，绝对要这样。现在，一千个生命，一千个死亡都无所谓了，仅仅想着彻底地痛快一下。

她的动作不那么迅速了，她只能动得更慢。他体内一股强大的精神把他惊醒了，使得他抬起了脸，扭曲着望着她。她的胳膊举了起来，手里拿着青金石，那是她的左手，他惊骇地又一次醒悟过来，她是个左撇子，他仓促地用一本厚厚的修西的底斯的书遮住了他的头。青石打了下来，差一点把他的脖子弄断，把他的心震碎。

他都崩溃了，不过他并不害怕，他扭过来脸对着她，他把桌子推倒，从她那儿走开了。他就跟一只被打成碎片的水瓶一样。对他自己来说，他似乎全都成了碎片，被打成了小块儿。不过他的动作还是非常的稳当，他的精神还是完整的，而且也不吃惊。

"不，你别这样，赫麦妮，"他用一种很小的声音说道，"我不让你这样。"

他看见她那高高的身影站着，脸色发青，神色警惕，那块石头紧紧地攥在她的手里。

"站到一边，让我走。"他一边走近她一边说道。

她好像被一只手往后推了一下，站到了一边，目不转睛地一直盯着他看，就跟一个中立的天使似的对着他。

"那不太好，"当他从她身边走过的时候，他说道，"死去的不会是我，听到了吗？"

他往外走的时候，一直面对着她，以免她再砸他。在他防备着的时候,她不敢挪动。而他有了提防,她就无能为力了。

于是,他走了,却把她留下在那儿站着。

她僵硬地站了好长一段时间,后来,她摇摇晃晃地走到沙发那儿,倒了下去,沉沉地睡了过去。当她醒过来的时候,她想起了她所做的事情,不过对她来说,她好像只是打了他一下,就跟任何一个女人可以做到的一样,因为他折磨她了。她是完全正确的,她很清楚那一点,在精神上,她是对的。她是不会做错事的,她做了她所必须要做的事情。她是正确的,她是清白的。一副痴迷的,差不多是险恶的虔诚表情总是挂在她的脸上。

伯金几乎是毫无知觉地,不过依然迈着整齐的步子走出了那栋房子,径直穿过公园,来到了开阔的田野里面,到了山上。那阳光灿烂的天气已经变成了阴天,雨点落了下来。他漫步到了一个峡谷边上,那里有着榛树丛,还有很多的鲜花,石楠花丛和小小的冷杉树,正在萌发着嫩芽。所有的地方都非常潮湿,在山谷的底部有一条小溪流淌着,非常的黑暗,或者说好像很黑暗。他很清楚他不能恢复理智,他正在一种黑暗中漫游。

然而,他需要一些东西。在那潮湿的山坡上面,他觉得非常幸福,那儿矮树丛与鲜花郁郁葱葱,光线有点朦胧。他想接触它们所有的东西,让他自己的全身都接触到它们所有的东西。他脱掉衣服,光着身子在草樱花里坐下了,在草樱花里面轻轻地动着脚、腿、膝盖、胳膊扬了起来,躺了下去,让花草触着他的腹部、他的胸口。在他的全身,那是一种那样美妙、清凉、微妙的触觉,他好像要跟它们溶化在一块儿了。

不过它们太过柔和了。他穿过高高的草丛走到一片一人高的新生的冷杉丛里面。那柔软的尖树枝刺到了他身上,当他带着尖锐的疼痛迎着它们走的时候,就在他的腹部洒上了一点清凉的水滴,并用它们那又软又尖的刺扎着他的腰部。有些蓟刺软软地刺着他,不过不是太疼,因为他的动作又迅速又轻柔。

躺下去,在浓密而又清凉的新生的风信子里面翻滚,腹部向下趴在那儿、后背上盖上一把细柔而潮湿的青草,柔软得跟微风一样,那么柔和,比任何一个女人的爱抚还要细腻,还要美妙;接着再用大腿去碰撞那粗硬的冷杉枝子;接着再去感受榛树枝在肩膀上那轻轻的抽打、刺痛,后来又将银白色的白桦枝揽到自己的胸前,它的光滑,它的粗硬,它的那富有生命力的树节与瘤骨——这些真是美妙啊,所有的这一切都非常的美妙,让人非常满足。

其他任何东西也不会这样,没有任何东西能有这花草沁人到人的血液中的清凉和微妙让人满足。他是如此的幸福,这可爱、微妙、有灵性的花草正在等待着他,就跟他等待它一样!他是如此的满足,如此的幸福!

当他用手帕把他自己稍微擦干的时候，他就思考着赫麦妮和那个打击。他能够察觉到他脑袋一边的疼痛。但是毕竟，那又有何关系？赫麦妮能如何，所有的人都加一块儿又如何？这儿有这份美妙、清凉的孤寂，是那样的可爱，那样的清新和满足。真的，他原想着他需要其他人，想着他需要一个女人，他犯了多么大的一个错误。他并不需要一个女人，丝毫都不需要。树叶与草樱花还有树木，它们才是真正可爱而清凉的，让人渴望，它们真的浸到了他的血液里面。溶入了他的身体。现在，他觉得拥有了无限的丰富，为此他高兴极了。

赫麦妮想要杀死他是相当正确的。他与她有何关系？他究竟为何要假装跟人类有点什么关系的样子？这儿才是他的世界，除了这可爱、微妙、有灵性的花草，还有他自己，他生活着的本人之外，他不需要任何人和任何东西。

有必要回到那个世界里面去，那是真的，不过，要是他属于什么地方，那也就无所谓了。现在，他搞清楚了。这就是他的地方，与他密切相关的地方。那个世界是无关紧要的。

他从峡谷里面爬出来，怀疑他是不是疯了。不过，要是如此的话，他宁愿他自己疯了，也不愿当一个心智健全的正常人。他为他自己的狂疯而高兴，他是自由的。他不想要这世界上原来的理智，那变得那样的令人厌恶，他很高兴在他的疯狂中发现的那个新世界，它是如此的清新而微妙，如此的让人心满意足。

与此同时，在他的精神里面，他又觉得有一种忧伤，那只不过是旧伦理的残余物，让一个人仍旧依恋着人类。不过他对旧的伦理、人与人类都觉得厌倦了。现在，他喜欢那温柔、微妙的花草，那是如此的清爽而美妙。他将对以往的忧伤不屑一顾，他将把旧的伦理扔到一边，他将会在他的新环境里再得到自由。

他觉得他的头痛得越来越厉害了，每一分钟都在加剧。他现在正顺着大路向最近的火车站走去。天正下着雨，而他却没有帽子。不过如今就有很多怪人，走在雨中也不戴帽子。

他也不知道，他的心情中有多少沉重，多少压抑是因为害怕而造成的，他怕其他的人会发现他光着身子在草丛里面躺着。他是那样的惧怕人类，惧怕其他的人！那差不多都快变成一种恐怖、一种可怕的梦了——他害怕被其他的人观察。要是他在一个岛屿上面，就跟亚历山大·塞尔科克一样，只跟动物和树林做伴，他就会很自由而且很愉快，就不会有这份沉重，这份疑惧。独自一个人的时候，他会很喜欢那些花草，而且会非常的幸福，而又毫无疑虑。

他最好给赫麦妮发去一封短信,她可能为他担心,而他不愿意背着这种负担。因此他在车站给她写了封信:

"我就要到城里去了——我目前不想回到布莱德比去。但是,一切都还不错——我不希望你因为打了我会有什么想法,一点事也没有。告诉其他的人这只是我的一种情绪。你打我是对的——我很清楚你想这样做。那么就到这里吧。"

然而,在火车上,他觉得很难受,每一个动作都有无法忍受的疼痛,他病了。他拖着他自己从车站来到一辆出租车里面,就跟一个瞎子似的一步一步地摸索着前进,全靠着一股模糊的意志。

有一两个星期的时间,他都病着,不过他没有让赫麦妮知道。而她就觉得他生气了,他们之间彻底地疏远了。她变得很孤傲,沉醉在她那清高的信念之中。她完全依靠自尊、自信的精神力量生活着。

第九章 煤灰

　　下午，从学校回家的时候，布朗温家的两个姑娘从威利·格林那风景如画的山村走了下来，直到她们来到了铁道岔路口。在那儿，她们发现栅门关上了，因为煤矿的火车隆隆地响着驶近了。当它鸣着警号在路基之间前进的时候，她们可以听到小小的机车刺耳的喘气声。道路边那个小小的讯号室里面的那个一条腿的工人从他的安全地带探出身子，就跟一只螃蟹从一个壳里面探出来一样。
　　当这两个姑娘正等着的时候，杰拉德·克里奇骑了一匹阿拉伯种的母马跑了过来。他骑得很不错，而且很轻巧，那牲口在他的膝盖之间轻微地震颤着，让他觉得很满意。他显得很独特，至少在戈珍的眼里是这样，他轻柔而又紧紧地骑在那匹苗条的红马身上，它那长长的尾巴在空中甩着。他向两个姑娘打了招呼，就赶着马来到岔路口，等着开门，低头望着铁路。戈珍刚才讽刺地微笑着看他那独特的样子，她很乐意看他。他身材不错，又很洒脱，他那晒成棕褐色的脸衬托着他那泛着灰色的粗胡子，当他望着远处的时候，他的蓝眼睛里面就闪出锐利的光芒。
　　机车喷着汽在路基之间慢慢地驶近了，那母马不喜欢它，开始往后退，好像被那陌生的噪声给伤害了一样。但是，杰拉德将它拉了回来，并让它的脑袋冲着栅门。蒸汽机车那尖锐的喷气声变得越来越重，让它没法忍受，那不停地重复的陌生而又恐怖的声音把它吓住了，直到它害怕得乱抖。它就跟一根伸开了的弹簧一样退缩着。但是，一丝明朗的微笑从杰拉德脸上掠过。他最终再一次将它赶了回来。
　　噪音变小了，小机车带着它那钢铁碰撞的咣当声在铁路上出现了，那咣当的声音非常刺耳。母马就像一滴从热烙上铁蹦起的水似的蹦了起来。厄秀拉与戈珍吓得往后躲到了路边的篱笆里面。但是杰拉德依旧沉稳地骑在母马上，并把它牵了回来。好像他沉入了它那磁铁一样的魅力之中，要将它的后背坐塌。
　　"笨蛋！"戈珍大声地叫了起来，"他为何不躲到一边，等到它过去呢?"

戈珍用那瞪得大大的出神的黑眼睛盯着杰拉德看。不过,他目光炯炯而又固执地骑在马上,驱赶着团团转的母马,那马转着圈,转着向,就跟一阵风似的,却依旧不能从他的控制下挣脱出来,也不能躲避在它身边回响的那疯狂的轰鸣声。矿车缓慢、沉重、恐怖地一辆接一辆地从岔道口重重地开了过去。

机车好像是想看看会发生什么事,一下子刹住了车,后面的车厢就在缓冲器上弹动着,像铙钹似地发出刺耳恐怖的声音,在吓人的冲击声中,越来越近。那母马张开了大嘴,慢慢地前蹄腾了起来,就好像是让一阵吓人的风给吹起来的一样。接着,它又突然全身都惊骇地颤抖着,想彻底地逃开那吓人的火车,它的前蹄就弹了出去。它往后退着,那两个姑娘就互相紧紧地抱着,觉得它一定会往后倒下去,并把杰拉德压到下面。

但是,他往前面倾斜着,他的脸上闪着愉快的笑容,最后,他把它压了下去,并让它冷静了下来,正挤压着它的背往警戒线上赶。但是,他那强大的压力引起了母马的反感和恐怖,它从铁路那儿往后退着,于是它用两条腿在那儿转了又转,就好像它处在一股旋风的中心一样。它让戈珍一阵剧烈的头晕眼花,差点昏过去,那情景好像把她的心都给刺痛了。

"不——!不——!放了它!放了它,你这个蠢货,你这个笨蛋——!"厄秀拉用她最大的声音完全忘我地大叫了起来。而戈珍非常讨厌那种忘我的样子。厄秀拉的声音如此的有力,如此毫无遮掩,真让人没法忍受。

一种严肃的神情浮上杰拉德的面庞。他使劲地夹着马腹,就跟一把锋利的尖刀一样刺到要害,使得它又转了回来。它一边喘着粗气,一边咆哮着,它的鼻孔张成了两个又宽又热的洞,它的嘴张开着,它的眼神是狂乱的。这是一幅让人厌恶的情景。但是他抓着它就是不放,几乎是一种机械式的无情,锋利得就像一把剑一样刺进了它的身体。人和马都因为用力而出了汗。不过他显得很平静,就跟一束冷淡的阳光似的。

与此同时,那没完没了的矿车还在"隆隆"地响着,非常的缓慢,一辆接一辆、一辆接一辆地驶来,就跟一条没有尽头的细流似的,让人厌烦。那些车厢的连接处磨擦着,吱吱地响着,好像很不安似的,现在,那母马用蹄子撑着地,机械地踢腾着,恐惧占据了它,因为现在有人控制着它,它的蹄子盲目而可悲地动着,就好像它在踢空气一样。那人紧紧地圈着它,并把它压了下去,它差不多就像是他身体的一部分。

"它正在淌血!它正在淌血!"厄秀拉带着对杰拉德的敌意和憎恨狂乱地大叫了起来。

她很清楚自己对他完全是抱着一种敌意的理解。

戈珍看到母马的腹部流着一股血水,吓得她脸都白了,她看到,就在伤口处,亮闪闪的马刺残酷地扎了进去,一时间戈珍感到眼前天旋地转,然后就不省人事了。

当她苏醒的时候,她的心变得又平静又冷淡,没有了知觉。矿车依旧"隆隆"地驶过,而人和马依旧在搏斗着。然而她自己却冷淡了,也超脱了,她对他们再也没有感觉了。

她非常的生硬,又冷淡又无情。

她们看见尽头那带篷子的值班车驶近了,矿车的声音变小了,有希望从那无法忍受的噪音中解脱出来了。那快要晕过去的母马重重地喘着气,听起来很机械,而那人好像也自信地松懈了下来,他的意志是明朗的,而且一点也不动摇。那值班车开了过来,慢慢地驶过去了,信号员在车里向外望着,望着路上这种情形。而通过那封闭的车厢里的那个人,戈珍能够感觉到整个这幅奇景非常的孤单而又短暂,就跟永恒世界里面的一个孤单的幻觉一样。

火车开过去后,出现了那可爱而又让人感激的安静,这安静是那么的甜美!厄秀拉憎恨地望着逐渐变小的火车的缓冲器。岔路口上的守门人就站在小屋的门口,准备过来把栅门打开。

但是戈珍突然抢先一步冲了过去,抢在那挣扎的马的前头,把插销拨掉,打开了两扇门,把一扇推向了看门人,而她则推着另一扇往前跑了过去。杰拉德一下子松开了马,朝前面飞跃过去,差不多就冲着戈珍,而她没有害怕。当他将马头往一边猛地一拉的时候,戈珍用一种又高又奇怪的声音跟个傻子或是像个女巫似的在路边尖叫一声:

"我认为你很傲慢。"

那些话很清楚而且很坚定,那人在那跳跃着的马背上侧过身,有点惊讶而又疑惑,很感兴趣地望着她。后来,那母马的蹄子在交岔口的枕木上跟敲鼓似的蹦达了三遍,于是那人与马就在路上一高一低地跳跃着走了。

两个姑娘看着他骑马走远了。守门人拖着木头做的腿在岔路口的枕木上砰砰地蹒跚前行着。他将门栓牢了,后来,他也转过身来,并对姑娘们说道:

"一个年轻的骑马高手有他自己的骑法,任何人都会这样。"

"对,"厄秀拉用她那火辣辣而又专横的口气说道,"他为何就不能将马牵到一边,一直等到火车过去呢?他是一个笨蛋,还是一个欺软的人。他是不是觉得折磨一匹马就称得上有男子汉气概呀?它也是个活生生的东西,他为何要欺负它,折磨它?"

于是出现了一阵沉默，后来，守门人摇了摇头，回答道：

"对，你一看就知道那是一匹很漂亮的小马——漂亮的小东西，很漂亮，现在，你很难看到他的父亲也那样对待任何牲口，你不会的。杰拉德·克里奇与他的父亲，他们之间完全不相同——两个不一样的人，两种不同的人。"

后来就停顿了一会儿。

"但是他为何要这样做呢？"厄秀拉叫了起来，"他为何要这样？当他欺负一头比他自己敏感十倍的牲口的时候，他是不是会觉得他很了不起啊？"

于是又现了一阵很谨慎的沉默，后来，那人摇了摇头，好像他什么也不愿说，只是想考虑得再多一点。

"我希望他将马训练得可以经受住所有的打击，"他回答道，"一匹纯种的阿拉伯马，不是附近常有的那一类马，跟我们所有的种类都不相同。他们说他是从君士坦丁堡把它弄回来的。"

"他会的！"厄秀拉说道，"他最好将它留给土耳其人，我敢保证，他们对待它会更加庄重一些。"

那人到里面去喝他那罐子里的茶了，姑娘们就继续沿着布满厚厚的黑色的灰尘的小巷子走去。戈珍的头脑好像让那个男人那柔韧的力量惊得麻木了，他压制着那匹活生生的马的躯体。那金发碧眼的男人的粗壮、蛮横的大腿牢牢地夹住母马那跳动着的身体，直到彻底地控制了它，那是一种从腰、大腿与小腿上而来的白色的柔软的魔力，紧紧夹着那匹母马，控制着它，让它彻底地屈服，那是骨髓中那股骇人的柔顺。

姑娘们默不作声地走着，左边，是矿井那高高竖起的土台与车头，而下面就是那黑色的铁路，矿车在那儿停放着，看上去就像铁路上一座停靠着火车的巨大港湾一样。

在围着很多明晃晃栅栏的第二个岔路口不远处，是一块属于矿工们的田地，那儿还有一只圆圆的废弃了的大铁锅，非常的大，都生锈了，而且非常的圆，静静地立在道路旁边。母鸡们正围着它啄食，一些小鸡趴在水槽旁喝水，鹁鸪们从水面上飞起，在矿车之间飞过。

在宽宽的岔路口另一边，就在路边，是一堆用来修补道路的灰白色的石头，还有一辆大车在那儿停着，一个中年人正拄着铁锹，他脸上的胡子长了一圈，跟一位穿着高统靴子的年轻人说着话，那人就站在一匹马的脑袋旁边，那两个人都面向着岔路口。

在下午那强烈的光线下，他们发现在不远的地方出现了两位姑娘，那是两个小小的而又闪着光的身影。两个人都穿着鲜艳而又欢快的夏季服装。厄秀拉穿了一件桔黄色的针织外套，戈珍的则是一件浅黄色的。厄秀拉穿了一双浅黄色的长筒袜，戈珍的则是亮丽玫瑰色的。这两个女子的身影走在铁路交岔口转弯处的时候，好像是在闪闪发光，白色与桔黄色、浅黄色与玫瑰色在这全是煤灰的炽热的世界中闪着光。

那两个男人依旧站在阳光下静静地望着。那个年纪较大的是一位五短身材的中年男人，神情很严肃，精力充沛，那年轻一点的是个工人，大约有二十三岁的样子。他们默不作声地站着，看着姐妹俩往前走。他们一直看着她们走近，又一直到她们走过去，在脏兮兮的路上消失，那条路的一边有些住所，而脏兮兮的新生的玉米就长在另一边。

后来，那个长着连鬓胡年纪较大的男人用淫荡的口吻跟那年轻人说道：

"那个的价钱是多少，嗯？她行吗？"

"哪一个？"年轻人带着笑，急切地问道。

"穿着红袜子的那个。你说怎么样？为了五分钟，我宁愿花掉我一周的工资，上帝！只为了五分钟。"

年轻人再次大笑起来。

"你的妻子就会有理论跟你说了。"他回答道。

戈珍转过身来，看了这两个男人一眼。他们正站在那堆灰白色的矿渣旁边盯着她看，对她来说，他们就是两个险恶的怪物。她很憎恶那个脸上长了一圈胡子的人。

"你是第一流的，你是的，"那个男人远远地对她说道。

"你是不是认为她值一周的工资啊？"那个较为年轻的人沉思着说道。

"我认为？我可以再打一次赌——"

那个较为年轻的人客观地在后面望着戈珍与厄秀拉，他好像想去算计什么可以值他一个周的工资。他非常疑虑地摇了摇头。

"不，"他说道，"对我来说，那值不了那些。"

"不值？"年纪大的人说道，"看在上帝的份上，对我来说，那如果不值的话才怪！"

于是他又接着挖起石头来。

姑娘们下到了房屋之间，那些房屋铺着石板瓦屋顶，还有黑色的砖墙。那浓重的金黄色夕阳的光辉照遍了整个煤矿街区，丑恶的东西被那美好的东西覆盖了，对感觉来说，就跟一针麻醉剂一样。在那落满了黑色灰尘的道路上，那充足的阳光显得更加温暖，更加浓重，在那炽热的一天快结束的时候，给所有这些乱糟糟而又肮脏的东西笼罩上一种不可思议的东西。

"这儿有一种肮脏的美,就在这个地方,"戈珍说道,很明显她正因为这份着迷而痛苦。"你难道不能感觉到这儿有一种浓重而火热的东西?我能。而且它让我非常惊讶。"

她们正在矿工们的住宅区之间穿过,在几所住处的后院里面,可以看到,在这很热的夜晚,一个矿工正在开阔的地方洗着身子,上面一直到腰都是光着的,他那胖大的斜纹厚布的长裤子差不多都要滑掉了。早已洗干净的矿工们正蹲在那儿,他们的后背就在墙的附近,说着话,沉默着,他们都非常的健壮,而且很疲乏,正在休息。

他们发出了很有力的声调,而浓重的方言对身心都是一种很好的抚慰。戈珍好像已经沉浸在一个劳动者的抚爱之中了,一种男人洪亮的声音在整个空气中回响,飘来了一种浓重的劳动者和男人的气息,在空气中特别强烈。不过这在这个地方是很普遍的,所以也就不被居民们注意。

然而,对戈珍而言,它就太强烈了,而且还有点令人讨厌。她永远也没法讲明白为什么贝多弗同伦敦与南方如此的不同,为何一个人到这儿整个感觉都不一样了,为什么就跟生活于另一个星球上一样。如今她意识到,这是一个属于强大而又黑暗的男人的世界,他们把大部分时间都花费到了黑暗之中。从他们的声音中,她能够听出那黑暗的回响,那有力的、危险的地下世界,愚笨无知而又非常野蛮。那声音听起来又像加了油的笨重的机器一样,很奇怪。那份淫荡也像机器一样,冷漠而又残酷。

每天夜里她回家的时候,这都是一样的,她就好像在一个撕肝裂胆一样的波浪里面挪动一样,那是从上千名健壮的,生活在地下、身不由己的矿工们那儿来的,而那都进到头脑与心脏里面,激起一种毁灭性的欲望,和一种致命的无情。

她对这个地方非常眷恋。她憎恨它,她很清楚它是多么彻底的与外界隔绝,多么的丑恶,而又多么令人恶心的蠢笨。有的时候,她扑打着翅膀,就跟一个新的达芙妮一样,并没有变成一棵树,却变成了一台机器。不过,她依旧被那份眷恋之情所战胜。她努力地想跟这个地方的气氛相符合,她渴望能从那儿得到满足。

夜里的时候,她就觉得自己被城里面那主要的大街所吸引,那大街蒙昧而又丑陋,不过空气里面却全都是这同样的有力的气氛,带着强烈而黑暗的无情。那儿经常会有一些矿工到处溜达。他们带着奇怪、扭曲的尊严走动着,他们的举止还算好看,而且有点不自然的沉静,在他们那苍白、常常是憔悴的面庞上,有一种迷茫、无奈的神情。他们属于另一个世界,他们有一种奇怪的魅力,他们的声音充满了一种难耐的低沉的洪亮,就跟一个机器正在轰鸣一样,就跟音乐一样,却比很久以前莎琳的声音更加令人狂躁。

她发觉自己就像其他的普通女人那样,在星期五的夜里就会让小小的市场吸引过去。星期五是给矿工们发工钱的时候,而星期五的晚上就成了交易的夜晚。每一个女人都出来了,每一个男人也都出来了,与他的妻子一块儿买东西,或者与他的朋友们聚在一块儿。公路上黑乎乎的,有几英里长的地方全都是进来的人群;山顶上的小市场与贝多弗的主干道上,黑压压地挤满了成群结队的男人和女人。

天很黑,而市场却被煤油灯烤得很热,那些油灯朝那些买东西的主妇们黯淡的面孔上照着红红的光,照到了男人们那苍白而茫然的脸上。空气中充满了叫卖者的声音和人们说话的声音,浓重的人流依旧朝着市场上那密集的人群涌动着。商店里面灯火辉煌,都让女人们给围严了,街上差不多都是男人,各种年龄的矿工。钱花得差不多是很大方、很自由的。

过来的马车没法通过了。它们只得等待着,而车夫喊着大嚷着,一直到那浓厚的人群让出路来。到处都有从远方来的年轻的小伙子,正站在路上和拐角的地方同姑娘们说着话。

小酒店的门大开着,亮堂堂的,男人们像一条溪流一样不断地进进出出。到处都有男人们冲另一人大声地嚷嚷着,或是跑过去跟另一个相认,或是一小群人站成一圈说着话,无休止地说着。那说话的场景,嗡嗡作响,非常刺耳,还有点神秘,谈论着无休止的开矿与政治上的争议,在空气中搅动着,就跟不和谐的机器一样。而就是他们的声音让戈珍几乎都要陶醉了。它们激起了一种奇怪的、眷恋的渴望的疼痛,有一些几乎能让人着迷的东西,而且永远都说不清楚。

就跟这个地方任何别的女孩子一样,戈珍在市场不远处那明晃晃的二百步长的公路上一上一下,一上一下地漫步而行。她很清楚这样做是一件很庸俗的事,她的父亲和母亲都不能忍受这个,但那种眷恋的感觉袭上了她的心头,她必须要处在这些人们之中。有的时候,她就在电影院中,坐在那些蠢笨的人们中间,他们是一些放荡而又不引人注意的蠢人,然而她非得处在他们之中不可。

而且,也跟任何别的普通少女一样,她发现了她的"男孩"。那是一位电学家,据说是来从事杰拉德的新计划的电学家。他是一个真诚而聪明的男人,一位对社会学非常热心的科学家。他独自一个人在一间租来的村舍里面居住,就在威利·格林。

他是一位绅士,而且在经济上也非常宽裕,他的女房东四处传播有关他的事,他在卧室里准备了一只很大的木制的浴盆,而每次他下班回来的时候,他就把成桶成桶的水提到上面去,用来在里面洗澡,而且他每天都要穿干净的衬衣与内衣，以及干净的丝制短袜。在这些方面，他非常的挑剔而苛求，不过在其他方面他都是最普通的，最不会装腔作势。

戈珍对所有这些事情都知道，那些闲话很自然而又没法避免地会传到布朗温家里来。帕尔莫是厄秀拉最为要好的朋友，不过他那苍白、文雅、严肃的面庞上也显露着同戈珍一样的眷恋之情。在星期五的夜里，他也一定会沿着那条街上上下下地走着。因此他就跟戈珍在一块儿走，于是友谊就在他们之间一下子萌发了。不过他没有爱上戈珍，他真正喜爱的是厄秀拉，但是因为一些很奇怪的原因，她跟他之间什么都不能发生。他喜欢戈珍在他身边，当作一个精神上的伙伴，不过也就那么多。而她对他也没有真正的感情。

他是一位科学家，他一定要找一个女人站在他的后方。不过他确实一点感情色彩都没有，就像一架高雅漂亮的机器。他太冷漠了，破坏性也太强，不能真正地去爱女人，自我主义也太强烈。他却为男人们所吸引。就个人而言，他讨厌而且看不起他们，而在人群里面，他们却又让他着迷，就跟机器似的吸引了他。对他而言，他们是一种新的机器，只是有点难以计算而已，没法计算。

戈珍就这样同帕尔莫一块儿在街上闲逛，或是跟他一块去看电影。当他发表着他那讽刺的评论时，他那狭长、苍白、高雅的脸上就闪闪发光。他们就在那儿，他们两个人，他们两个文雅的人有着相同的感觉。从另一个意义上讲，是两个个体，彻底地追随着人们，与那些丑恶的矿工们融合到了一块儿。而相同的秘密好像存在于所有的人心中：戈珍，帕尔莫，放浪的年轻人，憔悴的中年人。所有的人都有一种力量的神秘感，和难以形容的破坏性，还有那致命的三心二意，那是意志中一种腐朽的东西。

有时，戈珍就想跳到一边，看着所有的这些，看一下她是怎样沉浸进去的。而后她又满心轻视的狂暴与愤怒。她觉得她和其他人一块儿沉沦到了人群之中——所有的一切都是那样的紧迫，而又交错在一块儿，让人喘不过气来。她都快闷死了。她做好了斗争的准备，她兴奋地扑到她的工作上。不过，没过多长时间，她就放弃了。她出发去了农村——那黑色、迷人的农村。这种魅力又开始起作用了。

第十章 素描簿

一天早上，姐妹两人在威利湖畔画画，就在湖的那个偏僻的尽头。戈珍涉水走到一个全都是砾石的浅滩上，像一位佛教徒一样坐下了，目不转睛地盯着那些从那低低的岸边的泥土里长出来的鲜嫩的水生植物。她能看见的都是泥巴，很柔软，都是软泥，是些多水的泥浆，从它那冰凉的烂泥里面，水生植物长了出来，厚厚的，而且很清凉而且是肉质的，非常的挺拔和饱满，往两侧伸展出它们的叶子，还有着深红色彩与墨绿色，还有着一片深紫色与黄棕色。

不过从一种给人美感的视觉上来看，她能感觉到它们饱满多肉的肌体，她很清楚它们是怎样从泥水中长出来的，她很清楚叶子是如何自己伸展出来的，而它们多汁的躯干又是怎样挺立于空中的。

厄秀拉正在观看着那些蝴蝶，在水面附近有大一群，那蓝色的小蝴蝶突然不知从什么地方就飞了出来，飞到一丛凤仙花里面，一只很大的黑红两色的蝴蝶停在一朵花上，轻轻颤动着它那柔软的翅膀，沉醉地呼吸着纯洁而轻柔的阳光。两只白色的蝴蝶正在低空中扭打着，在它们周围有一层光环。当它们扭打着接近的时候，它们就变成了桔红色的，就是那桔红造成了那个光环。厄秀拉站了起来，飘飘然地走开了，就跟蝴蝶们似的一点意识都没有。

戈珍蹲在浅滩上，一边着迷而出神地观察着那亭亭玉立的水生植物，一边作着画。看了没多长时间，她不知不觉就凝视起来了，专心致志于那粗硬、赤裸而多汁的枝干。她光着脚，她的帽子放到了对面的岸上。

听到船桨撞击的声音，她一下子从沉醉中醒了过来。她朝四周看了看，那儿有一条船，上面有一把华丽的日本女式太阳伞，而一位穿着白衣服的男人正在划船。那女人是赫麦妮，而那男人是杰拉德，她马上就认出来了。一时间她被渴望的战栗感所攫取，那是一股发自她血管的强烈电流，比在贝多弗见到杰拉德的时候强烈得多，那时只是一种空气中嗡嗡作响的低弱的电流而已。

杰拉德是她从那阴暗的泥沼之中逃脱后躲避的地方，而那泥沼就是那些苍白、生活于地下的、没有意识的矿工们。而他从泥沼中突现出来，他就是主人。她望见了他的背部，他那白净的腰部的动作。不过不是那个，当他往前躬下身子划船的时候，他好像把那白净的东西装起来一样。他好像是对什么东西屈服一样。他那有点发白的头发闪着光，就跟天空中的闪电一样。

"那是戈珍，"赫麦妮的声音从水面上清清楚楚地飘了过来。

"我们过去与她说句话，你介不介意？"

杰拉德朝四周望了一眼，发现那姑娘正在水边站着，望着他。就像有什么磁力一样，他就将船朝着她划了过去，脑子里并没有考虑她。在他的世界之中，他的意识世界中，她依旧是个无足轻重的人。他很清楚，赫麦妮对打破一切社会地位的不平等，有着一种很奇异的乐趣，最起码表面上是如此，而他也便顺从了她。

"你好，戈珍，"赫麦妮拉长了声音叫着她的教名，摆出一副时髦的姿态。"你在干什么呀？"

"你好，赫麦妮。我正在画画。"

"是吗？"船漂得更近了，一直到龙骨滑到了浅滩上，"我们可不可以看一下？我很喜欢看。"

想去拒绝赫麦妮那老谋深算的意图是没有用的。

"那——"戈珍很不情愿地说道，因为她从来都不喜欢把她还未完成的作品展露出来——"连一点有趣的东西都没有。"

"没有吗？不过还是叫我看一下吧，好吗？"

戈珍就将素描簿递了过去，杰拉德从船上伸手接了过去。而在他做这些的时候，他想起了戈珍跟他说的最后的那些话，而且，当他坐在那突然转向的马背上的时候，她的脸还对着他仰了起来。一阵强烈的骄傲感涌遍了他的神经，因为他觉得她好像被他征服了。在他们之间感情上的交流，非常的强烈，而又脱离了他们的意志的控制。

就好像被迷住了似的，戈珍意识到了他的躯体，弹跃着，涌动着，就跟野火一样，朝着她倾了过来，他的手就跟一根树干似的直直地往前伸了过来。她对他的那种肉体上强烈的惊骇，使得她差点晕过去，她的思想变得昏暗而又空白起来。而他在水上很好看地摇摆着，就跟那漂荡的磷火一样。他朝小船四周打量了一下。它已经漂开了一点点。他挥起船桨把它划回来。在深沉柔和的水中慢慢地划着船，那种优美的乐趣让人全身心地陶醉于其中。

"那就是你所画的了，"赫麦妮一边说，一边搜寻着岸上的那些植物，并跟戈珍的画比较着。戈珍顺着赫麦妮那长长的手指指示的方向看了过去。"就是那个,对不对?"赫麦妮重复道,想要获得证实。

"对,"戈珍漫不经心地说道,并没有真正的留意。

"让我看一下,"杰拉德一边说,一边朝前伸手来要本子。可是赫麦妮没有理睬他,在她看完以前,他一定看不上。但是他的意志与她一样是不屈而坚定的,就一直往前伸着直到碰到了那小簿子。赫麦妮微微一惊,对他的一种反感使她不自觉地一震。当他还没有完全接住的时候。赫麦妮就把本子松开了,于是它就碰到了船帮上,又弹到了水里面。

"上帝!"赫麦妮带着一种奇怪的恶意的胜利感拉长着声音叫道。"我很抱歉,真是非常的抱歉。杰拉德,你能把它捞上来吗?"

这最后一句话带着一种焦急的嘲弄,让杰拉德的血管都因为对她的憎恨而麻木了。他远远地探到船的外面,手伸到了水里面。他可以感觉得到他的姿式非常可笑,他的腰部都露出来了。

"没什么大不了的,"传来了戈珍那铿锵有力的声音。她好像想去碰他一下。但是他却伸得更远了,小船猛烈地摇摆起来。然而,赫麦妮却依旧泰然自若。他在水下面抓住了那个小本子,并把它拿了上来,上面滴着水。

"我是那样的抱歉,非常的抱歉。"赫麦妮重复道,"恐怕这都是我的过失。"

"没什么大不了的,真的,我可以向你担保,什么事都没有,"戈珍高声地强调说,她的脸变得通红。而她不耐烦地伸出手去拿那水淋淋的本子,想结束这一幕。杰拉德将它递给她。他有点控制不住自己。

"我是那样的遗憾,"赫麦妮重复道,直到杰拉德与戈珍两人都被激怒了。"就没有什么办法补救了吗?"

"有什么办法?"戈珍冷淡地讽刺道。

"难道我们不能够挽救那些画了吗?"

出现了一阵沉默,就在这沉默里面,很显然她对赫麦妮的穷追不舍表示不屑一顾。

"我可以向你担保,"戈珍斩钉截铁地说道,"我猜着,那些画还跟它们原来一样的好。我只是想拿它们来做个参考而已。"

"但是我不能送给你一个新的簿子吗?我希望你能让我那样做。我真的感到非常的对不起,那全是我的过失。"

"在我看来,"戈珍说道,"那压根就不是你的过失。要是有什么过失的话,那也是杰拉德的。不过这整个事太微不足道,要是太往心里去那就真的太可笑了。"

当戈珍驳斥赫麦妮的时候，杰拉德死死地盯着她。她有一副有着冷酷力量的躯体。他用一种明亮的洞察力审视地观察着她。他发觉她是一个危险而有敌意的精灵，而且可以经受住任何压力。此外，她是如此的完美，那举止是那样的完美。

"要是没什么关系的话，我就太高兴了，"他说道，"要是真的没什么损害的话。"

她回首用她那好看的蓝眼睛看了看他，那目光完全刺到他的灵魂里面。她的声音清脆地响着，现在正在跟他说，差不多都是亲昵的了：

"当然了，什么事也没有。"

一个眼神，一声话语，他们之间就产生了默契。在她的语气中，她清楚地表明：他与她，他们是同一种人，一种残忍的同病相怜就存在于他们之间。她很清楚，从此以后，她就可以控制他了。无论他们在什么地方相遇，他们都会秘密地联合起来，而他在这种跟她的同盟里面是无能为力的。她的心里非常的高兴。

"再见吧！你能宽恕我，我是那样的高兴。再见了！"

赫麦妮像唱歌一样说着她告别的话，并挥动她的手。杰拉德机械地拿起船桨划走了。但是他却一直盯着戈珍看，他的眼睛里面带着隐约的微笑与羡慕，她就站在浅滩上，挥动着她手里面那湿漉漉的本子。她转过身去，不再理会那退去的小船。但是杰拉德却一边划一边往后望，盯着她，都把他正在做的事情给忘掉了。

"难道我们走的不是太偏左了吗？"赫麦妮拉长着声音说道，她在花伞下面坐着，觉得被忽视了。

杰拉德没有回答，朝周围看了看，船桨平稳起来，在太阳下闪着光。

"我认为现在很好。"他和善地说道，又开始划了起来，还是不想他正在做的事。对他那和善而又忘却的样子，赫麦妮非常的不喜欢，她被冷落了，而她也不能再恢复那支配的地位了。

第十一章 一个岛

就在这段时间里,厄秀拉离开威利湖,顺着一条美丽的小溪闲逛着。云雀的歌声到处都可以听见。山的向阳面,生长着一些金雀花,并不茂盛。在水边一些勿忘我开放着。躁动不安的情绪随处都可以感觉到。

一条条的小溪把她吸引住了。山上有一个磨房池,后来她想到要去那儿玩一会儿。这个大磨房已被废弃了,不过一个雇工和他的妻子还住在那儿的厨房里。空荡的场院和荒芜的花都被她留到了身后,她穿过水闸来到了岸上。当她到达了顶端,看到表面像丝绒般光滑的水池时,她注意到了有一个男人正在堤岸上修补一只平底船。那是伯金,他一个人在那里又是拉锯又用锤砸地干着。

她站在水闸的顶端,一直看着他。他还不知道周围有人。好像他现在很忙,像一只野兽,热烈地活动着而注意力又很集中。她觉得她自己应该离开这个地方,他是不想在这儿看到她的,他太忙了,没有时间干其它的。

但她又不想离开,因此她就在岸上走来走去,一直到他抬头看到她为止。

他很快就向上看了。当他看到她后,就把工具扔到地上,向她走了过来,说道:

"你好,我把接缝弄紧些。你说这样做对吗?"

他们两个在一起散步了。

"你父亲干这个在行,你是你父亲的女儿,所以你可以告诉我是否可以这样做。"他说。

厄秀拉俯身看看那个修补过的船。

"我是我父亲的女儿,我也确信,"她说,但她没胆量做出任何判断,"但在木工方面,我什么也不知道。好像可以,你不这样认为吗?"

"我觉得也是。我希望这条船不要把我扔到河底,其实即使那样,也没什么大不了的,我可以再上来。帮我一把,把船弄到水里面去,可以吗?"

两个人共同努力,这只沉重的船浮到了水面上。

"现在,"他说,"我来试试,你要看着会发生什么。如果它能载你的话,我就把你带到那个岛上。"

"试试吧。"她不安地看着说道。

这个水塘的面积真大,水面也很平静,水很深,向下看觉得是一片黑暗。水塘中间有两座小岛,小岛上茂密地生长着灌木与一些大树。伯金划着船,在塘中使劲地保持方向,动作有些笨拙。很好,小船漂到岛附近,他抓住了一根柳树枝,让船先靠住了岛。

"树木也太稠密了,"他看了看岛里面的情况说道,"但很漂亮,我现在就回去把你接过来。这船稍微有些漏水。"

很快,他就来到了她身边,她踏上了已经湿了的平底船。

"我俩坐上是不会出事的。"他说,很快船向小岛出发了。

他们在一棵柳树下停了船。岛上长着茂盛的、散发着难闻气味的玄参和毒芹,她不停地躲闪着。但伯金却不怕,他直接向前走着。

"现在我要让这些全倒下,"他说,"那样就会很浪漫了,就像《保罗与维吉妮》书中描写的一样。"

"对,那样的话,我们就可以举行有趣的华多式的午餐会了。"厄秀拉热切地叫道。

他的脸沉了下来,说:"在这儿,我不想有华多式午餐。"

"你心中只有你的维吉妮。"她笑着说。

"维吉妮已经足够了,"他凄凉地笑着说,"不,我也不想她。"

厄秀拉在他身边紧紧地盯着他。离开布莱德比后就没见过他了,这是第一次。他很瘦弱,两腮下凹,脸看上去很苍白。

"你生病了,是吗?"她问道,态度有些冷漠。

"对。"他冷冷地回答。

他们坐在一棵柳树下,在柳荫下看着水塘。

"这使你觉得可怕吗?"她问。

"有什么可怕的?"他问道。他的两眼盯着她,他有些野蛮的倔犟,这使她心里感到很不安,令她脱离了常态。

"病得严重的时候,会很可怕,对吗?"她说。

"它会使人不舒服,"他说,"一个人是否真的怕死,我不敢确定。从一种情绪上来说一点也不可怕,从另一种情绪上来说非常的可怕。"

"但病不使你觉得难堪吗?我想一个人生病了,病会使他很难堪,病魔对人的羞辱也太大了,你不觉得是这样吗?"

他考虑了几分钟。

"也许对吧，"他说，"真正的羞辱是：人知道一个人的生活从一开始就不那么正确。疾病与这个相比，太渺小了。一个人患病是因为他过得不适当。在生活上的失败会使人生病，于是就使一个人感到受辱了。"

"你在生活上失败了吗？"她几乎带着嘲笑的口气问道。

"是的，我的每一天都没有什么作为。人的鼻子好像总是碰到面前的墙上。"

厄秀拉笑了出来。其实她有些害怕，当她受到惊吓的时候，她就会笑，装出一副很得意的样子。

"你那可怜的鼻子！"她说，同时一直盯着他的脸。

"对它的丑陋就不感到惊奇了。"他回答说。

她安静了几分钟，与她的自欺欺人作斗争。欺骗自己，是她的本能。

"但我幸福——我想生活真是太有趣了。"她说。

"那好哇。"他回答道，态度有些冷淡。

她从口袋里掏出了一小片纸，这张纸是包小块巧克力用的，她开始用这片纸来叠一只小船。他漫不经心地看着她，她的举动中透着某种楚楚动人，温柔的东西包含在她的举动中，包含在她手指的无意的举动中。

"我真的很快乐，你不快乐吗？"她问。

"是快乐！但我过得不顺，于是我就发火。我觉得所有的一切都盘在一起，都混乱了，什么也搞不清楚了。我不知道什么是真正应该做的。人必须在什么地方做一些事。"

"为什么你总要忙呢？"她反驳道，"这也太平淡了。我想做一个高雅的人会更好些，什么也不做，只是发展自己，就像一朵正在开放的花朵。"

"你说的很对，"他说，"如果人能绽放出花朵那该多好呀。但无论如何，我不能开出自己的花朵。但它在萌芽的时候不是凋零了，就是遭到了蚜虫的袭击，要不就是缺少营养。真是个混蛋东西，它从来就不是花蕾，而是个倒霉的结。"

她听了之后又笑了，于是他更烦躁更恼怒了。但她既担忧又迷惑不解。总之，一个人怎样有出路呢？在某个地方一定有条道路。

接着是一阵沉默，在这期间，她真想哭。她又掏出一张巧克力糖纸，开始叠另一只小船。

"这是什么原因，"最终她问道，"现在人的生命没有花朵，没有尊严？"

"整个理想不存在了。人类自己已真的干枯了、腐烂了。大量的人在灌木丛中附着，看上去他们很漂亮，是一群健康的青年男女。但事实上，他们是索德姆城的苹果,是结在死海边的苦果。说他们有意义的话,这是不真实的。他们的内心都充满了痛苦,充满了腐烂的灰烬。"

"但也有好人呀。"厄秀拉抗议道。

"对今天的生活来说是够好的。但人类是一棵死树,结了一树的苦果。"

厄秀拉禁不住要使自己强硬起来,反对他的说法,因为它太不合常理,太绝对了。但她没能让他停止。

"如果事实如此,是什么原因呢?"她问道,语气中含着敌意。他们都被对方激怒了。

"为什么,为什么苦灰团组成了人?是因为他们成熟后不愿意从树上落下,仍挂在老地方,直到虫子在里面滋生,自己也变得干枯。"

随后又是一阵沉默。他的口气热辣辣的,也很尖锐。厄秀拉心里很烦又不知所措。他们忘记了一切,只是在思考着。

"如果每一个人都不对,你哪些地方是对的?"她叫道,"在什么方面你比别人好?"

"我?我也不对啊,"他大声回答道,"至少,我知道我是不对的,这一点是我的正确之处。我不喜欢我的外表。我讨厌自己属于人类。大谎言聚在一起形成了人类,而一个小小的真理也要比大谎言强。人类要小于、在很大程度上小于个人,因为个人有时有可能是正确的,而人类是一棵挂满谎言树。人们说爱是最伟大的,他们在这一点上非常的顽固,这样的骗子真邪恶。看看他们做了什么事!看看成千上万的人时刻都在重复着爱是最伟大的,慈善是最伟大的,但看看他们一直在做什么事吧。通过他们所做的事,我们就可以看出他们是肮脏的骗子和懦弱的人,他们所做的与所说的严重不符,与所说的相差很远。"

"但是,"厄秀拉悲痛地说,"但是那不能改变爱是最伟大的事实,是吧?他们所做的不能改变他们所说的真理,是吧?"

"他们会禁不住地履行他们所说的话,如果他们说的是真理的话。但他们一直在维持一个谎话,所以他们最终会乱搞一气。爱是最伟大的,这句话是一个谎言。你最好说恨是最伟大的吧,因为事物的正反面是平衡的。人们想要的是恨——恨,没有别的。在正义与爱的名义下,他们得到了恨。他们正是从爱中提炼出了炸药。谎言是个杀手。如果我们想要恨,让我们拥有它——死亡,谋杀,酷刑和暴力毁灭,让我们拥有它吧,但不要在爱的名义下。我厌恶人类,我希望人类被一下子全都扫走。人类会消失的。不会有什么绝对的损失,如果所有的人都在明天消失的话。现实不会受到任何触动,它只会变得更好。那时真正的生命之树会摆脱掉最可怕、最沉重的死海之果，摆脱无休止的谎言负担，摆脱喜欢荒唐地进行想象的无数的人。"

"因此，你期望世上的人全都灭亡？"厄秀拉说。

"确实如此。"

"那世上就不存在人了？"

"很正确。你自己，不是找到了个美丽纯洁的思想吗？一个世界，没有了人，只有未受过干扰的青草，还有一只兔子卧在里面。"

厄秀拉听了他的诚挚话语后，就不再说话了，思考起来。这样真是太有吸引力了：一个干净、可爱、人烟不存的世界。这样的世界真是十分的悦人心意。她心里犹豫了，感到非常的激动。但她对他不满意。

"但是，"她反驳道，"你自己也死了，因此对你来说有什么好处吗？"

"我愿意立刻就去死，假若我知道地球上的人将要全部消失的话。这种想法应该是最美丽、最聪明的。到那时邪恶的人类将不会再存在了。"

"是的，"厄秀拉说，"这里没有了一切。"

"你说什么，没有了一切？只因为人类的灭亡就会什么都没有了？你过分夸大了自己。一切都会存在的。"

"但怎么可能呢，如果这里没有了人？"

"你以为人决定着万物吗？绝对不可能。这里有树有草有鸟。我更喜欢这样想象，在一个没人的世界里，云雀在清早醒来。人类的出现是一个过失，他必须离开。这里的青草、野兔、蝰蛇以及其它的人类未见过的世界主人，如果人类不去打扰它们，这些真正的天使将会生活得很自由，这样的世界多美啊。"

这使厄秀拉高兴起来，他的幻想使她感到很高兴。当然它仅仅是一个令人高兴的幻想。她自己也很清楚人类的现状，人类骇人听闻的现状。她知道人类是不会消失的那么干净，那么容易。人类还有一条漫长而可怕的路要走。她敏感的、女性的、魔鬼的灵魂对它了解得很清楚。

"如果仅仅是人类从地球上消失，那么万事万物将会从一个新的起点顺利地向前发展。造物主创造人就是一个悲哀，就像创造了鱼龙一样。如果仅仅是人类离开世界，想一想，会有什么可爱的东西从自由世界里产生——那些东西会直接从火中诞生。"

"但人类是不可能灭亡的，"她说，她再坚持下去会说出阴险的、恶毒的话语，"人类消失了，世界将也不会存在了。"

"哈，不，"他回答道，"不是这样的。我相信骄傲的天使和魔鬼将会走在我们的前面。他们将会消灭人类，因为人类不够骄傲。鱼龙就不够骄傲，它们曾像人类一样爬行、蹒跚。此外，看看接骨木上的花朵和风铃草

——它们是纯粹的创造发生过的标记——甚至蝴蝶也可以说明这一点。人类还没超越毛虫阶段——在成蛹的时候就腐烂了，人类不可能有翅膀的。人是反造物主的，像猴子和狒狒一样。"

在他说话的时候，厄秀拉一直在盯着他。看上去他有点急躁，气愤，同时他好像对一切都存有耐心和宽容。她怀疑他的耐心和宽容，而不是他的气愤。她发现，他总在努力地尝试着拯救世界。

意识到这一点使她感到有些安慰，但同时又对他有些轻视和恨。她想让他属于她自己的人，不喜欢他那种救世主的感觉。他的那些模糊的概念使她不能容忍。谁要是有求于他，他就对谁这样，无休止地把这话说出来。这是卑劣的、很阴险的堕落方式。

"不过，"她说，"即使你不喜欢人类，你也相信人与人之间存在着爱，对不对？"

"我一点也不相信爱，我更相信恨、相信悲哀。爱是一种情感，与其它的情感一样，你感觉到它是好的，但我不明白它怎样变绝对了。它只是人类间关系的一部分，也仅是一个人与他人关系的组成部分。为什么一个人总是被要求去感受爱，感受得比痛苦和快乐还要多，这一点我所不能理解的。爱不是人迫切需要之物，而是根据环境，你感觉得到或感觉不到的一种情绪。"

"那么为什么你总是很在意别人？"她问，"如果你不信爱的存在，为什么你还要为人类担忧？"

"原因嘛，是我不能摆脱人类。"

"因为你爱人类。"她坚持说。

听了这话他很生气。

"如果我爱人类，"他说，"那是我生病了。"

"但这种病你不想把它治好。"她冷冷地嘲笑着说。

他安静下来，觉得她想侮辱他。

"如果你不相信爱的存在，那么你相信的是什么？"她轻蔑地问。"简单地相信世界的末日，还有青草吗？"

他觉得自己有些愚蠢了。

"我相信我们所未见过的地球之主。"他说。

"没有别的了？你不相信看得见的东西，除了草与鸟之外。你眼前的世界也太乏味了。"

"也许你说的对。"他受到冒犯后，冷漠而又高傲地说。他向后退了一步，与她隔了一段距离，摆出一副傲慢的样子。

厄秀拉讨厌他了，但她也感到好像丢失了什么。当伯金蹲伏在岸上的时候，她盯着他，他显得呆板、高傲，就像在主日学校里一样，看到他这样子真让人觉得可恶。但同时，他的身影既敏捷又有吸引力，给人一种极其直率的感觉：他的眉毛，他的下巴，他的整个身影，好像都很活泼，尽管此时他脸上一副病态。

　　这样的双重印象使她对他恨之入骨。他的生命活力很难得，这就使另外一个人也想得到他；但同时，他又有些荒唐，想使自己成为救世主，像主日学校的教师一样，一本正经，十分呆板。

　　他抬头看着她，看到她脸上奇怪地闪烁着光芒。好像她体内强烈的美好火焰放出了光芒。因为感到奇妙，他的灵魂被俘虏了。她由于自身的生命之火而闪耀。由于感到惊奇，他被吸引了，向她走了过去。她坐在那里像一个与人不同的女王，像一个超自然的人，全身放着奇异的光彩。

　　"说到爱这一点上，"他迅速地调整了自己的思路，说道，"我的意思是指，因为我们把世界庸俗化了，所以仇恨它。在许多年里，对它应该有些规定，有所顾忌，直到我们有了新的，更好的观念为止。"

　　这样，他们彼此之间增进了理解。

　　"但它总意味着同一样事。"她说。

　　"哦，上帝，不，不再是那个意思了。"他叫道，"让那些老的含义消失吧。"

　　"但终究是爱，"她坚持说。一道陌生的、锐利的黄光从她眼里发出来，直射向他。

　　他犹豫了、困惑了，有些畏缩了。

　　"不，"他说，"它不是的。不要再那样说了。你不要再提那个字了。"

　　"我就把它留给你吧，在恰当的时候你可以把它从药柜里拿出来。"她嘲笑道。

　　他们又相互看了一眼，她突然站了起来，转过身去，走开了。他也慢慢地站了起来，走到了水边，蹲在那里，不知不觉地对自己感到高兴起来。他采了一朵雏菊，把它扔到池塘里，那花儿浮在水面上，就像荷花一样，已开放的花瓣儿，对着天空。花儿慢慢地转动着，好像在慢慢地跳着舞，接着被水带走了。

　　伯金看着它，然后又把另一朵扔到水里，接着又是一朵，他蹲在那里，用明亮的、饶有兴趣的目光打量着它们。厄秀拉转过身的时候，看到了这些，她心里升起了一种奇怪的感情，好像有什么事发生了，但这一切都难以明了。好像什么控制了她，但她又不知道。她只是看到水中的花儿旋转着，然后慢慢地流走了。这一队白色的伙伴很快到达了远方。

　　"我们到岸边，去跟着它们吧。"她说，她不想在这个岛上呆下去了。

于是他们又把平底船推下了水。

到达了宽阔的岸边,她非常的高兴。她顺着河堤走向水闸。雏菊已经在水面上粉碎了,水面上到处都是散落的花瓣,它反射着白色的光。为什么它们如此强烈神秘地使她感动呢?

"看,"他说,"你用紫色的纸叠成的小船在护送它们呢,它们是一支护船队。"

几瓣雏菊花瓣慢慢地向她漂了过来,它们好像有些犹豫,有些害羞,就像在清澈的深水中跳着交谊舞。随着它们的靠近,它们使她更加动情,差一点就哭了出来。

"为什么它们如此可爱?"她叫道,"为什么我觉得它们如此可爱?"

"这花真漂亮呀。"他说,厄秀拉充满感情的语调使他有些压抑。

"你知道一朵雏菊花是由大量的管状花集合而成的,可以分成无数个个体。植物学家不是说雏菊是最高等的植物吗?我相信它们的确是的。"

"菊科植物,对,我想是的,"厄秀拉说,她对任何东西都不确信。在一个场合里她知道得很清楚的东西,在另一个场合她会感到怀疑。

"那么,可以这样解释它,"伯金说,"雏菊是最民主的,所以它是最高等的花,因此它魅力无穷。"

"不,"她叫道,"决不是。它不是民主的。"

"对啊,"他承认说,"它是金色的无产者,那些闲散的富人用白色的栅栏包围着它。"

"多么的可恶呀,你这可恶的社会等级!"她叫道。

"十分可恶!它是一朵雏菊,我们就只谈它吧。"

"好吧。就算出了个没有意料到的事,"她说,"如果一切你都没有料到就好了。"她嘲笑地又补充道。

他们之间的距离拉大了,这一点他们都没有意识到。好像对此他们都感到吃惊,静静地站在那儿,人好像有些糊涂。这个小小的冲突使他们不知做什么好,他们两个就像两股非人的力量在对抗着。

他意识到了自己的失误。他想用一些平常的话来改变这种局面。

"你知道,"他说,"我在磨房周围有房子吗?你不觉得我们在这儿可以高兴地玩吗?"

"哦,是吗?"她说,她不在意他那亲昵的暗示。

他立刻调整他的口气,好像两者的距离远了。

"如果我觉得我自己活得很充实,"他继续说道,"我就完全抛弃我的工作。对我来说工作并没有什么意义。我不相信人类,我作为人类也是假装的。我从不把我所依靠的社会信仰看成一回事。我恨人类社会的垂死的有机群体,所以在教育行业工作,没有任何的意义。如果我有足够的清醒,我就放弃它——大概是在明天吧——变得洁身自好。"

"你生活所需都充分吗?"厄秀拉问。

"是的,一年我大概有四百镑的收入,这就使我生活得很轻松。"

他们沉默了一会儿。

"赫麦妮如何解决呢?"厄秀拉问。

"完了,彻底地完全失败了,不会有其它的结果。"

"但你们仍很理解对方?"

"我们不可能装成是陌生人,对吗?"

他们都停住了,都很固执。

"那不是有些折衷吗?"厄秀拉最终问道。

"我不这样认为,"他说,"你能告诉我如何折衷?"

他们又沉默了几分钟。这期间,他在思考着。

"必须甩掉一切,甩掉一切——把一切都甩掉,去得到一个人想要的最终的东西。"他说。

"你指的是什么东西?"她挑衅地问道。

"我也搞不清,大概是自由吧。"他说。

她想让他说出那是"爱"。

传来了狗的狂吠声。他好像被这声音扰乱了思路。但她没有感觉到。她仅仅知道他心神不安。

他小声说道,"我确信是赫麦妮来了,她和克里奇一起。在装饰之前她想看看房子。"

"我明白,"她说,"她要指挥着你装饰房间。"

"也许是这样。有什么问题吗?"

"哦,没有,我想没有,"厄秀拉说,"但对我个人来说,我不能忍受她。我想她是个骗子,你们总是在说谎话。"接着她想了一会儿,又冒出一句:"是的,她帮你装饰房子我很介意。你总是让她在你周围,我很介意。"

他不再说话了,皱起了眉头。

"也许,"他说,"我不想让她来装修这个房间——我也不想让她总在我周围。但我没必要对她发脾气呀,是吧?无论如何,我现在应该下去看看他们了。你也去,好吗?"

"我不想去。"她犹豫着冷淡地说道。

"你不去?走吧,也来看看房子。走吧。"

第十二章 地毯

他下了堤岸,她不高兴地跟在他的身后。但她也不愿意离开他。

"我们彼此间了解得很清楚,你和我之间。"他说。但她没有回答。

在那个大大的、昏暗的厨房里,雇工的妻子站在那里声音刺耳地与赫麦妮和杰拉德说着话。杰拉德穿着白衣服,而赫麦妮则穿着闪光的微带蓝色的薄花软绸,在昏暗的房间里,他们的衣服特别的明亮。挂在墙上的笼子里的十几只金丝雀在以最大声唱着歌。鸟笼都在后窗周围挂着,透过外面的绿叶从这孔小方窗里射进来几束美丽的阳光。塞尔蒙太太抬高声音想压住鸟儿的声音,她一次又一次提高声音,鸟儿们便以更欢的声音来回复她。

"卢伯特来了!"杰拉德在一片吵嘈声中大叫道,这吵嘈声使他很痛苦。

"唉,这些鸟儿,不想让你说话!"雇工的妻子厌恶地尖叫道,"我要把它们盖起来。"

然后她飞速地行动起来,用抹布、围裙、毛巾和桌布把鸟笼子裹紧了。

"现在都静下来,让其他的人说一会儿。"她仍用很大的声音说道。

人们都看着她迅速地把笼子盖上,盖上布的鸟笼子好像要去送葬。但鸟儿的声音仍挑战般地传了出来。

"噢,它们会停下来的。"塞尔蒙太太安慰大家说道,"它们就要入睡了。"

"是的。"赫麦妮礼貌地说。

"它们会睡的,"杰拉德说。"它们会自觉地入睡的,因为这样笼子里就像是夜晚了。"

"它们很容易被骗住吗?"厄秀拉说。

"噢,是的,"杰拉德回答道,"你没有听说过法布尔的故事吗?当他是个小孩的时候,他把一只母鸡的头藏在它翅膀下,那母鸡立刻就入睡了,这是真实的。"

"这样做就使他成为一位博物学家了?"伯金问。

"也许吧。"杰拉德说。

这时厄秀拉从盖布下向鸟笼里窥视了一眼,一群金丝雀蹲在一个角落里,挤在一起准备睡觉。

"真有意思!"她叫道,"它们真的认为夜晚已经来到了!太荒谬了!真的,我们怎样能尊重这样轻易受骗的东西呢?"

"是呀,"赫麦妮用唱腔说着,她也走过来观看。她用一只手抓住厄秀拉的胳膊吱吱地笑着说:"是呀,难道它们不滑稽吗,就像个愚蠢的丈夫。"

她拉着厄秀拉的胳膊把她拉到了旁边,轻轻地说道:"你是怎么到这儿的?我们也看到戈珍了。"

"我来看看水塘,"厄秀拉说,"我看见伯金在那儿。"

"真的吗?这儿真像是布朗温家的地盘,对吗?"

"我也希望如此,"厄秀拉说,"我跑到这儿避难了,因为我看到了你们在湖上划船。"

"真的?那么是我们把你驱赶到了这儿。"

赫麦妮的眼皮离奇地向上翻着,那样子很好玩但很不自然。她的表情总是很奇怪,不自然并且好像总是怀疑别人。

"我正要走的时候,"厄秀拉说,"伯金先生想让我来看看这儿的房子。住到这儿难道不美吗?这儿也太完美了。"

"对啊,"赫麦妮淡淡地说,说完就转身离开了厄秀拉,后来就好像不知道厄秀拉在此似的。

"卢伯特,你的感觉怎么样?"她亲切地问伯金道。

"不错。"他回答。

"你觉得很舒服吗?"惊奇、险恶、沉醉的表情出现在赫麦妮的脸上,她的胸部猛地颤动了一下。

"感觉很好。"他回答。

他们沉默了很长一段时间,赫麦妮垂着眼皮盯着他看了很长时间。

"你觉得你在这儿会很幸福吗?"最终她开口问道。

"我确信我会幸福的。"

"我保证我会尽力帮助他,"雇工的妻子说,"我确信我们的男主人也会的。所以我想他会发现他很舒服的。"

赫麦妮转过身去,慢慢地把她打量了一番。

"非常的感谢。"她说,然后转身离开了,回到了她原来的位置上,她又转身对着他，对他一个人说道：

"这间房你是否量过？"

"没有，"他说，"我一直在忙着修船。"

"现在我们可以量一下吗？"她慢慢地说，态度冷静、平稳。

"您这里有卷尺吗，塞尔蒙太太？"他对那个妇女说道。

"有，我想我能找一个来。"那女人回答道，然后就立即去篮子里找了。"这里只有一卷，是否可以用得上？"

赫麦妮却把卷尺接到了手里，虽然卷尺是准备给伯金的。

"非常感谢，"她说，"用起来很好。非常感谢。"然后又转向了伯金，兴高采烈地做着手势说："现在我们可以量吗，卢伯特？"

"别人怎么办，他们会感到很无聊的。"他勉强说出了这些话。

"你们介意吗？"赫麦妮转过身去对厄秀拉和杰拉德毫不在意地问道。

"不会介意。"他们回答。

"我们应先量哪一间？"赫麦妮转向伯金，又一次快活地问道。现在，他们两个就要在一起做这些事了。

"我们可以一间一间的来。"他说。

"在你们量的时候，我可以为你们准备些茶吗？"雇工的妻子说，她同样高兴，因为她也有事做了。

"是吗？"赫麦妮亲切得好像能把这个女人淹没。她又把那女人从人群中拉出来，拉到自己身边说："我非常的高兴。准备在哪儿吃茶点呢？"

"您喜欢在什么地方吃茶点？在这儿还是到外面的草地上？"

"我们在什么地方用茶点呢？"赫麦妮亲切地问大家道。

"到水塘的堤岸上吧。如果您把它准备好了，我们会把它带去的，塞尔蒙太太。"伯金说。

"就这样吧。"感到满意的妇女说道。

几个人顺着走廊走进了前屋。房间里空荡荡的，但干净，光线充足。一扇窗户向花园儿开着，花园里树木很茂盛。

"这间房子是餐厅，"赫麦妮说，"我们就这样量吧，卢伯特，你到另一头去——"

"这个我不能为你干吗？"杰拉德说，随后就走过去抓住卷尺的一端。

"不，谢谢你。"赫麦妮叫道。她穿着漂亮的绿色印花薄软绸衣服蹲在地上。和伯金在一起做事，她总是感到很快乐，他绝对服从她。厄秀拉和杰拉德看着他们。赫麦妮的一个特性就是在有亲密人的时候，她会使其他的人成为旁观者。因此她总处于胜利的状态。

他们在餐厅里边量边谈。赫麦妮决定地面上应该铺什么东西。如果有人反对她的建议,她就特别的生气。在这时,伯金总是随着她的意。

然后他们穿过大厅,到了另一个前屋里,这个前屋比上一个要小一些。

"这是书房,"赫麦妮说,"卢伯特,我有一块地毯,想让你拿走。你要吗?答应了吧,我是想把它送给你的。"

"它是什么样子的?"他毫不客气地问道。

"你没见过。它主要是玫瑰红,但却夹杂着蓝色、金属色、浅蓝和柔和的深蓝色。我想你会喜欢它的。你认为是不是这样呢?"

"听起来很好,"他答道,"它产于什么地方?东方吗?是绒料的吗?"

"对。产于波斯!它是用骆驼毛做成的,很光滑。我想它叫做波戈摩斯地毯——长十二英尺,宽七英尺——你想它有用吗?"

"会有用的,"他说,"但为什么你要送给我一块昂贵的地毯呢?我那块旧牛津土耳其地毯用着也很好。"

"我送给你不行吗?就让我把它送给你嘛。"

"值多少钱?"

她看着他,说道:

"我忘记了。只知道很便宜。"

他阴沉着脸看着她。

"我不想要,赫麦妮。"他说。

"让我把地毯铺在这房子里吧,"她说,然后她走到他面前,把手轻放在他的胳膊上,好像在求他似的,"如果你拒绝了,我会很失望的。"

"你知道我不想让你送我东西。"他无奈地重复着说。

"我也不想送给你东西,"她嘲笑似的说,"但你要这块地毯吗?"

"那好吧。"他说,他被打败了,而她胜利了。

他们到了楼上。这里也有两个卧室,与楼下一样。这里的一间卧室已装修了一半,很显然是伯金睡在这个房间里。赫麦妮在屋间里仔细地走了一圈,每一个地方她都认真地看了,好像准备从这些没有生命的东西里,看出伯金的身影来。她摸了摸床,并检查一下上面的铺盖。

"你觉得你很舒服吗?"她使劲地摸着枕头说。

"舒服极了。"他冷冷地回答了一句。

"你觉得暖和吗?下面没有铺东西,我想你需要一条棉被,你身上不要盖太多的衣服。"

"我已经有了一条,"他说,"但我把它撤走了。"

他们量着房子,不时地停下来思考。厄秀拉站在窗口旁,看到那个妇女端着茶点顺着水坝向池塘边走去。赫麦妮无聊的谈话使她感到厌恶,她有些口渴了，做什么她都愿意，但除了看这大惊小怪的场面。

终于，大家聚到了堤边的草地上，进行野餐。赫麦妮为大家倒茶，她仍无视厄秀拉的存在。厄秀拉现在心情变好了，她转向杰拉德说道：

"那天，我非常的恨你，克里奇先生。"

"怎么回事？"杰拉德闪烁其词地问道。

"因为你恶劣地对待你的马。哦，我太恨你了！"

"他做了什么？"赫麦妮用唱腔问道。

"他让他可爱而又敏感的那匹阿拉伯马和他一起站在铁路的交岔口，而那时，那里正经过一连串可怕的列车。那匹马吓坏了，真可怜。你可以想象那是最可怕的一幕场景。"

"怎么可以这样做呢，杰拉德？"赫麦妮平静地问道。

"它必须学会站立，在这个国家里，如果一见列车它就躲，那它对我有什么用处？"

"但这也没必要折磨它呀，"厄秀拉说，"为什么让它在铁道口站那么长的时间？你可以骑着它在大路上来回地走动，不要让它受惊。你用马刺扎它，它身子的一侧已经出血了。那真是太恐怖了！"

杰拉德态度强硬。

"我必须使用它，"他回答道，"要确保能使用它，它必须学会适应噪音。"

"这是什么原因？"厄秀拉激动了，她大叫道，"它是一个活着的生物，为什么它要根据你的选择去承受任何东西？它拥有自己的生命，就像你拥有你的生命一样。"

"我不赞成你所说的，"杰拉德说，"我想马是来为我服务的。我说这话并不是因为它是我买来的，而是因为那是它命中注定的。对一个人来说，随便使用自己的马比跪在马前求它为自己服务更正常些。"

厄秀拉刚张开嘴，话还没出来，赫麦妮抬起了头用她唱歌般的口音沉思地说：

"我认为——我真的认为我们必须有勇气根据我们的需要来使用低级生命。如果我们看待每一种生物就像看待我们自己一样，我觉得我们就错了。我觉得想象任何生物都有和我们一样的感情是虚伪的，这说明我缺少辨别力，也缺少批判的能力。"

"很有道理，"伯金尖刻地说道，"把动物想象成具有像人一样的感情和意识，没有什么比这更令人讨厌了。"

"是的，"赫麦妮疲倦地说，"我们必须把自己放在一个正确的位置上，或我们使用动物，或动物使用我们。"

"这是事实，"杰拉德说，"一匹马像人一样也有意志，尽管严格地说它没有头脑。如果你的意志不去支配它，那么它就是你的主人。对此我必须驱使它，没有其它的解决办法。"

"如果我们学会怎样使用我们的意志，"赫麦妮说，"一切我们都可以做成。意志能拯救万物，把一切放到正确的位置上，这是我深信不移的——如果我们能恰当，明智地使用我们的意志的话。"

"恰当地使用意志你指的是什么？"伯金问。

"一个很伟大的医生教过我，"她说，面对着厄秀拉和杰拉德，"他举例对我说道，一个人要想摆脱坏习惯，他就应该在不想做某事的时候强迫自己去做。那么，坏习惯就会消失的。"

"这是什么意思？"杰拉德问。

"举个例子说，你有咬指甲的习惯。那么在你不想咬指甲的时候，你要去咬，强迫自己去咬，这样你就会发现这个习惯没有了。"

"确实如此吗？"杰拉德问。

"对。在很多事情上我都实践过。过去我有些怪僻，神经有些不正常，但是通过学会使用我的意志，只是简单地使用我的意志，我一直就做得很对。"

当赫麦妮用她缓慢的、冷静的但又很紧张的声音说话的时候，厄秀拉就一直在看着她，她感到了奇怪的激动。一股奇特、黑暗、抽搐着的力量存在于赫麦妮的身上，使她既有魅力又令人厌恶。

"像那样使用意志是致命的，"伯金严厉地叫道，"太令人讨厌了，这样卑贱的意志。"

赫麦妮用她阴郁、凝重的目光看了他很长时间，她的面庞柔和、苍白、瘦削，几乎就要发磷光了，她的下巴很尖。

"我确信它并不卑贱，"最终她又开口说道。看上去好像有一个间隔，有一个奇怪的裂缝存在于她所感觉的和所经历的、存在于所说的和所想的之间。好像她最终找到了思路，这种思路是从远离混乱的情绪与反应的漩涡处找到的，她的意志从未使她失败过，这使得伯金很厌恶。

她的声音总是很平静，但异常的紧张，好像她信心十足。不过她经常恶心，这种晕船般的感觉总要威胁着要征服她的理智。不过她的头脑仍很清醒，意志也保存得很完美。伯金快要被这折磨疯了。不过他决不敢去破坏她的意志，不敢让她潜意识的漩涡放松，不敢看到她处于发疯的状态。但他经常打击她。

"当然，"伯金对杰拉德说，"马不拥有完整的意志，不像人一样。一匹马不是只有一种意志，严格说，而是有两种意志。第一种意志让它完全屈从于人的力量，另一种意志让它也想自由，疯狂。这两种意志有时紧联在一起——如果你骑马的时候，它却逃走了，这时你就会了解这一点了。"

"在我骑马的时候我感到过它要逃走，"杰拉德说，"但这并没有让我知道它有两种意志。我只知道它是受到了惊吓。"

赫麦妮不听他的话了。当这些话题出现时，她压根儿不去听。

"为什么一匹马要在人类的控制之下呢？"厄秀拉问，"我对此不能理解。我不信马有这样的想法。"

"但事实却是如此呀。可能是受到了最高级的爱的冲动：抛弃自己的意志去服从更高级的生命。"伯金说。

"你对于爱的理解是多么出奇啊！"厄秀拉讥讽道。

"女人就像马一样：在她内部有两种相互对立的意志在起着作用。一种意志是，她想完全地使自己屈从，另一种意志是，她想摆脱他人对她的束缚，把束缚她的人掷入毁灭的境地。"

"那么现在我就是脱缰的马。"厄秀拉突然大笑起来，说道。

"要驯服一匹马是件危险的事，更不要说是驯服女人了，"伯金说，"征服的原则就是要遇到一些少有的对手。"

"这也很好。"厄秀拉说。

"非常的好，"杰拉德无力地笑了一下，"这也太有趣了。"

赫麦妮对此再也无法忍受下去了，她站了起来，慢慢地用唱腔说道："夜晚太美了！有时如此美丽的东西充斥着我，我会感到我几乎不能忍受了。"

厄秀拉觉得她是在请求自己，就和她一起站了起来，走入了浓浓的夜色之中。伯金对她来说，几乎已经变成了一个令人讨厌的傲慢自大的怪物。她和赫麦妮一起，沿着塘边的堤岸走着，她们谈论着美好的、舒心的事情，采摘着温柔漂亮的郁金香。

"你是不是喜欢那样的衣服，"厄秀拉对赫麦妮说，"带有桔黄色点点的棉布衣服？"

"是的，我喜欢，"赫麦妮说，然后她停下来欣赏着周围的花朵，想让自己的思想回来从中找到一些安慰。"这不是非常的美吗？我会爱上这些的。"

然后她看着厄秀拉，微笑着，带着一种亲切的感情。

但杰拉德仍留在那里，和伯金在一起，他想让伯金给他说清楚，他想知道伯金所说的马的双重意志指的是什么。杰拉德的脸上闪耀着激动的光芒。

赫麦妮和厄秀拉仍在一起，一种突发的深厚感情和亲密把她们连到了一起。

"各种对生活的批判和分析,我真的不想插入进去。我真的希望能够全面地看待事物,看它们自身的美,看它们作为一个整体而存在,看它们上天赠与的神圣。你没有感觉到,你没有感觉到你无法忍受更多知识的折磨吗?"赫麦妮说,她站到了厄秀拉的面前,看着厄秀拉,紧握的双手向下垂着。

"对,"厄秀拉说,"有些人总爱乱说,喜欢到处打听,的确,对此我感到很讨厌。"

"听到你这样说,我感到很高兴。在某些时候,"赫麦妮又收住双脚停了下来,对厄秀拉说,"有时我想,我是否应该屈服于现实呢,如果我在抵制它时不软弱?但我感到我不能,决不能。好像那会摧毁一切东西。所有的美,以及,以及真正的神圣性也被摧毁了,我感到没有了它们,我将无法生活。"

"离开了它们,生活就是一种错误,"厄秀拉叫道。"不,认为一切都应让人脑去实现,这对世界也太不尊重了。真的,必须让上帝去做一些事,目前是这样的,以后还会是这样,永远都将会是这样。"

"是的,"赫麦妮说,现在她像一个安下心来的孩子,"应该是这样的,对吧?卢伯特——"她仰头看着天空,沉思着说,"他只知道把东西撕成碎片。他真像个小孩,像一个想把一切拆碎来看看它是怎样构造的小孩。我想这样不会是正确的,这是对世界的不尊重,就像你所说的那样。

"就像是要把花瓣撕开,来看看花朵像什么。"厄秀拉说。

"对,这样就杀死了一切,对吧?开花的可能性就不存在了。"

"当然不存在,"厄秀拉说,"这是完完全全的破坏。"

"就是,说得很对!"

赫麦妮看了厄秀拉很长一段时间,好像想让她给一个肯定的答复。然后她们都不再说话了。只要她们在某些方面有一致性,她们就对对方不信任了。厄秀拉觉得自己在不自觉地躲避着赫麦妮,这样她可以控制住自己的反感情绪。

她们回到了男人身边,好像两个同谋者互相妥协达成了一个协议。伯金抬起了头,看着她们,厄秀拉就是因为他这种冷漠和警觉的目光而恨他。但他什么也没有说。

"我们可以走了吗?"赫麦妮说,"卢伯特,你想到肖特兰兹吃晚饭吗?现在你愿意去吗?愿意和我们一起去吗?"

"现在我衣着不整,"伯金答复道,"你也知道,杰拉德很讲究礼节。"

"我并不很讲究礼节,"杰拉德说,"但如果你在吃饭的时候不喜欢嘈杂的环境，而喜欢一个比较安静的环境，希望你不要这样的打扮。"

"说的对。"伯金说。

"但我们不能等你把衣服穿好吗？"赫麦妮坚持说。

"如果愿意，就等吧。"

他走进了屋里。厄秀拉说她要与大家再见了。

"可是，"她转过身来，对杰拉德说道，"我还是要说，虽然人是野兽和家畜的主人，我仍坚信人类没有权力侵犯低级动物的感情。我仍然认为，那次在那列火车经过的时候，如果你骑马躲到一旁的话，就显得你更明智，更聪明了。"

"我知道了，"杰拉德笑着说，不过多少他也有点不舒服。"我下次一定会记住的。"

"他们都会觉得我是个碍手碍脚的女人。"离开的时候厄秀拉在心里说。

她有武器与他们做斗争。

她心事重重地跑回了家中。赫麦妮今天很使她感动，她与她之间有了真正的接触，所以在她们之间存在着某种同盟关系。但她仍不能容忍赫麦妮。不过她还是努力抛弃这种思想，"她真好，"她对自己说道，"她想要的东西是正确的东西。"她觉得她应与赫麦妮保持一致，与伯金断绝来往。她对他存在着很大的敌意，但对他又有很大的原则性。这使她很恼怒，但又拯救了她。

她不时地会有些激烈地颤抖，这是由于她的潜在意识。她知道事实上是因为她挑战了伯金，而伯金有意识或无意识地接受了她的挑战。在他们之间这是一场殊死的战斗，也许斗争的结果是获得新生。至于他们的冲突存在于哪些方面，他们也说不出来。

第十三章 米诺

日子一天天很快地过去了，但她没有收到任何信息。他打算不理她了，打算再也不去注意她的秘密了？沉闷的焦虑和辛辣的痛苦存在于她的心中。不过厄秀拉知道她这是自欺欺人，她知道他会继续与她联系的。她的心情从未对别人说过。

她想的很对，她收到了他的一封信，问她是否可以和戈珍一起去吃茶，到他的城里的住宅里。

"为什么他也请了戈珍？"她立刻就自己向自己问道。

"他是想保护他自己吗？是认为我不能一个人去吗？"

想到他是想保护他自己，她就觉得很痛苦。但到了最后，她对自己说道：

"我不想让戈珍也在那儿，因为我想让他多给我说些东西。所以关于这事我不会对戈珍提一个字，我要一个人去，那时我就全明白了。"

她乘上了电车，出了城后向山上行去，到他所居住的地方。她觉得自己走进了一个梦幻般的世界，摆脱了现实的不快。看到从身边逝去的城镇的肮脏的街道，她觉得自己的精神是与这个物质世界分离的。这个世界与她何干？

她觉得自己在梦幻般的生活中熔化了，跳动起来，变换了形状。她不必再考虑了，不必再考虑别人对她说些什么，对她想些什么。她已感觉不到别人的存在，与他们免除了一切关系。她对一切感到陌生、阴郁，她从物质世界里逃脱出来，就像一只浆果从它熟知的世界中落下来，落入未知世界中。

伯金站在房间的中央，是女房东把她引进屋的。他也走了出来。她看到他有些激动不安、震惊，他那虚弱的不结实的身体里面好像有巨大的力量，这力量震动了她，使她感到震惊，她几乎就要晕过去了。

"你一个人来了？"他问。

"对！戈珍她不能来。"

他立刻就猜到了原因。

然后他们都静静地，紧张不安地坐了下来。她看到这是一间很漂亮的屋子，屋里很明亮，环境也很宁静。她看到房间里有一盆倒挂金钟，腥红和紫红色的花儿垂了下来。

"这倒挂金钟可真漂亮呀！"她说，从而打破了沉默的气氛。

"它们漂亮吗？你认为我忘了我所说的话吗？"

厄秀拉感到一阵眩晕。

"我也不想让你记住它——如果你不想记的话，"厄秀拉昏沉沉地挣扎着说。

屋里一片寂静。

"不，"他说，"不是那个问题。只是，如果我们彼此想了解，我们就必须永远做出保证。如果我们想确定一种关系，哪怕是友谊关系，也必须有永恒，不可改变的东西作保证。"

有些不信任和气恼的情绪从他的口气中流露出来。她没有回答，她的心紧紧地缩在了一起，她不能说话了。

见她不准备回答，他用几乎是刻薄的口气继续向下说着，他把自己已经忘到了一边。

"我不能说我给予的是爱，我想要的也不是爱。它是一种超人性的、更困难的和更少见的东西。"

又是一阵沉默，她打破沉默说道：

"你的意思是你不爱我？"

说出这话的时候，她痛苦得就要疯了。

"对，如果你愿意用这样的话来总结的话，虽然也许这话不正确。我不知道。无论如何，我没有感到我对你有爱的激情，没有，我也不想感到。因为它会最终显露出来的。"

"最终爱会显露出来的？"她问道，她感到嘴角发木。

"是的，是这样的，当一个人孤独，超越爱情的影响时候。在那时我会超越自我，那是超越爱的、超越任何感情关系的。与你在一起也一样。但我们还是在欺骗我们自己，觉得爱是万物之源。不是这样的，它只是些枝叶而已。根是超越爱，一种完全的孤独，一个孤独的我，它不会与什么碰在一起，混在一起、永远也不会的。"

她看着他，忧虑的眼睛睁得大大的，他脸上闪烁着真挚的光芒。

"你的意思是你不能爱？"她的声音颤抖着问道。

"是的，就像你说的那样。我曾经爱过。但它超越了，在那里就不是爱了。"

对此她忍受不下去了。她觉得这话使她晕眩。她真的忍受不下去了。

"但你是怎么知道的——如果你从来没有真爱过？"她问。

"我说的是实话。有一种超越的爱，存在于你的心中，也存在于我的心中，它比爱更深远，人们看不到它，就像人们看不到有些星星那样。"

"那么，就没有爱了。"厄秀拉大叫起来。

"最终是没有的，没有，这里有其它的东西。但最终是不会有爱的。"

伯金的话让厄秀拉惊呆了，过了一会儿，她从椅子上半站着身子，用不耐烦的口气说道：

"那么让我回家吧，在这儿有什么用？"

"那儿有门，"他说，"请自便，你是个自由人。"

他很精彩地应付了这过激的场面。她犹豫着站了几秒钟，又坐下了。

"如果这里没有爱，那这里有什么呢？"她嘲弄似地大叫起来。

"一定有一些东西。"他看着她，竭尽全力与自己的灵魂作着斗争说。

"究竟是什么东西？"

他沉默了很长一段时间，无法与她进行交流了，因为她现在正在与他作对。

"有的，"他随便地说道，"一个最终的我，完全超越人性和责任的我。这里也有一个最终的你。这个最终的你正是我所想见到的，这个你——不是在情感与爱的地方，而是在超越情感和爱的地方，在更遥远的地方，在那儿没有语言和什么协约。在那里，我们是赤裸、无知的人，两个完全奇特的动物，我想走向你，你对我也有同样的感觉。那儿没有责任和义务，因为在那儿没有行为的准则，在那里不可能得到理解。这是非人性的。没必要把自己写到一个书册上，也不需要其它的形式注册，因为一切都与自己无关，一切既成事实，已知的东西在那儿都没用。一个人只需随着自己的冲动，把自己前面的东西占为己有，没有东西需要自己负责，自己要求什么或给予什么，只需根据自己的原始欲望去占有。"

厄秀拉听了他的演说，大脑变得麻木了，几乎失去了知觉。她根本没有想到他会说这样的话，以至于令她不知所措。

"这完全是自私自利的。"她说。

"要说它是完全的，则是说对了。但它一点也不自私，因为我不知道在什么方面对你有所求。我只是通过向你走近，把我自己毫无保留，毫无防备，完全地交给那未知的世界。只是在我们之间需要誓言，发誓我们要摆脱一切，甚至摆脱我们自己，不再生活下去，通过这样，完美的自我才能在我们的肉体中实现。"

她以自己的思维方式思考着。

"但那是因为你爱我,所以你才需要我吗?"她坚持问下去。

"不,不是那样。那是因为我信任你——有可能我真的信任你。"

"你能保证是这样的吗?"她冷笑着说道,因为她突然感到受到了伤害。

他一直盯着她,很少留意她说的话。

"对,我绝对信任你,要不然的话,我不会在这儿说这样的话。"他说,"但我惟一的证明就是我所说的这番话。在这个特殊的时刻,我觉得我并不太相信。"

她对他感到讨厌,因为他突然变得无聊而不可信。

"但是,你是不是觉得我的外貌很漂亮?"她用嘲笑的口气继续追问道。

他看了她一会儿,想弄明白他是否感到她长得漂亮。

"我觉得你长得并不漂亮。"他说。

"那更不会迷人喽?"她尖刻地讽刺道。

他突然愤怒了,皱起了眉头。

"你不明白吗,这丝毫不是一个用眼睛进行欣赏的问题,"他叫了起来,"我不喜欢看到你。我看到过大堆的女人,看到她们就使我感到讨厌和疲劳。我需要一个女人,但那个女人是不用我看的。"

"很遗憾,如果我在你面前,就无法让你看不到我。"她笑着说。

"对,"他说,"对我来说你是看不到的,如果你不逼我在视觉上意识到你。但我不希望看到你或听到你说话。"

"那么,为什么你要请我来吃茶点呢?"她嘲笑似地问。

但他并没有在意她,只是在自己对自己说话。

"我想在那个地方找到你,在一个你没有意识到自己存在的地方找到你,在那时你会全面地否定你自己。但我并不希望你长相漂亮,也不希望你有女人的情感,我也不想要你的思想、观点以及你的观念——它们对我来说都是微不足道的东西。"

"你太自以为是了,先生,"她嘲笑着说,"你怎样知道我那女人的感情是什么样子,或我的思想和我的观念是什么?你连我对你有什么想法还不知道呢。"

"对此我并不关心。"

"我认为你很愚蠢。我本以为你想告诉我你是爱我的,但你却走这样的拐弯路来向我传达了这个意思。"

"好了,"他突然生气了,抬起了头说,"走吧,让我一个人留在这儿吧。我不想再听你那华丽而庸俗的嘲笑话。"

"真的是在嘲笑你吗?"她嘲笑道,她的面部表情放松了,露出了笑容。她解释着说,他深深地承认了对她的爱,但他那样说却显得很荒谬。

他们沉默了几分钟,她又高兴又兴奋,就像一个小孩一样。

他静不下心来,他开始正确地看待她了。

"我所想要的是与你奇妙结合,"他平静地说道,"不是相会和相混——你说的很对——而是一种平衡,只有两个人纯粹的平衡——就象恒星之间的平衡。"

她盯着他看。他非常的真挚,在她看来,真挚往往使他显得更可笑、平凡。这样就使她感到不安和不舒服。但她又非常的爱他。但怎么又把星星扯进了讨论中呢?

"这难道不是太突然了吗?"她调侃道。

他笑了起来。

"在我们签约之前,我们最好先读读这些条款。"

一只在沙发上睡觉的小灰猫跳下了沙发,伸了伸懒腰,又直了直长腿,又把它那细小的背向上弓了一下。然后它直着身子好像在思考着什么,过了一会儿,像一支标枪射出了房间似的冲了出去,顺着打开着的窗口,跳进了花园里。

"它在追逐什么?"伯金站了起来说道。

这只小猫很有贵族气派地顺着小路跑着,不停地摇着尾巴。它是一只普通的花猫,爪子是白的,称得上是苗条的小绅士吧。在篱笆墙的那一边,一只褐色的母猫蜷伏着身子偷偷地翻了过来。公猫米诺径直地走向她,带着一副男子气概的冷漠。母猫蹲在公猫面前,谦卑地卧在地上,这个被驱逐的毛绒绒的东西仰起头,用野性的目光看着它,目光呈现出绿色,看上去很漂亮,就像美丽的宝石。而它却随便地俯视着她,于是,母猫又向前前进了一些,到了后门旁,软软地、异常美丽地蜷缩着身子,像一个影子在晃动。

公猫迈着细长的腿庄重地在母猫后面走着,突然它觉得母猫碍事了,于是用爪子在母猫的脸上轻轻地打了一巴掌,母猫躲闪了几步,溜到了一旁,就像一片地上的落叶被风吹到一旁一样,接着又顺从地俯到地上。公猫米诺假装着没有看见它,公猫只是自豪地眨着眼睛看周围的风景。过了一会儿,母猫又聚集了力量,慢慢地移动,就像一个棕灰色的影子向前走动了几步。在母猫开始加速,就要像梦一样突然消失的时候,那只小灰猫一下子跳到了她前面,用爪子照母猫的脸又轻轻地漂亮地打了一下,母猫立刻又屈从了,她卑谦地缩了回去。

"母猫是一只野猫,"伯金说,"它是从林子里跑出来的。"

那只迷途的猫向四周看了一会儿，眼睛盯着伯金，眼睛里似乎燃烧着绿色的火焰。然后她又轻轻地转过身去，又回到了花园里，在那里她又停下来向四周张望。米诺转过脸很高傲地看着他的主人，然后慢慢地合上眼皮，站在那里像一尊雕塑似的。那只野猫的圆圆的、绿色的、惊奇的眼睛一直在盯着，就像离奇的火焰。接着她又像影子一样直向厨房溜去。

这时米诺又跳了起来，一阵风似地骑到了母猫的身上，用白白的、细细的爪子准确地打了她两下，母猫不敢犹豫地退了回去。公猫跟在母猫的后面，又突然轻轻地打了母猫一两下，公猫的白爪子好像充满了魔力。

"那么公猫为什么要那样做呢？"厄秀拉愤慨地大声问道。

"它们之间很亲密。"伯金说。

"那就是公猫打母猫的原因吗？"

"是的，"伯金笑着说，"我认为他是想让她了解他的意图。"

"这难道不是太可怕了吗！"她大声说道，走了出去，到了园子里，对米诺叫道：

"住手，不要恃强凌弱了。不许再打她了。"

那只迷途猫像影子似的很快就无影无踪了。米诺看了厄秀拉一眼，然后又把目光移开，傲慢地看着主人。

"你是个暴徒吗，米诺？"伯金问。

苗条的小猫看看他，然后慢慢地眯上了眼睛。然后又向别处看去，欣赏风景了，看着远方，好像忘记了这两个人的存在。

"米诺，"厄秀拉说，"我对你感到讨厌。你的霸气与所有男人的一样。"

"不，"伯金说，"他是正当的，他不是暴徒，他只是努力想让那可怜的迷途猫儿承认他，承认这是她的命运。因为你也可以看到，她浑身毛绒绒的，没有固定的形状，就像风一样。我是完全支持米诺的，他是想平静。"

"对，我明白！"厄秀拉大叫起来，"他想走他自己的路——我知道你所说的好听话中所隐含的意思，霸道，我可以把它叫做霸道。"

小猫又看看伯金，好像蔑视那个喋喋不休的女人。

"我非常的赞同你，米西奥托，"伯金对猫说，"保持你男性的尊严和你高级的理解力吧。"

米诺又一次把眼睛眯成了一条线，好像是在看太阳。接着，他突然竖起了尾巴，欢快地挥动着白色的爪子，兴奋地把这两个人扔到了身后，迅速地跑到了远远的地方。

"那漂亮的野猫还会被他再次找到的，他会用高超的智慧招待她的。"

伯金笑着说道。

他站在院子中间,头发被风吹舞着,眼睛里含着挖苦的微笑,厄秀拉看着他大叫道:

"啊,这使我非常的生气,虚假的男性优越性!这是一个大谎话!这样对它进行辩护是没有人理会的。"

"那野猫,"伯金说,"不会介意的,她觉得那是正当的。"

"她确实如此吗?"厄秀拉大叫道。"把这话说给外行人听吧!"

"当然会的。"

"就像杰拉德·克里奇对待他的马一样——是一种欺凌弱小者的欲望——一种真正的权力意志——如此的卑鄙,如此的低贱。"

"我同意,权力意志是一种卑鄙和低贱的东西。可对米诺来说,它是一种欲望,正是这种欲望,使米诺与母猫保持了纯粹的平衡,使母猫与一个公猫保持持久的和谐。如果没有了米诺,你也能看出来,她只是一只迷途的猫,是偶然出现的一个毛绒绒的现象。你也可以说这是一种权力意志,如果你愿意这样说的话。"

"诡辩,这是亚当遗留下来的罪恶。"

"噢,是的。亚当把夏娃供养在不可摧毁的天堂里。只有她一个人与他在一起,就像一颗星在自己的轨道上一样。"

"对,对,"厄秀拉指着他说,"那就是你——一颗在自己轨道里的星星!一颗卫星——火星的卫星——那就是她!在这儿——在那儿——你把你的一切都说出来了!你想要一颗卫星,火星和它的卫星!你已经说过——你已经说过——你把自己的一切都说出来了!"

他笑着站在那里,因为他受到了挫折,所以心里气愤,可又感到有趣,不由得对厄秀拉羡慕甚至爱起来,她那么机智,心灵异常敏感,像一团危险的闪烁的火焰。

"我还没把话说完,"他说,"请给我一个机会把话说完。"

"不,不行!"她叫道。"我不会让你继续说下去的。你已经说过了,一颗卫星,你无法逃避它。你已经说过了。"

"你永远也不会相信,我没有说过这样的话,"他回答道,"我没有暗示过这个意思,也没有含蓄地表达过这个意思,更没有提到过一颗卫星,也没有故意提到过一颗卫星,绝对没有。"

"你不要搪塞了!"她大叫起来,真的生气了。

"茶已经准备好了,先生。"女房东在门外的走廊里说道。

他们两个都看向了女房东,眼神与刚才猫看他们的眼神非常的相似。

"谢谢你,德金太太。"

女房东进来，他们受到了打扰，于是都不再说话了。

"请喝茶。"他说。

"可以，我正想喝些茶。"她努力地振作起来，回答道。

他们面对面地坐在茶桌两旁。

"我没说过，也没有暗示过卫星。我指的是两颗独立的对等的星星之间相互联系的平衡。"

"你出卖了自己，你把你的小花招全都暴露了出来。"她大叫道，然后开始喝茶了。

他见她不留意自己的劝告，于是就开始倒茶了。

"喝起来真舒服呀！"她叫道。

"你自己加糖吧。"他说。

他递给了她杯子。他的茶具都很漂亮，漂亮的杯子和盘子，上面印着紫红色和绿色的花纹，那些样子美观的碗和玻璃盘子以及古老的羹匙也是如此，它们摆放在一个浅灰与紫色的织布上，显得大方和美观。但厄秀拉也从这些东西中看出了赫麦妮对这里的影响。

"你的东西很可爱！"她说道，好像有点生气了。

"我喜欢它们。用这些东西心里感到很舒服，它们这些漂亮的东西很有吸引力。德金太太真是个好人，因为我的缘故，她觉得一切都是很美好的。"

"确实如此，"厄秀拉说，"如今，女房东比妻子要好。她们肯定比妻子想得更多一些。在这儿，更美好，更完美，比你结婚还要好。"

"但也请你想想内心的空虚吧。"他笑着说。

"不，"她说，"男人们有如此完美的女房东和如此漂亮的住所，我感到嫉妒。这里没有其它的什么值得男人们期望了。"

"在持家方面，我们不希望如此吧。人们为了有个家而去结婚，这一点令人厌恶。"

"同样，"厄秀拉说，"现在男人对女人所需的很少，对不对？"

"也许除了睡在一起和养育孩子以外，没有其它的需要。从本质上说，现在的男人与过去一样，都有同样的需要，只是没有人想在实质上找些麻烦。"

"实质是什么？"

"我的确是这样认为的，"他说，"世界是由人与人之间神秘的纽带——完美的和谐地结合在一起的。最直接的纽带存在于男女之间。"

"老调子，"厄秀拉说，"为什么爱会是一条纽带呢？不是的，我没有什么纽带。"

"如果你朝西方走,"他说,"你不可能再朝北、东和南三个方向走了。如果你承认和谐的存在,你就要否认所有混乱的可能性。"

"但爱是自由的。"她说。

"不要对我说伪善的话,"他说,"爱是一个方向,它要排除所有的其它的方向。你可以说它是自由的,如果你愿意的话。"

"不,"她说,"爱包容一切。"

"脆弱的假话。"他说,"你想处于混乱的状态,就是这样的。这是纯粹的虚无主义,说什么自由的爱,什么爱是自由、自由是爱。事实上,如果你进入完全的和谐状态,这种和谐状态不会消失,直到它无法改变的时候。当到了它无法改变的时候,它就是一条路,像星星运行的轨道。"

"哈!"她尖叫起来,"这是一种古老的死朽的道德。"

"不,"他说,"这是造物的法则,每个人都必须遵循它,每个人都必须与另一个人终生结合。但这并不是没有了自我——它是在神秘的平衡与完整中保存自我——就像一颗星与另一颗星的平衡。"

"当你把星星扯进来的时候,我就不能相信你了,"她说,"如果你是正确的话,就没必要朝那么远的地方扯。"

"那你就不要相信我了,"他生气了,说道,"只要我相信我自己就足够了。"

"这里你又出了一个错误,"她回答道,"你不相信你自己。你自己也不完全相信你所说的话。你不是真的需要这样的结合,要不然的话你不会对此说这么多,而是会去得到它。"

他不知说什么好,愣了一会儿。

"如何去得到呢?"他问。

"只需通过爱。"她回答,她想故意惹恼对方。

他生气了,沉默了一会儿。接着说道:

"我对你说,我不相信那样的爱。我告诉你,你想让爱对你的自我主义有所帮助。爱对你来说是起着辅助作用的——对所有的人也如此。我不喜欢这个。"

"不是这样,"她叫了起来,像一条眼镜蛇那样向后仰着头,她的眼睛里放射着光芒。"爱是骄傲的过程,我想得到骄傲。"

"骄傲与谦卑,骄傲与谦卑,我了解你,"他冷淡地反击着说,"从骄傲到谦卑,然后从谦卑到骄傲——我知道你和你的爱。它是对立事物在一起跳舞。"

"你真的敢确信,"她生气地嘲笑道,"我的爱是什么吗?"

"是的,我可以确信。"他回答道。

"真是太自信了!"她说,"如果一个人非常的自信,他怎样就能一贯正确呢?这说明,你是错误的。"

他气愤地沉默了。

他们谈论着,反驳着,直到他们都对此厌倦为止。

"把你个人和你家人的情况告诉我。"他说。

她把布朗温家的人和她母亲的情况告诉了他,她还说了斯克里宾斯基——她的第一个恋人,和她后来的经历,他静静地坐在那里,看着她听她说话,好像在他听的时候还满怀敬意。当她讲到那些伤害了她或使她感到困惑的事时,脸上显出难言的苦相,那表情使她的面庞更楚楚动人。好像他在她那美丽的天性之光下,心里感到了温暖与舒服。

"她是否可以真的做一番保证?"他心里充满了激情暗自想道,不过他几乎也没有抱任何的希望,他心里竟出现了难以理解的漫不经意的笑意。

"我们都有很大的痛苦啊。"他嘲讽般地说道。

她抬头看了看他,脸上闪过了狂喜的光芒,从她眼里也射出了奇异的黄色光芒。

"难道我们不是吗?"她拼命地高叫起来,"这近似于荒唐,是吧?"

"非常的荒唐,"他说,"痛苦真使我受够了。"

"对我来说也是如此。"

她那漂亮的脸上露出了冷漠的嘲笑神情,这使他感到有些害怕了。这个女人,无论她是上天堂还是下地狱,都会处于这两个地方的极点,他不信任她了,如果一个女人拥有这样的狂热,拥有这样危险的彻底的破坏力,他就感到害怕。但他在心里又忍不住地笑了起来。

她走到他身边,把手放在他的肩上,用闪烁着奇异金光的眼睛看着他,她那目光非常的温柔,但在其中隐含了奇异的具有很大魔力的光。

"说你爱我,对我说一句'我的爱人'吧。"她请求着说。

他盯着她的眼睛,看着她。他脸上的表情好像是在蔑视她。

"我非常的爱你,"他阴郁地说,"但我希望这是另一种爱。"

"可是为什么?为什么?"她把漂亮的明亮的脸对着他追问道,"为什么这还不够呢?"

"因为我们一个人将过得更好。"他说着,伸出了双手搂住了她的腰。

"不,我们不能那样。"她说,她的语气中充满着激情,"我们只能彼此相爱。对我说'我亲爱的',说呀,说呀。"

她用双手搂住他的脖子。他拥抱着她,轻轻地亲着她。用微妙的声音——那声音像是爱的声音,也像是开玩笑的声音,也好像是顺从的声音——咕哝道:

"好——我亲爱的——我亲爱的。那么有爱就足够了。我爱你——我爱你。其它的东西我都烦了。"

"真的嘛。"她轻轻地说道,柔顺地贴在他的身上。

第十四章 水上聚会

每一年克里奇先生都要在湖上举行一个或大或小的水上公众聚会。有几艘游艇和几只舢板停在威利湖上。客人或在房前的院子里搭的帐篷中饮茶,或在湖边船房附近的大胡桃树的阴影下野餐。今年,语法学校的教职员工被请来了,矿上的主要官员们也被请来了。

杰拉德和克里奇家的年轻人并不很在意这个聚会,但到了现在,这个聚会已经成了惯例,并且聚会能使父亲感到高兴,因为只有利用这个机会他才能与附近的人聚在一起,与大家在一起快乐快乐。他喜欢给仆人或比他穷的人带来快乐,但他的孩子们却更喜欢与门当户对的人在一起聚会,他们讨厌比他们低等的人的谦卑,笨拙和所流露出的感激神情。

然而孩子们还是愿意参加这样的聚会,因为几乎在他们很小的时候就参加了这样聚会,更重要的原因是,他们感到有点负罪感,不想对他们的父亲持任何反对的意见,因为父亲的身体情况很坏了。因此劳拉十分高兴地准备代替母亲作聚会的女主人,杰拉德负责安排人们在水上娱乐。

伯金给厄秀拉写信说盼望着在聚会上见到她。戈珍虽然看不起克里奇家人以赞助人的身份出现,然而如果天气好的话,她会陪父母去参加聚会的。

那天天气晴朗,阳光明媚,风轻轻地吹着。布朗温家的姐妹俩都穿着白色的绉纱衣,头上戴着柔软的草帽。但戈珍腰上束了一条宽宽的,明亮的,黑、粉红和黄色三色彩带,袜子是粉红的,帽沿上也装饰着黑、粉、黄三种颜色,帽沿被压得稍稍往下一点儿。她胳膊上还搭了一件黄色丝绸的衣服,看上去也很不一般,就像来自画廊里的一幅画儿。她的样子让她父亲有点不快,于是他就气愤地说:

"难道你不想在身上挂一挂鞭炮来放着玩吗?"

但戈珍看上去就是朝气蓬勃,非常的漂亮,她穿她的这身衣服完全是为了显示对有些人的蔑视。当人们在她身后盯着她,哈哈大笑的时候,她就利用这个机会响亮地对着厄秀拉用法语叫道:"看看这些人!怎么没见过大世面吗?"然后她回头看着那些哈哈大笑的人。

"确实如此,太让人难以忍受了!"厄秀拉清晰地回答说。于是,两个女孩战胜了她们的敌人。不过她们的父亲却越来越生气了。

厄秀穿一身雪白的衣服,帽子是粉红色的,帽沿儿没有镶边儿,她的鞋子是深红色的,手上拿着桔黄色的外衣。以这样的姿态,她们一直走向肖特兰兹,她们的父母,走在她们的前面。

她们觉得妈妈今天有点好笑。妈妈穿的衣服是用夏季的布料做成的,带有黑紫相间的花纹,头上戴一顶紫色的草帽,走在丈夫的身边,比她的女儿还要羞怯,身子比她女儿颤抖得还要厉害,像一个小女孩一样。丈夫像往常一样,穿着最好的衣服,但看上去衣服却更皱了,好像他是个有小孩的父亲,妻子在穿着打扮的时候,他却要照看小孩。

"看前面这对年轻的夫妇,"戈珍心平气和地说。厄秀拉看看母亲和父亲,突然她无法控制住自己,笑了起来。两个姑娘站在路上大笑起来,直到眼泪顺着脸流了下来,因为她们又一次看到了她们父母,这对害羞的、有些天真的老夫妇走在前面。

"我们喊你呢,妈妈。"厄秀拉喊道,她不由自主地跟在父母的身后。

布朗温太太迷惑不解地转过身来,有点生气了,"事实上,"她说,"在我身上有什么有趣的东西?我想知道一下。"

她不知道她外表上哪儿出了毛病。无论什么样的批评,她都非常平静地、冷漠地去面对,好像这不关她的事。她穿的衣服总有些古怪,不整齐,可她穿着这些衣服总显得随随便便,心里觉得很满足。不论她穿什么衣服,只要稍微有些整洁,她就满足了,不会去挑剔,她生来就有一种富贵气质。

"看上去你很庄严,像一位男爵夫人。"厄秀拉说,她温柔地笑着看着母亲天真的、迷惑的神情。

"真的很像一位男爵夫人!"戈珍也跟着说。这时,母亲天生的高傲显露出来,姐妹俩又大叫起来。

"回家吧,你们这对傻瓜,只知道笑的傻瓜!"父亲叫喊道,气得脸都变红了。

"嘘—"厄秀拉嘘了一声,反感地把脸拉长了。

父亲的眼睛里冒出了黄光,他真的快要发怒了。

"对这样的大傻瓜不必去留意。"布朗温太太说,然后转身走自己的路了。

"我想知道我们身后怎么有一对哈哈大笑的傻孩子跟着!"他复仇般叫了起来。

看着他暴怒的样子,姐妹俩站在篱笆墙不远的路上,禁不住又笑了。

"为什么你要和她们一样傻,看她们干什么呢?"见丈夫真的生气了,布朗温太太也生气地说道。

"有人过来了,爸爸,"厄秀拉逗笑着向他发出了警告。他向四周匆匆地看了一眼,继续和妻子一起前行,他走路的时候仍很生气。两个女孩跟在他们身后,笑得浑身无力。

当有人从身旁经过的时候,布朗温愚蠢地大叫起来:

"如果再这样下去,我要回家了。我讨厌在公共场合里愚弄我。"

他真的生气了,听到他的不顾一切地大叫,两个女孩立刻不敢再笑了,心也猛地一收,对他有些轻视了。她们讨厌他的那句"在公共场合"的话。为什么她们要在意是在"公共场合"?戈珍抚慰地说道:

"但我们笑并不是想伤害你,"她大声说道,她的语气有些粗鲁,这使她的父母感到很不舒服,"因为我们爱你们,所以我们笑。"

"他们这样暴躁,我们走在前面吧,"厄秀拉生气地说。就这样他们到达了威利湖畔。湖水是蓝色的,并且很平静,在湖的一边的斜坡上,有片草地沐浴地阳光下,在另一边险峻的山坡上生长着茂密的森林。一只小小的游船上面挤满了人,载着音乐声,随着桨的滑动离开了岸边。离船房不远的地方,聚着一群衣着鲜艳的人。在公路上,一些老百姓沿着篱笆墙边站着,看着自己不能参加的欢庆场面,有些妒嫉,那模样就像不被天堂接受的灵魂一样。

"快看!"戈珍看着各种各样的客人低声说道,"有这么多的人!亲爱的,设想一下,要是你自己在其中会怎么样。"

戈珍对人群的恐怖使厄秀拉丧失了勇气。"看上去很可怕。"她不安地说。

"想想他们是什么人——想想吧!"戈珍仍恐惧地低声说道,不过她毫不犹豫地向前走了。

"我想我们能摆脱他们的。"厄秀拉不安地说。

"如果我们不能摆脱他们,我们就被钉到那里了。"戈珍说。她对人群表现出的厌恶与恐怖,令厄秀拉很厌烦。

"我们不必要留在这里。"她说。

"我肯定不会在那人群中停留五分钟。"戈珍说。她们走近了一些,直到看见站在门口的警察。

"警察会把你围在里面!"戈珍说。"我说这可是件漂亮事儿。"

"我们最好照顾着父母。"厄秀拉忧虑地说。

"妈妈有能力参加完整个庆祝过程。"戈珍有点嘲笑地说。

但厄秀拉知道父亲感到不舒服，不高兴，并且有些生气。因此她安不下心来。她们在门口等着，直到父母再次过来。穿着发皱的衣服的高大、瘦削的父亲，像一个小孩一样有些失常和恼怒，他就要参加这次社交活动了。他没有感觉到自己是个绅士，除了生气外，他没有感觉到其它的东西。

厄秀拉站在父亲的身边，他们把门票交给警察，走了进去。四人并排坐在草坪上。父亲的个子很高，面色显得非常精神，只是由于生气，细细的眉毛紧皱着；他妻子肤色很好，人也显得很从容，头发梳到了一边，看上去很漂亮；戈珍又黑又圆的眼睛睁得大大的，柔和的脸上看上去很冷漠，几乎就是阴沉着脸，所以，在她向前走的时候，看上去好像是在倒退；厄秀拉则表情迷茫，这样的表情经常在她遇到不安的情况时出现。

伯金是个好天使。他笑着走向他们，样子很优雅，像个上等人，但他这种姿态总看上去有点不对劲。但他摘下帽子，向布朗温家的人露出了真诚的微笑，因此布朗温大笑着说：

"你好吗？你的病好些了，是吧？"

"是的，我好多了。你好，布朗温太太。我同戈珍和厄秀拉很熟。"

他微笑着的双眼充满了自然的温暖。他对女人总是有一种温柔、讨好的态度，对不太年轻的女人更是如此。

"是的，"布朗温太太淡漠但满意地说，"我经常听她们谈到你。"

伯金笑了起来。戈珍向一旁看去，她感到别人没有重视自己。人们成群地坐在一起，一些女人坐在胡桃树的树荫下，手中拿着茶杯，一个穿着晚礼服的侍者匆匆地走来走去，有几个女孩打着阳伞傻笑着，一些刚划完船的小伙子盘着腿坐在草地上，他们只穿衬衫而没有穿外套，衬衫的袖子很有男子气概地挽起来，手放在白法兰绒裤子上休息，随着他们与年轻女子的谈笑，他们那考究的领带在风中飘荡着。

"为什么，"戈珍心里想道，"穿上外衣他们不就显得更有礼貌吗？难道非要表面上做出这种狎昵之态吗？"

那些平常的年轻男子，如果把头发梳到后面，举止有些轻浮，让她看到后，就会感到害怕。

赫麦妮·罗迪斯来了，她身着一件漂亮的礼服，礼服上镶着白边，围着一条长长的丝绸的披肩，披肩上装饰着大花朵，戴着一顶素色的帽子。人们看到她确实有点吃惊，差不多有些害怕。她身后拖着一条长长的围巾，围巾上绣着米色的花，她拖着围巾走了过来，围巾一直拖着地面，这样看上去她就更高大了。她那浓密的头发直盖到眼前，她的脸看上去令人觉得很奇怪，长长的、并且呈现出苍白色，美丽的色彩从她身上显现出来。

"看上去她可真够奇怪的!"戈珍听到有几个女孩在她身后偷笑着说,她真想把她们杀死。

"你好!"赫麦妮友好地走上前来,甜蜜地说了一声,并温柔地看了戈珍的父母一眼。对戈珍来说,这个时候可真难堪,她快要气死了。阶级优越感顽强地不易动摇地存在赫麦妮的心中,她来认识别人仅仅是因为好奇心,好像别人是在展览的动物。戈珍也会做这样的事情,但别人这样对她的时候她就会很愤恨。

赫麦妮把布朗温家与他人区别对待,把布朗温家看得很高,把他们带到劳拉·克里奇迎接客人的地方。

"这是布朗温太太,"赫麦妮介绍。劳拉穿着挺括的装饰着刺绣的麻布衣服,上去同布朗温太太握了手,并说很高兴见到她。接着杰拉德也来了,他看上去很漂亮,穿着白色的裤子和黑棕色的运动茄克。他被介绍给了布朗温夫妇,很快就与夫妇两人谈了起来,在他眼里,布朗温太太好像是一个贵妇人,而布朗温先生却不是一个绅士,他的举止太显眼了。他与人握手的时候用左手,因为右手受了伤,缠上了绷带一直放在茄克衫的兜儿里。戈珍见这些人中没人问他的手怎么了,心里感到很高兴。

游艇慢慢地驶了过来,船上音乐声响了起来,船上的人兴奋地大叫着。杰拉德走过去照看着人们下船,伯金为布朗温太太端来了茶,布朗温和语法学校的人们聚在一起了,赫麦妮坐在她们的母亲身旁,两个姑娘走到码头上去看靠岸的游船。

游船欢快地鸣着汽笛,接着船桨停止转动,绳索也抛到了岸上,船轻轻地碰到了岸上。乘客们立刻高兴地挤着上岸。

"稍等一会儿,稍等一会儿!"杰拉德声音刺耳地叫着。

在绳子拴紧,跳板搭好后,他们才能够上岸。一切都准备好后,他们一下子涌到岸上,非常的喧闹,好像他们刚从美国回来。

"多么美呀!"两个女孩叫了起来,"真是太有趣了。"

侍者提着篮子下了船跑到了停船房里,船长在小桥上闲逛着。看到所有的一切都安全了,杰拉德朝戈珍和厄秀拉走了过去。

"你们不想乘下一班船玩玩儿,在船上吃茶吗?"他问。

"不,谢谢你。"戈珍冷冷地回答道。

"你对湖水不感兴趣吗?"

"对湖水?不,我很感兴趣。"

他看着她,好像在寻找什么。

"那么,你也不喜欢到船上玩吗?"

她回答时有些迟钝,然后慢慢地说:
"不,"她说,"我不能说我喜欢。"她的脸红了,好像在为某事生气。
"人太多了。"厄秀拉解释说。
"噢,人太多了,"他笑了一下说,"他们的人数是有点多了。"
戈珍兴高采烈地看着他。
"你在泰晤士河上坐过汽船,从威斯特敏斯特大桥一直到里士蒙?"她说。
"没有,"他说,"我不能说我坐过。"
"噢,那是我所有的最恶劣的经历之一,"她兴奋地快速说着,脸变得很红,"那里没有一点地方可以坐,绝对没有的。上面有个男人一天到晚在唱'在深海的摇篮里摇'。他是个瞎子,手里有一把小管风琴,是那种轻便的管风琴,他弹唱是想让人们给他钱,所以你可想象当时的情景如何。连续不断的午饭味儿和机油味儿一直从下面向上冒。行程用了几个小时,好几个小时。还有一些该死的男孩在泰晤士河岸可怕的泥淖中追着我们的船跑,他们在齐腰深的泥水中跑,他们把裤子扔到了后面,在可怕的泥水里跑,他们的脸一直对着我们尖叫着,很像一群腐烂的尸体,他们尖叫着'噢,先生们,噢,先生们,噢,先生们',很像一些肮脏的腐烂的东西,下流到了极点。甲板上的男人们,看到那些孩子们在泥水中奔跑着,就大笑起来,有时候还会扔给他们半个基尼。如果你盯着孩子们的脸看,看着当钱扔出去的时候,孩子们是怎样飞快地投入污水中的,真的,任何秃鹫和豺狼做梦都不敢靠近他们,来纠缠他们。我永远也不会再有兴趣坐游船了,以后再也不会了。"

她说话的时候,杰拉德一直看着她,他的眼睛不安地闪烁着光芒。并不是她所说的话使他激动,而是她本人使他兴奋。
"当然了,"他说,"每一个文明的躯体内都有害虫。"
"怎么这样说?"厄秀拉大叫道,"我身上就没有害虫。"
"这还不是全部,整个事情的实质是——男人们笑着那些奔跑的孩子,并把孩子当作玩物,把钱扔向他们,而女人摊开肥胖的膝盖不停地吃,一直吃下去。"戈珍回复道。
"对,"厄秀拉说。"这些男孩子并不是害虫;大人们自己才是害虫,这是个整体性问题,就像你所说的那样。"
杰拉德大笑起来。
"没什么,"他说,"你们不想坐船就算了。"
听到他的指责,戈珍的脸一下子变红了。
大家都沉默了几分钟。杰拉德站在那里,像一个哨兵,看着那些将要上船的人。他长得很漂亮,自我控制力也很强,只是他的头发好像武夫的头发一样威武,让人看了不舒服。

"那么,你准备在这儿用茶还是到那边的房子里用?那边草坪上搭着一个帐篷。"他说。

"我们不能有一只舢板船,划出去玩玩吗?"厄秀拉问道,她总是这样不假思索地说话。

"出去玩?"杰拉德笑问。

"你看,"听了厄秀拉无礼的直言,戈珍的脸变红了,说道,"这里的人我们都不认识,在这儿,我们几乎全是陌生人。"

"哦,很快我就会让你认识几个熟人的。"他轻松地说。

戈珍看着他,想明白他是否心怀歹意。然后又对他微笑着说:

"啊,"她说,"你明白我们的打算。我们不能到那儿观赏一下湖岸的美景吗?"她指了指湖边草坪小丘上的林子,那片林子离岸不远。"它看上去非常的美丽。我们甚至可以在那儿沐浴,在这样的光线下真是太美丽了!真的,它就像尼罗河的一段,你可以把它想象成尼罗河。"

看到戈珍对远方景物表现出的做作热情,杰拉德笑了一下。

"你敢确信那儿很远吗?"他调侃地问道,立刻又说了一句,"对,你可以到那儿,如果我们有一条船的话。好像那里没有了尘世间的一切。"

他向四周看了看,数了数湖面上停泊的船只。

"那真是太美了!"厄秀拉激动地叫道。

"你们不想喝茶吗?"他说。

"噢,"厄秀拉说:"我们就喝一杯吧,然后就出发。"

他笑着一个一个地看了看她们。他多少有点不快,但是仍然笑着说道:

"你觉得你划船划得很好吗?"

"是的,"戈珍冷冷地回答道,"划得很好。"

"对,"厄秀拉大声说道,"我们俩划得像水蜘蛛一样。"

"真的?我有一条小的独木舟,我没把它推出来,因为我害怕有人会被淹死。你认为在划独木舟的时候会很安全吗?"

"哦,我确信不会有问题!"戈珍说。

"可真完美呀!"厄秀拉叫道。

"为了我的缘故,你也不要出事儿,因为我是负责水上游览的。"

"当然了。"戈珍信誓旦旦地说。

"况且,我们游泳游得都很好。"厄秀拉说。

"好吧,那么我就让他们给你们准备一篮茶点,这样你们就可以野餐了，就这样办，好吗?"

"多么的美好呀！如果你这样做到了是多么的令人高兴呀！"戈珍热情地叫道，脸都变红了。她微妙的依恋中掺入了感激的成份，这渗入到了他的体内，使他血管里的血沸腾起来。

"伯金在哪儿?"他问道，他的目光闪烁着，"让船下水的时候，他可以帮助我。"

"你的手怎么了？是不是受伤了?"戈珍轻声地问，好像在避免亲昵行为。受伤的事被提及，这是第一次。她又奇妙地绕开这个话题，这使他的心里稍微有些慰藉。他把手伸出了衣袋。手被绷带缠着，他看着手，然后又插进了衣袋里。戈珍看到裹着的手，感到一阵颤抖。

"哦，我用一只手就可以把事情办好，独木舟像毛发一样轻。"他说，"卢伯特也在这儿——卢伯特!"

伯金离开他的岗位，走了过来。

"你的手是怎么回事?"厄秀拉问道，最后，她终于关心地提出了这个问题。

"我的手吗，"杰拉德说，"我把它伸进了机器里。"

"啊!"厄秀拉说，"伤的重吗?"

"是的，"他说，"当时确实很严重，不过慢慢变好了。手指头粉碎了。"

"噢!"厄秀拉叫了出来，好像很痛苦，"我不喜欢那些伤害自己的人。我也能感觉到疼。"她的手也颤抖起来。

"你想怎么办?"伯金问。

两个男人把棕色的小独木舟抬来了，让它下了水。

"你能确信在这只船里你们会很安全吗?"杰拉德问。

"很有信心，"戈珍说，"如果我有一点怀疑，我就不会乘坐它。我在阿兰代尔划过独木舟，我向你保证我会十分的安全。"

她像男人一样，下了保证，然后她和厄秀拉上了纤小的船，轻轻地出发了。两个男人站在那里看着她们。戈珍正在划船，她知道男人们正在看着她们，这使她划的速度很慢，并且动作有些笨拙了。她的脸涨得红，就像一面红旗。

"非常的感激，"在船向远方滑去的时候，她在水面上回头向他喊道。"真是太有趣了，像坐在一片树叶上。"

听到这个怪念头，他笑了起来。她的声音有些颤抖和奇怪，从远处传了过来。在她把船划远的时候，他一直看着她。她好像有些孩子气，容易相信别人，也很恭敬别人，就像一个小孩。在她划的时候，他一直看着她。对戈珍来说,扮演成一位依赖那个站在码头的男人的孩子气的女人是一件真正高兴的事。他穿着白衣,显得漂亮,能干,此外,在此时,她所认识的最重要的男人就是他。她从没注意过伯金,尽管伯金目光柔和地闪烁着,站在杰拉德身边。伯金只不过曾经是她关注范围内一个模糊的人影儿罢了。

小船慢慢地悠然沿湖边前进着,她们经过了沐浴者所在的地方,这些沐浴者在草地上的柳树间搭着帐篷,沿着开阔的湖岸继续行驶下去,经过了那片在傍晚落日的余辉下泛着金光的草坪。其它的船只是在对面的树荫下航行,她们可以听到那里人们的谈笑声。但戈珍却把船划向远处的金光笼罩下的树丛。

姐妹俩发现有个小地方,在那里有股细细的小溪注入湖中,有许多芦苇和红柳丛长在小溪口,岸边散落着许多碎石。她们非常谨慎地下了船,来到了岸上,两个女孩把她们的鞋和袜都脱掉了,沿着湖边推着船向草地走去。湖面上小小的波纹温暖而又清澈透明,她们把船靠在岸边,然后高兴地向四周看着。在这个荒凉的小溪口她们感到非常的孤独。在她们身后的小山上长着茂密的树丛。

"我们在这儿洗会儿澡吧,"厄秀拉说,"然后我们再吃茶点。"

她们向四周看看。没有人能看得见她们,也没有人能在这段时间内走过来。不到一分钟的时间里,厄秀拉就把衣服脱完了,光着身子下了水,向湖中游了过去。很快,戈珍跟上了她。她们绕着小溪口静静地却兴致勃勃地游了一会儿,然后她们爬上了岸又钻进了林子中,就像居住在山林水泽中的仙女儿。

"自由是多么的美好啊!"厄秀拉说。她赤裸着身子在林子里迅速地跑来跑去,头发松散着,随风飘荡。这是一片山毛榉树林,树干高大结实,金属灰色的树枝盘在一起,粗大的绿色枝条到处伸展着,向北方看去,远方的景物闪烁着,若隐若现,好像树枝搭成了一个窗户。

她们又跑又跳的,身上很快地变干了,她们迅速地穿好衣服,坐下来喝芬芳的茶。她们坐在小树林的北面,金色的阳光撒在她们身上,她们正对着草山的斜坡,只有她们在这儿,这个野外的世界属于她们自己。茶又热又香,还有夹着黄瓜、鱼子酱的美味的小三明治和酒饼。

"你玩得愉快吗?"厄秀拉兴高采烈地看着妹妹大声问道。

"厄秀拉,我非常的愉快。"戈珍看着正在西下的太阳,声音低沉地说。

"我也是。"

当她们两个在一起,做她们喜欢的事的时候,这姐妹俩就完全处于一个属于她们自己的美好的世界中。这是一段自由、欢乐的美好时刻,就像孩提时代,觉得冒险很美妙,快活一样。

她们吃完茶点后,两个女孩安静地坐在那里。厄秀拉的嗓音很好,她开始轻轻地唱起歌来,她唱的是《安金·冯·萨罗》。戈珍坐在树下听着歌声,这歌声激起了她的向往。厄秀拉坐在那里,好像很平静、很满足,她仍在无意识地低唱着,自我感觉很好,戈珍感觉自己成了局外人。戈珍总感到自己脱离了生活,成了个旁观者,而厄秀拉则是个参与者,这使戈珍觉得自己被否定了,这种想法使她很痛苦。她觉得自己必须不时地要求别人来注意自己,与自己保持联系。

"如果我随着你的曲调来跳达克罗瑟,你介意吗?"戈珍的声音特别小,几乎没有动嘴唇。

"你刚才说什么?"厄秀拉问道,她抬起了头,表情显得有些惊讶。

"当我跳达克罗瑟舞的时候,你愿意唱歌吗?"戈珍说。要重复自己的话,这使戈珍很痛苦。

厄秀拉竭尽全力地想了一会儿。

"你跳——?"她迷糊地问道。

"跳达克罗瑟舞,"戈珍说,因为她姐姐问得太多了,这使她感到自己是在受折磨。

"哦,达克罗瑟!我没有想起这个名字。跳吧,我很喜欢看你跳。"厄秀拉带着孩子般的惊奇响亮地叫道,"我应该唱什么歌呢?"

"只要是你喜欢的曲子就行,我会跟着曲子的节奏跳的。"

但厄秀拉无论如何也想不起唱什么歌了。但她突然开始笑着用戏谑的声音唱了起来:

"我的爱人——是一个高贵的妇人——"

好像有根看不见的链条缚住了她的手脚,戈珍开始慢慢地以和谐的姿态跳了起来。她展开了双臂做飞翔状,脚步慢慢地移动着,手和胳膊有规律地舞动着。接着又张开了两只胳膊,举过了头顶,渐渐地分开下来,头稍微抬起。她的脚一直在随着拍子踏着,随着歌曲移动着,像一些奇妙的咒语。她穿着白衣服的身躯到处飘动着,动作很奇怪、狂放,好像风随着一阵咒语在上升,接着又迈着小步子颤抖着跑开了。

厄秀拉坐在草地上笑着唱着,好像在开一个大玩笑。金色的阳光撒在大地上,戈珍做出了各种困难的颤抖动作,飘舞与荡漾的动作,她随着舞蹈的节奏不自觉地缩成了一团,在一种催眠的影响下显现出了一种强有力的意志,厄秀拉想起了宗教仪式。

"我的爱人是个出生高贵的妇人,她是个比影子还要黑的黑美人"厄秀拉笑着、讽刺地唱着，戈珍跳得越来越快、越来越狂，她使劲地跺着脚，好像要甩掉什么负担。她猛烈地甩着胳膊、跺着脚，然后又向上看去，脖颈全都露了出来，显得很漂亮，眼睛半闭着盲目地跑着。太阳正在下落，射着金黄的光芒，一轮细月出现在天空中。

厄秀拉正在聚精会神地唱着歌，戈珍突然不跳了，轻声地、调侃地叫道：

"厄秀拉！"

"什么？"厄秀拉睁开了眼睛，清醒过来。

戈珍静静地站在那里，手指向一边，脸上露出嘲弄的微笑。

"噢！"厄秀拉突然恐慌地叫了一声，站了起来。

"它们很正常嘛。"戈珍用讥讽的声调说道。

左边有一小群高地牛，在傍晚的阳光中它们的身躯色彩斑斓，皮毛反射着光芒。它们的角向空中伸着，口鼻向前伸着嗅着，想了解周围存在着什么。透过混乱的毛发，眼睛里闪着光芒，它们裸露的鼻孔下全是阴影。

"它们什么也不干吗？"厄秀拉恐慌地问道。

戈珍在平时是很怕牛的，现在却奇怪地、半信半疑地、半嘲讽地摇着头，她嘴角上带着一丝儿微笑。

"它们看上去不迷人吗，厄秀拉？"戈珍用高高的，刺耳的声音叫道，就像一只海鸥在尖叫。

"它们真迷人，"厄秀拉声音颤抖着叫道，"但它们不会对我们有害吧？"

戈珍带着不可思议的微笑又看了看姐姐，接着又摇了摇头。

"我敢保证它们不会的，"她说，好像她是在说服自己，又好像她相信她内部的某种秘密力量，她要来检验一下她的这股力量。"坐下再唱一会吧，"她用又高又刺耳的声音大叫道。

"我感到害怕，"厄秀拉看着那群强壮的牛，可怜地叫道。那群牛站在那里，好像它们腿植在地上，它们的黑色的恶毒的眼睛透过它们暗淡的毛发向四周望着。然而，厄秀拉还是以以前的姿势坐下来。

"它们是很安全的，"戈珍高声叫道，"唱一些歌曲吧，你只需唱些歌就好了。"

很显然，戈珍有一种奇怪的激情，想在这些强壮的、漂亮的牛跟前跳舞。

厄秀拉用假音颤抖地唱了起来：

"在通向田纳西的路上——"

厄秀拉的声音听起来非常的紧张。不过，戈珍向外伸展着双臂，脸朝上，跳着剧烈颤抖的舞走向牛群。把她的身子对着牛群，好像她着了魔一样，她的脚使劲地跺着，好像有点无意的疯狂，她的双臂，她的腕，和她的手伸开，举起，放下，然后再又伸开，举起，放下。她胸脯对着牛群挺着，颤抖着，她的喉咙也好像在某种肉欲中变得兴奋起来。

她毫无意识地向牛群舞了过去，她离奇的白色躯体在自我陶醉中移动着向牛群冲了过去，把低头等待的牛吓得躲到了一边，牛却好像被她迷住了，站在那里看着她，光光的牛角向天空伸着，让这个女人的白色躯体在它们之中慢慢地抽搐着冲撞。

戈珍可以摸到前面的牛了，好像有一股电流从牛的胸膛里射了出来，直打到她的手掌上。她抚摸着它们，真的抚摸住它们了，整个身体由于害怕和惊喜而颤抖着。同时，厄秀拉像着了魔似的，一直高声唱着，好像她的歌与眼前的情景没有任何的联系，那尖细的歌声像咒语一样划破天空。

戈珍能听到牛沉重的呼吸声，它们情不自禁地感到害怕，但对这歌声又着了迷。哈，它们是些英勇的小兽，这些野性的苏格兰公牛，皮毛很光滑！突然一头牛打了个响鼻儿，猛地低下了头，向后退着。

"呜——呜！"突然从林子边传来了一声大叫。牛群迅速地自动地散开了，并向后退去，朝山上跑去，它们皮毛闪烁着，就像火随着它们的运动而跳动着。戈珍站在草地上不动了，厄秀拉则站了起来。

原来是杰拉德和伯金过来找她们，杰拉德大叫一声把牛都吓走了。

"你们在干什么？"他叫道，显得有些生气。

"为什么你们要来这儿？"戈珍生气地发出了刺耳的声音。

"你知道你们是在干些什么吗？"他半讽刺地重复道。

"我们在跳艺术体操。"厄秀拉用颤抖的声音笑着回答道。

戈珍冷漠地站在那里，用大大的黑眼睛愤恨地看着他们，盯了好一会儿。接着她也步行上山去了，跟随在牛群的后面，这时牛群已在山上聚成了一小团。

"你去哪儿啊？"杰拉德在她身后大喊道。他也跟着她上了山腰。太阳已经到了山的背后，大地渐渐地暗了下来，天上充满了飘动的云彩。

"你那支歌伴她的舞显得非常的糟。"伯金站在厄秀拉的面前嘲笑着对她说。过了一会儿，他轻轻地自己唱了起来，并在她面前跳着奇异的步法，他的四肢和身躯都挥动着放松了。他的脸闪着苍白的光，像平时一样。他的双脚迅速地踏着地。他的身体好像悬挂着，很松弛，像影子一样颤动着。

"我想我们都会疯的。"她笑着说，笑声中有些恐惧。

"遗憾的是，我们不可能更疯狂了，"他回答道，在回答的时候他并没有停下舞蹈。突然，他向她倾下了身子，轻轻地亲了一下她的手指，脸对着脸带着苍白的微笑看着她的眼。她觉得受到了侮辱，后退了一下。

"我冒犯了你？"他调侃道，突然他一下子安静很多，并拘谨起来。"我想你喜欢那些有点怪诞的东西。"

"不是那样的，"她说，她感到迷惑和困惑，几乎就像受到侮辱一样。但在她内心的某个地方，他潇洒、震颤着的躯体深深地吸引了她。他完全地放纵了自己，起伏、颤动着，他脸上露出了嘲讽的微笑。她还是在不自觉地躲避着他，尽管被他吸引着，对于一个平时言谈很严肃的男人来说，今天这样好像有些下流。

"为什么不象那样呢？"他调侃道。接着他立刻又跳起了那种使人难以置信的舞，他晃着身体，舞跳得很快，眼睛盯着她看，有些不怀好意。他就这样跳一会儿停一会儿，他越来越靠近了她，脸上带着嘲弄的笑和奇怪的表情靠近了她，如果她没有向后躲，他会再亲她一下的。

"不，别这样！"她大叫起来，因为她真的感到怕了。

"无论如何，你都是科迪丽娅，"他嘲笑着说。这话使她感到了心痛，好像这是对她的污辱。她知道他这样说，这样做是有意的，这使她不知所措。

"那你呢？"她大声反驳道，"为什么你总是把你的心挂在嘴边上？"

"那样我就会把它更容易地吐出来。"他反击道，他对自己的这样反击感到很高兴。

杰拉德·克里奇脸上露出了聚精会神的表情，跟在戈珍身后在山坡上快速地走着。那群牛站在斜坡上，俯视着他们：穿白衣服的男人正在追着穿白衣服的女人，那女人慢慢地向它们走了过来。她停了一会儿，转过头看了看杰拉德，然后又把目光转向了牛群。

她做了个突然的动作，举起胳膊向那群长着长角的公牛冲了过去。她脚步有些颤抖，她跑了一段距离，然后停了下来，看看这群牛，接着又张开胳膊扑了过去。公牛们不再用蹄子扒着地面了，吓得给她让开了一条路，吓得流出了鼻涕，抬起了头，飞快地向远处跑去，在暮霭中迅速地跑着，跑到了远处，变成了小黑点，但仍然没有停下来。

戈珍仍在它们身后盯着它们，脸上带着挑战的神情。

"为什么你要把它们弄疯？"杰拉德赶上了她，问道。

她没有去注意他，头扭到了一边。

"这样很不安全，你是知道的。"他坚持说，"如果它们转过身，将非常的凶狠。"

"它们向哪儿转身？转身逃走吗？"她嘲笑着说。

"不,"他说,"转过身来和你作对。"

"转过身来与我作对?"她又嘲笑道。

他听不懂她这句话的意思。

"总之,不久前的一天,它们把农夫的一头母牛顶死了。"

"为什么我要想着那些事?"她说。

"我有足够的理由得想着,"他回答道,"你要知道那是我的牛。"

"它们怎么是你的牛?你没有把它们吞到你肚子里去。现在给我一头吧。"她说着伸出了手。

"你知道它们在那儿。"他指着山头说,"可以送给你一头,如果你想要一头的话。"

她莫名其妙地看着他。

"你认为我怕你和你的牛,对不对?"她问。

他阴沉地把眼睛眯成了一条线。他脸上露出了霸道的笑容。

"为什么我会那样认为呢?"他说。

她那黑黑的、睁得大大的眼睛一直盯着他。她身子向前倾着,挥动着手臂。她用手背遮住眼睛,透过指缝看他,看到他脸上闪烁着一道光芒。

"那就是原因了。"她打趣说。

她觉得她心中有一种不可征服的欲望,要狠狠地与他作对一番。她把心中的害怕和沮丧全都丢开了。她要做她想做的事,她不想怕任何事。

他脸上的光泽变暗了,他退缩了。他的脸变得更白了,在她的眼里燃烧着危险的火焰。在一段时间内,他说不出话来,他的肺中充满了燃烧的血液,心中由于难以控制的感情,快要迸裂了。好像一些黑色情感的水库在他体内崩塌了,把他给淹没了。

"你打出了第一拳,"他最终说道,声音很低,很温柔,就像从肺里发出来的,而那声音就像她心中的一个梦,而不是从外界发出来的。

"我还要打出最后一拳,"她非常自信地反驳道。他没有说话了,没有反驳她。

她漫不经心地站着,把目光从他身上移开,看向远处。在她意识的边缘,她本能地问自己:

"为何你表现得这样可笑、这样令人难以忍受?"但她愠怒地不再去想这个问题。但她又不能彻底地把这个问题从脑海中清理出去,所以她感到有点烦。

杰拉德面色苍白,他的眼睛发出的热切的光芒聚在一起,全神贯注地看着她。她突然转身面对着他。

"是你让我采取了这样的行动,这你是知道的。"她暗示着说。

"我？怎么回事？"他问。

但她转过身去,向湖边走去。山下,在湖面上,灯光已亮了起来,黄昏中,淡淡的灯光在水上漂流着。大地上覆盖着黑暗,就像涂抹着黑漆,头顶上的天空有些苍白,樱草花儿和湖水好像融在一起,像牛奶一样白。在浮码头那边,彩色的点点灯光在黄昏中连成了串儿。游船上灯光灿烂。四面八方都越来越暗了。

杰拉德穿着白色的夏装,像一个白色的精灵,顺着开阔的长满草的斜坡向下走着。戈珍等着他跟上来。当他靠近后,戈珍温柔地伸出了手,触到他,轻轻地说:

"不要生我的气。"

他一下子激动了,不知该怎么办了。但他还是结结巴巴地说:

"我不会生你的气,我爱你呀。"

他失去了理智,他要抓住什么能控制自己的东西,来拯救他自己。她银铃般地响起了嘲笑的声音,但这声音的抚慰力使人难以想象。

"这是解释的一种方法。"她说。

可怕的眩晕压在他的头脑上,这种眩晕太可怕,他不能控制住自己了,太难以控制了,他一只手抓住了她的胳膊,他的手像钢铁制成的。

"这样很好,对不对?"他抱住了她说道。

她看着面前的那张脸上的眼睛盯在她的身上,她的血液冷却下来。

"对,这样很好,"她温柔地说,好像她服用了麻醉药,好像一个巫婆在低声歌唱。

他在她身边大步向前走,好像一个没有意识的身躯。但在向前走着时,他恢复了一点意识。他经历了太大的痛苦。在他是个小孩的时候他杀死了弟弟,像该隐那样。

他们看见伯金和厄秀拉在船边坐在一起,谈笑着。伯金一直在逗厄秀拉。

"你嗅到了这片小沼泽地的味道了吗?"他说,然后又猛吸了一下空气。他对气味非常敏感,能很快地分辩出这是什么气味。

"这种气味闻着很舒服。"她说。

"不,"他回答,"我们要小心一些。"

"为什么要小心一些?"

"这是一条黑暗的河,它总在不停地翻腾着,"他说,"这儿有百合花和毒蛇,也有鬼火,鬼火不停地向前滚动着。过去我们没有留意,鬼火总在向前滚。"

"为什么这里有鬼火?"

"有一条河,一条黑色的河。我们总是注意银色的生命之河,注意到它向前滚动,把世界推向光明,推向天堂,推向一个明亮的永恒世界,推向一个聚集着天使的天堂。可另一条河才是我们真正的现实——"

"但另一条河是什么样的?我从来没有见过。"厄秀拉说。

"然而,它是你的现实,"他说,"那条黑河是死亡的河流,你看到它在我们体内流淌,就像其它的河流一样流淌——黑色的腐烂之河。我们的花朵是这么一回事——来自于大海的女神阿芙洛狄特,闪着磷光的非常美好的白色花朵是我们今天的现实。"

"你指的是阿芙洛狄特代表真正的死亡?"厄秀拉问。

"我的意思是,她是代表死亡过程的神秘花朵,是这样的,"他说,"当所有造物主的河流都消失后,我们发现自己是倒退过程的一部分,是毁灭性创造的一部分。阿芙洛狄特是在世界分解的第一次颤抖中出生的——接着是蛇、天鹅和荷花——这些湿地花朵——戈珍和杰拉德——出生在这个毁灭性的创造中。"

"那么你我呢?"她问。

"大概也是吧,"他回答道,"在某种程度上当然是的。我们确实是否如此,我也不知道。"

"你是说我们是死亡的花朵——是险恶的花了?我感觉我好像不是这样的花。"她抗议道。

他沉默了一会儿。

"我觉得我们好像不完全是,"他回复道,"有些人是完全的黑暗腐败之花——百合。但这里应该有一些火一般热烈的玫瑰。你知道赫拉克利特说过一句话,'干枯的灵魂是最美好的'。它是什么意思,我非常的理解。你理解吗?"

"我不敢确定,"厄秀拉说,"但是,如果人们都是死亡之花——不管他们是不是花——这会有什么不同之处呢?"

"没有不同之处——不过又都有差异。死亡一直在世上存在,就像出生一直存在一样。"他说,"这是一个前进的过程,它在宇宙没有了东西——世界末日的时候结束。为什么世界的末日不像世界的开端一样美好呢?"

"我想就是不一样。"厄秀拉说,她有些气愤了。

"是一样的,从根本上讲是一样的,"他说。"它预示着会开始新一轮的创造——但不是创造我们。如果它是世界的末日,那么我们就会结束,是恶之花。如果我们是恶之花的话,我们就不是幸福的玫瑰。"

"但我认为我是的,"厄秀拉说,"我认为我是幸福的玫瑰。"

"生下来就是吗?"他讽刺地说道。

"不,这是真的。"她觉得心情受到了伤害。

"如果我们是末日,那么我们就不是开端,"他说。

"是的,我们是开端,"她说,"开端是从末日中产生的。"

"是在它之后,而不是从末日中产生。开端在我们之后,我们本身不会产生开端。"

"你是一个恶魔,真的,你也知道的。"她说,"你想把我们的希望毁掉。你想让我们都去死。"

"不,"他说,"我只想让我们知道我们是什么。"

"哈!"她生气地叫道,"你只想让我们知道死亡。"

"你说的很对,"杰拉德柔和的声音从夜幕中传了过来。

伯金站了起来。杰拉德和戈珍也走了过来。在这沉默的时刻,大家开始抽烟了,一个接着一个,伯金为他们点燃了香烟,在模糊的黑暗中,火柴闪烁着,他们在水边都静静地吸着烟。湖面暗淡下去,亮光渐渐地消失了,周围的陆地上也变暗了。周围的空气莫名其妙,不知在什么地方响起了班卓琴一类的音乐声。

头顶上的金色的光芒退去了,月亮明亮起来,好像在微笑着,因为她得到了支配的地位。对面的黑色树林也融入了巨大的黑影之中。在这广阔的黑暗之中,偶尔会闪过几道亮光。在湖面的远处闪着奇异的彩色光芒,像苍白的珠光,夹杂着绿、红、黄三种颜色。随着光芒四射的游船驶进巨大的阴影中,随着灯火的闪动,乐曲声从船上远远飘了过来。

所有的一切都明亮起来。无论在什么地方,在朦胧的水面上还是在湖的尽头,都有灯光闪烁着。太阳的最后一缕光线照在湖面上,湖水呈现出了乳白色,阴影在这里消失了,只有孤独、微弱的光芒从那些看不见的船上射出来。划船的桨声很小,小船从惨淡的光线下驶入树林下的黑暗中,船上的灯笼好像要燃起大火来,灯笼悬挂在船头,红红的非常可爱。点点跳跃着的灯光照射在湖面上。这些无声的流火在水面上到处倒映着。

伯金从大船上拿来了几只灯笼,四个穿白衣服的人都凑了上去,把它们点亮。厄秀拉把第一盏灯笼打了起来,伯金从红色的灯笼口把点燃的火柴放到了灯笼的底部,把蜡烛点亮了。灯笼点亮后,大家都后退了一下,欣赏从厄秀拉的手里垂下的发光的绿色"月亮",灯光在她的脸上映射出奇异的光彩。灯光晃动着,伯金弯下了腰到灯笼口去看灯光,他的脸在灯光的照耀下,像幻影一样,没有思想,像是魔鬼的脸。厄秀拉暗淡的身影离伯金更近了。

"很好。"她的声音很温柔。

她把灯笼举了起来,一群鹳看到了灯光,就逃离了这黑色的大地,飞向了深蓝色的天空。

"真是太美妙了。"她说。

"太可爱了,"戈珍附和着说。她也想拿一盏灯笼,把它优美地举起来。

"也给我点一盏吧,"她说。杰拉德站在她的身旁,但不能帮上忙。伯金把她提的灯笼点亮了。由于激动,她的心跳动得很厉害,她想看看这盏灯笼到底有多美。这盏灯笼是淡黄色的,上面插着又高又直的花朵,墨绿色的叶子衬托在花朵周围,蝴蝶在清纯的灯光中围着花儿盘旋。

戈珍激动地大叫起来,好像被兴奋猛刺了一下。

"太漂亮了,噢,真是太漂亮了!"

她的心灵完全沉浸在这美丽之中,她不能自己控制自己了。杰拉德斜着身子靠近她,进入了灯光的范围,好像是想看灯笼。他靠近了她,站在那里挨着了她的身子,和她一起欣赏这闪光的灯笼。她把脸转向了他,他们肩并肩站在明亮的灯光中,灯光在他们的身上映射出一层光圈,所有其它的一切都消失了。

伯金向一旁看了看,走过给厄秀拉点第二盏灯笼。这盏灯笼有个浅红色的底,上面绣有黑螃蟹和海草,在灯光的照耀下,好像螃蟹和海草在透明的海水中移动,好像要爬到那熊熊燃烧的光焰中。

"在上面你有了天,在下面有了海水。"伯金对她说。

"除了大地之外什么都有了。"她看着他那照管灯火的手笑着说。

"我的第二盏灯笼是什么样子呀,一看见我气得要死,"戈珍声音刺耳地大叫起来,好像要把她身旁的人都赶走。

伯金走了过去把这盏灯笼也给点燃了。这盏灯笼上涂着可爱的深蓝色,还有一个红色的底座,绣着一条白色的大墨鱼,那条大墨鱼正卷起细小的白浪。它从烛光中聚精会神地看着外面。

"多么恐怖呀!"戈珍吓得大叫起来。站在她身边的杰拉德轻声笑了出来。

"但它真的很可怕呀!"她惊惶失措地叫着。

他又笑了起来,说道:

"与厄秀拉换换,把那只绣着螃蟹的换过来。"

戈珍沉默了一会儿。

"厄秀拉,"她说道,"你能够容忍这个吓人的东西吗?"

"我认为这颜色很好看。"厄秀拉说。

"我也有同样的想法,"戈珍说,"但把它扔到你的船上你能容忍吗?

你不想立刻把它毁掉吗?"

"哦,不,"厄秀拉说,"我不想把它毁掉。"

"把这个与你的那盏带螃蟹的换一下可以吗?你敢保证你不介意吗?"戈珍就走了上来与她进行交换。

"我不会介意的,"厄秀拉说,把自己带有螃蟹的灯笼让了出去,接住了那只绘有墨鱼的。

但她对戈珍和杰拉德流露出来的优越感禁不住地感到反感。

"过来吧,"伯金说,"我把它们挂到船上吧。"

他和厄秀拉向大船走了过去。

"我想你应该把我送回去,卢伯特。"杰拉德说,黑暗中看上他是个白色的影子。

"你不和戈珍一起划小船吗?"伯金说,"那样会更有趣的。"

大家都沉默了一会儿。伯金和厄秀拉提着晃动的灯笼站在水边,他们两个看上去很模糊。整个世界都模模糊糊的。

"这样可以吗?"戈珍问杰拉德。

"我觉得很好,"杰拉德说,"但你怎么样?划得怎么样?我不知道为什么你要拽我?"

"怎么不能呢?"戈珍说,"我能像拽厄秀拉一样拽你。"

从她的口气里他知道,她想在独木舟中拥有他,她有力量控制他和小舟,这样她就巧妙地满足了自己。很奇怪,不知怎地他就顺从了戈珍。

她把灯笼递给他,她自己去把灯笼上的竹竿固定在船尾。他跟在她后面上了船,他站在船上,灯笼对着他白色的身躯摇摆着,把影子投向四周。

"在出发前吻我一下吧。"他在阴影中温柔地说。

刹那间,她感到非常的吃惊,她定住了,手中的活无法干下去了。

"但是为什么?"她非常吃惊地问。

"为什么?"他重复道。

她盯着他,看了很长一段时间。接着她向他倾过身子,给了他一个长久、非常美好的吻,双唇在他嘴上停留了很长一段时间。在他被浑身各个骨节的火焰烧得晕眩的时候,她把灯笼从他手中拿了过来。

他们把独木舟抬到水中,戈珍坐好了,杰拉德撑船出发了。

"划船的时候,你能保证不伤住你的手吗?"她热切地问,"我划船划得也很好。"

"我不会伤住我自己的,"他轻轻地温柔地说,这声音使她感到了一种难以形容的美。

她看着他，他在船尾上坐在她的附近，非常的近，他的腿伸向她，脚碰到了她的脚。她轻轻地摇着橹，摇得很慢，盼望着他能向她说些意味深长的话。但他却一直沉默着。

"你喜欢这样，是吗？"她问道，声音很温柔，很关切。

他笑了一下。

"我们之间有个空间，"他低沉地、轻轻地说，好像是他身上某个东西在说话。她也好像凭着什么魔力感觉到了，他们两个坐在船上，之间一直是分开的。她真正地了解了他，这使她很高兴，简直就要昏过去了。

"可我就在很近的地方啊。"她高兴地说道。

"但距离是存在的，距离是存在的。"他说。

在她回答之前，她又高兴地安静了一会儿，接着她用细长的颤声说道。

"但我们不可能有什么变动，现在我们是在水上。"她的话神奇微妙地安慰了他，好像她很可怜他似的。

大约有十二只或更多的船在湖面上划行着，船上玫瑰色和月亮一样白亮的灯笼在离水面很低的地方晃动着，好像水里有一团团火苗儿在向外射着光芒。远处，汽船叫着开了过去，船过之处，汽轮卷起的水花，使水面看上去像亮起一串彩灯。船上有时还会放鞭炮、燃放罗马焰火，在星星、焰火和其它东西的照耀下，湖面一片明亮，可以看到船在湖面上来来往往地行驶着。接着又陷入了黑暗之中，灯笼和那些细微的光线轻轻地眨着眼睛，湖上一片桨打水的声音和悠悠的音乐声。

戈珍划着桨，她几乎没有了感觉。杰拉德可以看到，在前面不远的地方，厄秀拉明亮的绿灯笼和玫瑰红灯笼并排轻轻地摇摆着，伯金在划着桨，彩色的、微弱的光芒在黑暗中追逐着。他也意识到自己船上优美的彩色灯光也在他身后也温柔地相互追逐着。

戈珍把桨放下，向周围看了看。独木舟随着轻微的潮水向上升起了一些。杰拉德的白色膝盖离她更近了。

"这真是太漂亮了！"她轻轻地虔诚地说。

她看着他，他的身子朝闪着微光的灯笼向后倾斜。她能看清他的脸，虽然他的脸只是一个阴影。他的脸是黎明的一部分。在她心中充满了对他的激情，在他的男子汉的沉静和神秘中，他显得非常的漂亮。他身上放射出一种阳刚之气，这种阳刚之气从他那既刚强又温柔的身体内散发出来，看到这完美的身姿，她感到很兴奋、入迷，完全沉醉于其中。

她就爱看着他。目前她还不想去抚摸他，还不想了解他那活生生的血肉之躯中实质的东西，并从中得到进一步的满足。他太使人难以理解了，但他又在附近。她的手放在桨上,好像是在睡觉,她只想看着他,他像一个透明的影子,她只想去感觉他的实际存在。

"对,"他含糊不清地说,"真是太漂亮了。"

他倾听着附近微弱的声音:水花儿从桨上落下来的声音,身后的灯笼轻微碰撞声,有时戈珍的长裙也会由于磨擦而发出沙沙的声音,这种声音好像来自于另一个世界。他的意识几乎就要下沉了,这也是他人生的第一次失魂落魄,他聚精会神地关注起外界的东西来了。过去他总是能够使自己把精力集中起来,不让自己失态。但现在他的意识却放松了。在不知不觉中他与外面的世界溶合在一起了。这就像纯粹的美好的睡眠,是他人生中第一次伟大的睡眠。在他的一生中,他很坚强,警觉性又很高。但现在,他睡着了,平静了,完美地放松下来。

"我可以把船划到码头吗?"戈珍充满渴望地问他。

"随便,"他回答说,"让它自己漂吧。"

"那么请你告诉我,如果我们碰到了东西该如何?"她回答道,非常的平静和亲昵。

"有灯光照着,不会有事的。"他说。

于是他们就毫无目的让船儿漂流。他需要安静,纯粹的完整的安静,但她却不能安静下来,因为她想说些话,并得到某些保证。

"没人想念你吗?"她问道,她非常想与他交流。

"想念我?"他重复道,"不会的!为什么?"

"我想知道是否有人会找你。"

"为什么他们会找我呢?"这时他想起了应该礼貌些。"也许你想回去吧?"他换了一种口气说。

"不,我并没有想着回去,"她回答道,"绝对没有。"

"你能确保这对你合适吗?"

"这样非常的好。"

他们又不再说话了。游船上汽笛鸣响了,有人在船上唱起了歌。接着好像夜空被划破了,突然响起了一声大叫,水面上一片嘈杂,传来轮机倒转、剧烈搅动湖水的可怕声音。

杰拉德坐了起来,戈珍恐惧地看着他。

"有人掉进水里了,"他气愤、绝望地说道。然后又警觉地在夜幕中扫视了一下。"你能划到那里吗?"

"哪儿?到那个汽船那儿吗?"戈珍紧张地问。

"是的。"

"如果我不能直线划过去,你就告诉我一声。"她说,她仍然非常的紧张。

"保持船身平稳。"他说。独木舟加速向前行去。

人的叫喊声和其它的杂音继续从水面上透过夜幕传了过来,听起来非常可怕。

"这不是注定要发生的吧?"戈珍痛恨地讽刺道。但他几乎没有听见她说的话。戈珍转头去看看她划过的路。半暗的湖面上闪烁着美丽的灯光,看上去游船离这里不远了,黑暗中,船上的灯光在水面上飘摇。戈珍竭尽全力地向前划。但现在事情很严重了,好像她心里没把握,于是她的动作就有些笨拙了,想要划得快一些是非常困难的。

她看了一下他的脸,他一直紧盯着夜色,警惕性很强,样子也很独特。她的心一下子沉了下去,好像就要死了。"当然,"她自己对自己说,"没有人会被淹死的,当然他们都不会被淹死的。那样的话真是太耸人听闻了。"但由于他的脸上毫无表情,因此她的心发凉了。好像他天生就属于死亡与灾难,好像他又是以前的那个他了。

这时传来了一个小孩的叫声,那是个女孩又高又尖的声音:

"迪,迪,迪,迪,哦,迪,哦,迪!"

戈珍觉得自己血管里的血全凉了。

"那是迪安娜,绝对是她,"杰拉德咕哝着说,"这个小猴子,她真会耍花招。"

他又看了一下船橹,在他看来船行驶得不够快。在这样紧张的时刻划船,戈珍感到无能为力。她一直在用全身的力量。仍有叫喊声和回答声传过来。

"在哪儿呢,哪儿呢?在那儿——对,是那儿。哪一个?不——不,不。你这个该死的,在这儿,在这儿——"几只小船急急忙忙地从四面八方向出事地划去,各种颜色的彩灯在湖面附近摇晃着,一串串的倒影在波浪中起伏。不知道为什么,汽船的汽笛又响了起来。戈珍的独木舟也很快地向前驶去,灯笼在杰拉德身后摇晃着。

那孩子又高又尖的声音又响了起来,这次发出的声音中夹着哭腔,有点急躁了。

"迪,哦,迪,哦,迪,迪——!"

这种声音很可怕,透过傍晚的黑幕传了过来。

"如果你在床上睡觉会更好,温妮。"杰拉德对自己咕哝道。

他弯下了腰把鞋带松开,他把鞋脱掉了,接着又把他的软帽扔到了船底。

"你的那只手有伤,你不能下水。"戈珍大喘着气,害怕地说。

"什么？它没有受伤。"

他迅速地脱掉了夹克衫，把它扔到了脚下。他光着头，全身穿着白衣服，摸着腰带坐在那里。他们靠近汽船，汽船静静地耸立在他的面前，汽船上五颜六色的灯在阴影笼罩下的黑色水面上投下一片片红、绿、黄的色块，非常漂亮，但又有些丑陋。

"把她拉上来！噢，迪，亲爱的！噢，把她拉上来，噢，爸爸！爸爸！"孩子痛苦地呻吟着。一些人带着救生圈跳进水中。两条小船都来到了附近，船上的灯笼晃动着，没有什么用。其余的船也都赶到了这里。

"嘿，在那儿——罗克利！嘿，那儿！"

"克里奇先生！"传来了船长恐惧的声音，"迪安娜小姐落水。"

"谁下去救她了？"这是杰拉德尖厉的声音。

"年轻的布林德尔医生，先生。"

"什么地方？"

"连个影子也看不见，先生。所有的人都在找，到目前为止什么也没找到。"

大家都沉默了，好像要发生什么不吉祥的事。

"她在什么地方落的水？"

"我觉得是在那条船的附近，"那人不敢确定地回答道，"就是挂着红绿灯的那条船。"

"划到那儿去。"杰拉德平静地对戈珍说。

"把她救上来，杰拉德，哦，把她拉上来，"那孩子的声音显得非常的焦急。但他并没有理会。

"再向后靠点，"杰拉德站在左右摇晃的船上对戈珍说，"它不会翻的。"

刹那间，他垂直地、迅速地一下子插入了水中。戈珍在船里猛烈地摇摆着，波动的水中灯光在闪烁着，她明白那是微弱的月光，他死了，很有可能他死了。一阵绝望袭击了她，使她没有了知觉和意识。她知道他离开了这个世界，这个世界还是原来的世界，只是没有了他。

夜空似乎很空旷。到处都有灯笼晃来晃去，人们在游船上和小船上小声谈论着。她能够听到温妮弗莱德的呻吟声："哦，一定要找到她，杰拉德，一定要找到她。"有人还在努力地安慰她。戈珍漫无目的地到处划着，这可怕的、广阔的、寒冷的、无边无际的湖面使她非常的害怕，害怕得无法用言语表达出来。他再也不会回来了吗？她觉得她也必须跳入水中，去了解一下那里的恐怖。

她突然听到有人说"他在那儿"，心里感到一惊。她看到他在水中游着，就像一只水老鼠，她就不由自主地向他划去。他离另一只船很近，那是一只大船。但她仍向他划去，她下定决心要离他很近。她看到了他——看上去他像一头海豹。他抓住了船舷，就像一只海豹。他的头发湿漉漉的，从他那圆圆的头上落下来，他的脸好像在闪着柔和的光芒。她能够听到他在大口地喘着气。

他爬上了船。在他抓住船边向上爬的时候，他那美丽的腰部的肌肉闪着微弱的白色光芒，看到这，她就想死去、死去。闪着弱光的漂亮的腰臀，浑圆又柔韧的肩背，啊，这真是太漂亮了，太刺激了。她知道，这是对她不幸命运的宣判。可怕的，绝望的命运，多美呀，如此的美！

对她来说，他不像是一个人，他是一种伟大生命的化身。她看到他把脸上的水擦去，看着自己手上的绷带。她知道这没有什么好处，她永远也不会超越他，在她看来，他是生命的最高点。

"把灯熄掉，我们可以看得更清楚。"他的声音突兀、呆板，属于一个男性世界的声音。她几乎不能相信这里有一个男性世界。她斜过身子，吹灭了灯，想吹灭它们非常的难。各个地方的灯火全都熄灭了，只有游船两边的彩灯还亮着。蓝灰色的夜向周围水平弥漫开来，月亮升到了头顶上，船的影子到处都是。

随着水花飞溅，他又进入了水中。戈珍坐在那里，看着宽广、平静的水面如此的凝重和死气沉沉，心里感到不舒服，也感到害怕，她与脚下的平缓、无生气的水在一起感到很寂寞。这并不只是孤单，这是悬念的一种可怕的分离。她被高悬在阴恶的现实之上，直到在某个时间，她也沉入下面消失为止。

接着，她听到了人们激动人心的喊声，她就知道了他出了水爬到了船上。她坐在那里，想与他取得联系。隔着水面上巨大的空间，她尽力地要与他取得联系。但她的心里，却感到非常的孤独，她觉得她忍受不了，无论什么也穿透不了这包围着心的孤独。

"让游船驶进港里。把它留在那儿，没有任何用。把缆绳带来，拉走游船。"传来了决定性的命令声。这声音好像充斥着全世界。

游船渐渐地把水拨开了。

"杰拉德！杰拉德！"传来了温妮弗莱德疯狂的叫喊。杰拉德没有回答。游船慢慢笨拙地转了一圈，然后悄悄地靠了岸，在黑暗中消失了。轮机转动的声音也渐渐地小了下来。戈珍在她的小船里晃动起来，她下意识地把橹插入水中来使自己保持平衡。

"是戈珍吗？"传来了厄秀拉的声音。

"厄秀拉！"

姐妹二人的船在一起相遇了。

"杰拉德呢?"戈珍问。

"他又下水了。"厄秀拉抱怨着说,"我也知道他不应该下水,他的手伤得那么严重。"

"这次我要把他送回家了。"伯金说。

汽船驶过,掀起的波浪使小船又摆动起来。戈珍和厄秀拉一直想找到杰拉德。

"他在那儿呢!"厄秀拉叫道,她的眼睛最锐利。杰拉德并没有在水中呆多久。伯金把船向他划去,戈珍紧跟在后面。杰拉德慢慢游了过来,用他那受伤的手抓住了船,但是手滑了一下,人又掉进了水中。

"为什么你不去帮他?"厄秀拉严厉地叫道。

杰拉德又回来了,伯金俯下了身子帮助他上了船。戈珍又一次地看着他爬出了水面,但是这一次他爬得很慢、很沉重,像两栖动物那样笨拙地向岸上爬。温柔的月光轻轻地照在他那白皙湿淋淋的身体上,照在他那弯曲的背和圆形的腰臀上。但现在他的身体看上去是一副失败的惨样:爬上船后,他的身体就慢慢地、笨重地倒了下去。

他大口大口地喘着气,就像一头遭受苦难的动物。他全身无力地坐在船上,静静的,一动也不动,他的头僵硬地挺着,就像海豹的头,他的外表不像个人了,使人感到不可理解。戈珍情不自禁地双手战栗地划着船跟在他们那只船后面。伯金一直把船划到了码头,他一句话也没有说。

"现在你要往哪儿划?"杰拉德突然问道,好像他刚醒过来一样。

"回家,"伯金说。

"噢,不!"杰拉德专横地大叫道,"我们不能回家,水中还有人。回到水中,我要把他们都找回来。"女人都害怕了,他的声音太专横了,太令人生畏了,几乎是疯狂的声音,不允许有人进行反驳。

"不,"伯金说,"你不能去。"他的口气中有些强迫的意味。杰拉德沉默了,内心深处却在不断地斗争着。好像他要把伯金杀了才好。但伯金仍平静地划着船,没有回答,在伯金的内心深处肯定有自己的想法。

"为什么你要妨碍我?"杰拉德仇视地问道。

伯金没有回答,他朝着岸边划去。杰拉德静静地坐在船上,像一只不会说话的动物,气喘吁吁的,上下牙碰得响个不停,胳膊无法动弹,头像一只海豹的头一样僵直。

他们到达了码头。杰拉德向上走了几步,他全身都湿了,看上去像没有穿衣服。他父亲在夜幕中站在台阶上。

"爸爸!"他叫道。

"哦,我的孩子,怎么了?回家去把湿衣服脱掉。"

"我们救不了他们了。"杰拉德说。

"还有希望的,孩子。"

"我怕是不可能了,我们找不到他们在什么地方。你也不能找到他们。这里有一股水流,像地狱一样的冷。"

"我们要让水都流出去,"父亲说。"回家照看一下自己。卢伯特,你照料他一下。"他随随便便地说着。

"噢,爸爸,对不起,对不起。我想这都是我的错儿。但是无法挽回了,当时我已尽了最大的努力了。我可以继续下水去,当然——不会——不会有用的。"

他光着脚在木制地板上向前走了几步,他就踩到了尖东西上。

"当然会踩着尖东西了,你脚上什么也没穿。"伯金说。

"他的鞋在这儿!"戈珍在码头下面叫道,她飞快地把船向这边划来。

杰拉德在等着他人把鞋送给他。戈珍上来把鞋给了他,他接过穿上了。

"如果你死了的话,"他说,"死了就算了。为什么还要活过来?水下有的是空间,这个空间可以容下几千人呢。"

"两个人已经足够了。"她咕哝着说。

他把另一只鞋也穿上了。他全身猛烈地颤抖着,在说话的时候牙齿颤个不停。

"那是真的,"他说,"也许是这样的,但那里的房间出奇的大,是一个水下的大世界。那里像地狱一样寒冷,在那里你没有任何希望,好像你的头被人砍掉了。"他几乎不能再说下去了,因为他颤抖得太厉害了。"我们的家有个特点,这个你也知道,"他继续说道:"如果什么事出了错误,不可能再纠正过来了。我这一生中,一直在注意这一点——如果一件事出了错误,你不可能把它纠正过来。"

他们边走边说,穿过公路回家去了。

"你知道吗,当你到了水下,你会觉得那里非常的冷,真的冷到了极点,与水面上有很大的不同。你想想,我们为什么还活着,为什么我们在这儿。你要走吗?我送你一程吧,好吗?晚安,谢谢你,非常感谢你。"

两个姑娘又在那里等了一会儿,想看看是否还有希望。明亮的月亮挂在头顶,亮得使人感到奇怪,黑色的小船成群地聚集在水面上,水面上有各种的说话声和压低嗓门的叫喊声,但这些都没有任何意义。伯金一回来,戈珍就回家了。

伯金奉命去把水闸打开让湖中的水流出去。威利湖在大路不远的地方设了一个水闸，这样它就成了一个向远方矿区供水的水库，在急需的时候，它可以向那里供水。"跟我来，"他对厄秀拉说，"我把这项工作完成后，我会和你一起步行回家的。"

他到了管水员住的小屋里，取来了水闸的钥匙。他们通过路旁的一个小门到了水站的水头，这里有一个巨大的蓄水石坑，当湖中的水溢出来后，它可以把水存起来，还有一条石头台阶一直通到水底。水闸门就在石级的顶头。

夜色是银灰色的，如果没有焦急的叫喊声的话，这夜晚将是十分完美的。湖面上洒着银灰色的月光，小黑船在不停地移动着，不时地溅起水来。但厄秀拉的意识好像麻木了，在她看来，一切都不重要，都不真实。

伯金紧紧地抓住水闸的铁把手，使劲地转动起来。齿轮慢慢地转动了。他使劲地转着，就像是个奴隶在劳作，他白色的身影逐渐清晰起来。厄秀拉向一旁望去。看着他这样吃力地干这样笨重的活，像个奴隶一样一会儿弯腰一会儿直腰，转动铁把手，她有些受不了。

接着真正让她震惊的是，在黑暗中，从路旁那个堵满树木的洞口传来了水流的声音。起初还是哗哗的声音，随后这哗哗的流水声很快就变成震耳欲聋的怒吼，然后就只有了水柱降落下来的隆隆声，那些水柱重重地砸到地上。好像整个黑夜都被这巨大的水流充斥着，隆隆轰鸣着，一切都被淹没、消失了。厄秀拉好像在为自己的生命而挣扎。她用双手捂住耳朵，眼睛看着高高的天空中的弯月。

"现在我们还不走吗？"她对伯金大喊道，伯金正站在台阶上，看水位是否能够降得更低些。好像眼前的一切使他入了迷。他看着她点点头。

那些小黑船都来到了附近，人们在大路上都好奇地围挤在篱笆墙前，看看到底能够看到些什么。伯金和厄秀拉带着钥匙走进了小屋，然后不再看湖水了。厄秀拉匆匆地走着，听到水流下落时发出的可怕的轰鸣声，她有些受不了。

"你认为他们死了吗？"为了让他听到她的话，她高声地喊道。

"是的。"他回答道。

"这不是太可怕了吗！"

他并没有留意她的话。他们上到了山上，离这嘈杂的声音越来越远了。

"你很害怕吗？"她问他。

"我不怕死人，"他说，"死了就死了吧。最坏的是，他们总是缠着活人，不让他们走！"

她考虑了一会儿。

"对,"他说,"死其实并没有什么,对吗?"

"是的,"他说,"迪安娜·克里奇不论生死都没有什么关系?"

"真的如此?"她惊讶地说。

"是的,为什么她的生死非要有些影响呢?她最好是死,那样会更真实些。如果她死了,她则是个实实在在的人,如果她活着,她是个没用的东西。"

"你也太可怕了。"厄秀拉咕哝着说。

"不!我真的希望迪安娜·克里奇死。不知怎地,她活着就是一个错误。至于那年轻人,可怜的家伙,他会很快死去的,而不是慢慢地死去。死了很好,没有比死更好的东西了。"

"但你却不想死呀。"她反驳道。

他沉默了一会儿,接着他又说话了,声音显得很可怕。

"我愿意经历这个过程,我愿意经历这个死亡的过程。"

"真的吗?"厄秀拉焦急地问道。

他们静静地在树下走了一段路程,然后他又慢慢地说,好像他有些害怕。

"有一种生是属于死的,但也有一种生是不属于死的。人们对那种属于死的生——我们这样的生——已经厌烦了。但这种生是否该完结,只有天知道。我想要一种爱,它像睡眠,像再次出生,像一个才出生的婴儿。"

厄秀拉听着,她注意力的一半在专注地听着,而另一半在想着如何逃避他所说的话。好像她刚抓到他话中的一点线索,她又立刻把它放弃了。她想听他的话,但又不想被牵连进去。他想让她屈服,而她却很不情愿,不愿接受这种身份。

"为什么爱要像睡眠一样呢?"她伤心地问。

"我不知道。像睡眠一样的爱就像死了一样——我真想在这种生活中死去——这样的话就比生活更丰富了,这样一个人就像一个赤裸的婴儿被接生出母腹,原有的保护和原来的身躯都消失了,新的空气围绕在他的周围,这样的空气是他以前所没有呼吸过的。"

她听着,想知道他究竟在说些什么。她知道,他也知道,语言本身并不能传达意思,它们只是我们做出的手势而已,就像哑剧中的一样。她好像要以自己的血液来领会他的手势,她向后退去,虽然她有扑向前面的欲望。

"但是,"她严厉地说,"你不是说你想要一些不是爱的东西——那些超越了爱的东西吗?"

他迷惑起来。说话的时候经常感到有些迷惑,但是必须要说。不管一个人走在哪条路上,如果想前进,他必须向前冲,冲出一条路来。至于理解、发表议论就像要在监狱的大墙上冲出一条路来,就像一个婴儿出生的时候,要冲出母腹一样。如果我们不去打破旧的身体躯壳,不刻意通过追求知识和努力奋斗走出去,现在就不会有什么新的运动。

"我不想要爱,"他说,"我也不想了解你。我想从我自身中走出去,而你也要失去你自己,我们的不同之处就在于此。当一个人很累很可怜的时候,就不要说话。一个人学哈姆雷特,看起来是一个谎话。只有当我向你表现出一点健康的骄傲和漫不经心的时候,你再相信我,我很讨厌我自己严肃的样子。"

"为什么你不放下你严肃的样子呢?"她问。

他考虑了大约一分钟,然后不高兴地说道:

"我不知道。"然后他默默向前走着,他们的话又矛盾了。他感到迷茫和失望。

"这不是很奇怪吗,"她说着突然间怀着一种爱的冲动把手放到他的胳膊上,"为什么我们总是这样交谈呢!我想我们在某种程度上一定在互相爱着。"

"噢,对,"他说,"爱得很深。"

她笑了,几乎是高兴地笑了。

"你一定要以自己的方式去获得爱,对不对?"她打趣说,"你是不会不加考虑就去接受他人的爱的。"

他脸色变了,温和地笑了起来,在路当中他转过身来抱住了她。

"是的。"他温柔地回答道。

他慢慢地、温柔地亲着他的脸和眉毛,他流露出一种微妙的幸福感,这使她大为震惊,不知如何反应为好了。这种吻是温柔和盲目的,很美妙的。不过她却躲着他的吻。这吻像一些奇妙的蛀虫,非常温柔地、轻轻地落在她的脸上,在她灵魂的黑暗深处,她承受了它们。她感到不安了,开始躲避了。

"是不是有人来了?"她说。

说完这话,他们都朝黑暗的道路看了过去,接着转身走向贝多弗。突然间,她为了向他表明她不是浅薄的、假装正经的女人,她停了下来,把他紧紧地抱住,狠狠地、充满激情地在他脸上亲了许多下。他忘了那个全新的我,热血从心里猛烈地向外冲着。

"不是这样,不是这样。"他轻声地对自己说。在她把他拉过去的时候,他的四肢立刻充满了激情,他的脸全红了,然后他舒服地进入了一种温柔与睡眠的状态。他变成了对她充满了激情的一团热烈的火焰。但也有另一个不屈、愤怒的东西存在于这烈火之中。现在，这东西也消失了，他需要的只是她，这极端的欲望无法躲避、不容怀疑，就像死亡一样。

他得到了满足但也被粉碎了，他得到了充实但也被毁灭了，他离开了她，走在回家的路上，黑夜中他模糊地向前走着，好像又投入了激情的火焰之中。远方，在远远的地方，好像有一点点的悲愁之情出现在黑暗中。但这又有什么呢？除了非常高贵，胜利一样的肉体激情外——它像燃烧着的生活新咒语——其它的一切都不重要了。"我现在已经变成死了的活人，只是会说话而已。"他非常小看他的另一个自我，但他的另一个自我却在远方盘旋着。

他回来时，人们仍在忙着排水。他站在岸上，听到杰拉德的说话声。水声仍在黑夜里隆隆地吼叫着，月亮看上去很白皙，山脉不可捉摸。湖水正在变浅，站在岸上，能闻到晚上的空气中有湖水阴冷的气息。

在肖特兰兹，窗户中透着灯光，好像人们都没有睡觉。那个老医生站在码头上，他就是那个失踪的青年人的父亲，他静静地站着，在那里等着。伯金也站在那里看着，杰拉德把一条船划了过来。

"你还在这儿，卢伯特？"他说，"我们不能捞起他们了，你知道，湖底的斜坡非常陡，大量的水存在于这两个很陡的斜坡之间，这里还有些小水沟，天知道他们漂到哪儿去了，这和平底湖大不一样。在湖水往外排的时候，你也不知道你在哪儿。"

"你在这里干活是不是已经没有必要了？"伯金说。"如果你去睡觉的话，这不是更好一些吗？"

"去睡觉？天啊，天啊，你觉得我应该去睡觉吗？在我离开这儿以前，我一定要找到他们。"

"但是你不在这儿的时候，人们也一样能找到他们，为什么你坚持要在这儿呢？"

杰拉德看了看他，然后把他的手挚热地放到了伯金的肩膀，说：

"请不要关心我，卢伯特。如果我们需要考虑什么人的健康，那就是你的健康，而不是我的。你现在感觉好吗？"

"很好，但是你，你要把你自己的身体搞垮——你在浪费你的身体。"

杰拉德沉默了一会儿，接着说道：

"浪费我的身体？现在我还有其它的做法吗？"

"把这事留给别人做吧，可以吗？你强迫自己干恐怖的事，把一些残酷的记忆植入自己的脑海中。现在走吧。"

"残酷的记忆！"杰拉德重复道。然后又充满感情地把手放在伯金的肩膀上说，"天啊，你说出这些话的时候，你的说话方式也太生动了，卢伯特，你真是的。"

伯金的心沉了下去。听到别人说他说话生动他会感到生气和厌倦。

"离开这儿？到我的住处去吧，好吗？"他催促他就像一个人在催促着醉汉。

"不，"杰拉德搂着伯金的肩哄着说。"非常感谢你，卢伯特。明天我会很高兴地去的，如果那样方便的话。你知道的，是吗？我想一直看着这事，直到它结束。但我明天会去的，一定会去的。哦，与做其它的事相比，我更喜欢到那里和你聊聊天了，我是坚信这一点的。是的，我一定会去的。对我来说你意味着很多，卢伯特，比你知道的还要多。"

"对你来说我意味着什么，并且比我所知道的还要多？"伯金生气地问道。他已经清楚地感觉到了杰拉德的手放在他的肩上，但他不想有这样的一场争论。他想让那个人走出痛苦的状态。

"我下次再告诉你。"杰拉德骗他道。

"跟我来吧，我想让你来。"伯金说。

他们都沉默了，紧张但又真实的寂静。伯金不知道为什么自己的心跳得这么厉害。杰拉德的手紧紧抓住伯金的肩，并深陷进去，他说：

"不，从头到尾我都要负责这事，卢伯特。谢谢你，我知道你的意思。我们都很好，这你是知道的，你和我都很好。"

"也许我很好，但我肯定你不好，在这儿乱说一通你一定是不舒服了。"伯金说，然后他就离开了。

直到黎明时分，人们才找到死者的尸体。迪安娜用双臂紧紧地抱着那年轻人的脖子，那个年轻人是被憋死的。

"她把他给杀死了。"杰拉德说。

月亮斜落下去，最终消失了。湖面只有原来的四分之一了，可怕的阴凉的泥岸露了出来，到处弥漫着腐水的气味。黎明的晨曦微微地在东边的山后露了出来。湖水仍旧轰鸣着从水闸中泻落。

当鸟儿在早上发出第一声歌声，荒凉的湖岸上的山峦仍矗立在薄雾之中的时候，一队散乱的人群走向肖特兰兹。男人们用担架把死者的尸体抬走，杰拉德跟在这些男人的身旁，两个胡子花白的父亲静静地在后面走着。在家里，人们都在那里坐着，等待着。母亲坐在自己屋里，自然会有人告诉她。那位医生还悄悄地希望他的儿子回来，直到他用尽了力量。

星期天的早晨，偏远的矿区一片可怕的安宁。煤矿的人们好像都觉得这不幸是直接地降落在自己的头上，事实上，就是他们自己的人丢了性命，他们也不会比这更震惊，更害怕。这样一件悲惨的事儿发生在肖特兰兹，发生在这个地区的大户人家里！他家的一位小姐，一个非常任性的小姐，坚持在游船的屋顶上跳舞，和那个年轻医生一起在喜庆的日子里被溺死了！星期天的早上，矿区的任何地方，矿工们都想了解这件事，都在讨论着这件事。

星期天，人们吃饭的时候，桌上好像就有一个奇怪的东西在那里，好像死亡的天使就在非常近的地方，在空中有一种超自然的感觉。男人们的脸上露出震惊、激动的神情，女人们看上去都很庄重，一些人还哭了起来。起初，小孩子们还喜欢这种惊恐的场面，在空气中有一种紧张的感觉，几乎带了些魔力。人们都喜欢这种感觉吗？都喜欢这种刺激吗？

戈珍充分地发挥想象力来安慰杰拉德。她一直在想着用来安慰他的最好的话，使他轻松下来。她感到震惊和害怕，但她把这抛到了一边，总是想着怎样才能在杰拉德面前表现得更好，来演好自己的角色。这是真正使人感到害怕的事——她怎样才能扮演好自己的角色。

厄秀拉深深地充满激情地爱上了伯金，但她又无能为力。关于人们对那个事故的谈论，她非常冷漠地去对待，她那冷漠的态度使人看了不舒服。她几乎无论什么时候都是一个人在那里坐着，迫切地想再次见到伯金。她希望他能来到家里，除此之外她没有其它的打算，他必须立刻就来。她一直在等着他，一天到晚在家里不停地转来转去，盼望着他来敲门。每一分钟，她都要不由自主地向窗户扫一眼。他一定会在那儿出现的。

第十五章 星期天晚上

随着日子一天天地过去，看上去厄秀拉不再那么有生气了，各种失落聚集在她心中，使她感到非常的失望。她的激情好像是由于出血而死了，这里什么也没有了。她陷入了完全的空虚之中，比死还要难以忍受。

"除非发生其它的什么事，"她怀着结束痛苦的想法对自己说道，"我要死了，我的生命走到了尽头。"

她坐在一片黑暗之中，好像就在死亡边缘。她明白了自己的一生是怎样越来越近地驶向这个死亡的边缘，这里没有彼岸，在这里，你必须像萨福一样跳进未知的世界。对死亡的即将到来的感觉就像中了麻醉药。黑暗中，什么也不用思考，她知道她离死亡越来越近了。

她一生中一直在沿着自我完善的路旅行，这段路就快完了。她知道了她必须知道的东西，经历了她必须经历的东西，她在痛苦中变得成熟了，变得完善了，其它的事都是从树上向死亡的境界落下来的事。一个人一直到死才能使自己得以完善，为了完美完善自我，一定得去冒险。而下一步就是穿越死亡的边界，到达死亡的境界。人生就是这样的！在了解了这一切后，她也就平静了。

终究，当一个人得到完善的时候，最幸福的事就是进入死亡的领域，就像一颗苦果在熟透后落到了地上。死亡是非常完美的事情，是一种完美的经历。它是生的一种发展。这是在我们活着的时候就知道的。那么还有什么需要我们更进一步地进行思考呢？这种完美是无法超越的。死是一种伟大的、最终的体验，这已经够了。为什么我们还要问在这种体验之后还有什么会出现呢，当这种体验对我们来说仍是未知的时候？

让我们去死吧，既然这种伟大的体验很快就要到来，那么，在我们的前面就是下一个更大的危机。如果我们等待，如果阻碍这个问题的发展，那我们只是在死亡的门前闲荡着，表现出了不严肃的不安。但在我们面前，就像在萨福面前一样，这里有无限的空间。我们的旅程最终是要到达那里。难道我们没有勇气继续我们的旅程了吗，难道我们必须大喊一声

"我不敢"吗？我们还要一直向前，向死迈进，而不管死亡将是怎样的。如果一个人知道下一步怎样去走，为什么他还要怕下一步呢？为什么还要问下一步呢？下下一步我们已经确定。它就是迈向死亡的一步。

"我要死，我要很快地死去。"厄秀拉自己对自己说道，她好像有点发疯了，那副镇定明白的样子是一般人无法比拟的。但在这背后，在暮色的笼罩下，她的心痛苦地哭泣着，感到很失望。一定不要注意它，一个人必须追随着坚定的精神，我们绝对不能因为害怕而回避这个问题。我们不要回避这个问题，不要听那些不重要的语言。如果现在人的最大意愿是走向死亡的未知境地，那么一个人会因为浅薄的想法而丧失最深刻的真理吗？

"让它结束吧，"她对自己说道，这是一个决心。这不是一个断送自己的生命的问题——她不会自杀，那太令人厌恶了，也太残暴了。它是一个了解下一步的问题。而下一步是进入死亡的空间。是吗？或许在那儿——？"

她无意识地胡乱想着，她坐在那里，好像在火炉边入睡了。接着那个想法又回来了。死亡的空间！她要使自己进入死亡的空间吗？啊，是呀，它是一种睡眠。她坚持了这么久，活得这么久，她已经受够了。现在是放弃的时候了，她不想再抵抗了。

一阵精神恍惚中，她垮掉了，屈服了，感到眼前全是黑暗。她在黑暗中能够感觉到她那肉体可怕地发出宣言。那是存在于身体内的言语所不能表达的死亡的苦恼，这是一种极端的愤怒和厌恶。

"难道肉体能如此迅速地对精神做出反应吗？"她问自己道。她知道，凭她最大限度的知识，她知道肉体仅仅是精神的一种表现，完整的精神改变也会使肉体上发生改变，除非我坚定我的意志，除非我不受生活规律的约束，把自己固定下来，静止不动，与外界生活切断联系，溶于我的意志中。但与这不断重复地机械地过的生活相比，死是更美好的。去死就是与那些看不见的东西同行。

去死也是一件高兴的事，高兴地去服从那比已知更伟大的事物，也就是说服从那纯粹的未知世界。那是一件高兴的事。但机械地活着，与外界生活切断联系，只在自己的意志中生活，只作为一个与未知世界没有联系的实体而生活，那是不体面的，是可耻的。死没有什么可耻。最可鄙的生活存在于空虚的呆板生活中。真的，生活会变得很可耻，很卑鄙。但死从来不会是可耻的事。死亡，它自己就像无边无际的空间，是我们无法去玷污的。

明天是星期一。星期一，是另一个教学周的开端！在另一个无耻、空洞的教学周里，仅仅是例行公事和呆板的活动。难道冒险去死不是非常的好吗？难道死不比这样的生更可爱、更高尚吗？一种空洞的例行公事的生，没有内在意义，没有任何真正的意义。这样的生是多么的肮脏呀，现在活着对灵魂来说是一个多么可怕的耻辱啊！死是多么干净和威严啊！

一个人是再也无法忍受这种肮脏的例行公事和机械地生活给人带来的耻辱了。一个人的死有可能结出果实来。她已经受够了。到哪儿去寻找生活呢？花儿不会开放在繁忙的机器上，这里没有天地去例行公事的，这里没有空间来进行这种旋转的运动。所有的生活都是旋转的机械运动，与现实切断了联系。

我们不能从生活中寻找出什么——对所有的国家对所有的人都是这样的。唯一逃脱的窗口就是死。人可以高兴地面对死亡的无限黑暗的天空，就像一个孩子向教室窗户外面看一样，在外面他看到了完美的自由。既然一个人不再是孩子了，他就知道灵魂是肮脏的生活大厦中的囚徒，在这里无法逃脱，只有等死。

但又多么的高兴啊！想想，人类无论做什么，都不可能控制死亡的王国，取消这个王国，这是多么的令人高兴啊！人类把大海变成了杀人的峡谷和肮脏的商业之路，他们就像争夺一个城市里的每一寸肮脏的土地一样不停地进行争议。他们还声称，要把空气分割，包装起来让某些人拥有，因此他们进入空中，进行战斗。没有了一切，一切都被围进了高墙里，还有大量的铁钉在墙顶上，而人必须毫无尊严地在这满是铁钉的墙上爬行，好像在迷宫中生活一样。

但是人类却非要去嘲笑那些无边无际的黑暗的死亡王国。在世上他们要做很多的事，他们是各种各样的小神仙。但死亡的王国却蔑视他们的一切，在死亡面前人们都变得多么庸俗和愚蠢。

死是那么美丽、庄重和完美啊！渴望去死是多么美好啊！在那儿一个人可以洗去他所有的谎言，耻辱和污垢，死就是去进行一次完美的沐浴和清凉剂，使人对一切不知道、对一切不怀疑、一点也不谦卑。最终，一个人获得了完美的死的诺言后才变得富有。它是至高无上的欢乐，人们都一直盼望着得到它，这是纯粹的超人的死，是创造另一个自我的死。

生活无论是什么样的，它不可能离开死亡，它是人间超验的死亡。哦，我们不要问它是什么或它不是什么这样的问题。了解欲是人类的天性，但对于死亡我们什么也不知道，我们不是人类了。死所带来的快乐，补偿了知识的痛苦以及我们人类的肮脏。在死亡中我们不再是人，我们也不再知道什么。死亡的许诺是我们的传统，我们像继承人一样盼望着它们。

厄秀拉孤独地坐在客厅里的火炉旁，静静的、脑海中没有了一切。孩子们正在厨房里玩耍,其他的人都到教堂里了,而她则去了她灵魂的最黑暗的地方。

听到了门铃声,她吃了一惊,隔着很远孩子们匆匆忙忙地跑过来叫道:

"厄秀拉,有人来了。"

"知道了,不要那样的愚蠢。"她回答道。她感到很吃惊,几乎感到害怕。她几乎不敢向门口走去。

伯金站在门口,雨衣的领子向上翻着盖在耳朵上。现在他来了,在她远离现实的时候。她看到了在他的身后是下着雨的黑夜。

"噢,是你吗?"她说。

"看到你在家,我很高兴。"他走进了房间,轻轻地说。

"他们都到教堂去了。"

他把雨衣脱下来挂了起来。孩子们躲在角落偷偷看着他。

"现在脱衣服睡觉去,比利,朵拉,"厄秀拉说,"妈妈很快就会回来的,如果你们没有睡觉她会失望的。"

孩子们立刻像天使一样,没有说一句话就退了下去。伯金和厄秀拉走进了客厅。

火越来越小了。他看着她,看到她的美丽和她大大的闪着光芒的眼睛,他感到惊叹不已。他与她之间隔了一段距离,看着她,心里非常的惊叹,在灯光下好像她已经不再是原来的她了。

"整整一天里你都做了些什么?"他问她。

"只是坐在这里。"她说。

他看着她。她有了一些变化。她与他分离开来。她一个人坐着,显得光彩照人。他们都静静地坐在柔和的灯光下。他觉得他应该再次离开,他不应该来到这里。但他不能下定决心离开。他在这儿是多余的,她的心不会放在他身上。

屋里两个孩子羞涩的叫声又传了出来,那声音很温柔,好像有些胆怯。

"厄秀拉!厄秀拉!"

她起身把门打开。那两个孩子站在门口,身上穿着睡衣,他们的眼睛睁得大大的,脸上露出天使般的表情。这时他们表现很好,像两个非常听话的孩子。

"你把我们领到床上好吗?"比利大声咕哝了一句。

"为什么,你们今天是个天使。"她轻轻地说,"你不过来向伯金先生道声晚安吗?"

两个孩子都光着脚,羞怯地慢慢地移到了屋里来。比利宽大的脸上闪着笑容,但他那圆圆的蓝眼睛仍带着严肃的神情。朵拉的眼睛在刘海后面偷看他,并在躲闪着,好像没有灵魂的小小的森林女神。

"向我说晚安好吗?"伯金问道,声音非常的温柔和顺耳。朵拉立刻就走了,像一片被风吹走的树叶。不过比利慢慢地走上前来,小嘴紧闭着,凑了上来,很显然是想让人吻他一下。厄秀拉看着这个男人的嘴唇非常温柔地亲了一下小男孩儿的嘴巴。接着他又抬起手抚摸着那孩子的圆圆的、露着信任表情的小脸儿,这抚摸中充满了爱。没有人说话。比利看上去像一个天真无邪的天使,或者说像个小侍僧。伯金则是个高大严肃的天使向下看着孩子。

"你想让人亲你一下吗?"厄秀拉脱口而出,对女孩儿说道。但朵拉仍像那小小的森林女神一样躲到了一边,让人无法碰到她。

"你不想向伯金先生说声晚安吗?去吧,他等着你呢。"厄秀拉说,不过那女孩儿只是一个劲儿躲他。

"朵拉真傻!朵拉真傻!"厄秀拉说。

伯金觉得这孩子对他有点不信任,甚至对他有点对抗。这使他不理解。

"过来吧,"厄秀拉说,"在妈妈还没回来的时候我们走吧。"

"谁来听我们的祈祷呢?"比利不安地问道。

"你喜欢谁来听?"

"你不愿意吗?"

"不,我愿意。"

"厄秀拉?"

"什么事,比利?"

"你喜欢用 Whom 这个字?"

"你说的对。"

"那么,'Whom'是什么?"

"它是'who'的宾格。"

孩子不再说话了,思考了一会儿,接着他们表示了对她的信任。

"真的吗?"

伯金坐在火炉旁自己笑了起来。当厄秀拉下来的时候,他的胳膊放在膝盖上静静地坐着。她看着他,他一动也不动,像个蹲伏着的天使,也像死亡宗教中的偶像。他上下看了她一番,他的脸色苍白并且充满着幻影,好像在闪烁着微弱的磷光。

"你不舒服吗?"她问,心中有种无法表达的厌恶。

"对此我没有考虑过。"

"难道你不想就不知道吗？"

他看着她，他的目光又黑又锐利，他感觉到了她的不舒服。他没有对她的问题做出回答。

"如果你不想的话，你就不知道自己是舒服还是不舒服？"她一直追问。

"并不总是这样的。"他冷冷地说。

"但你不认为那样太恶毒了吗？"

"恶毒？"

"对。我认为，你毫不关心自己的身体，当它生病的时候你居然不知道，这样就是在犯罪。"

他的脸色暗了下来，看着她。

"对。"他说。

"当你不舒服的时候，为什么你不睡觉？你的脸色很苍白。"

"很让人讨厌吗？"他嘲弄地问道。

"对，很让人讨厌，十分的让人讨厌。"

"啊，那样的话也太不幸了。"

"现在下雨了，这是一个很令人害怕的夜晚。真的，你不该这样对待自己的身体——你会遭受痛苦的，如果你继续这样不注意身体的话。"

"这样不关心自己的身体，"他机械地重复道。

她不再说话了，他们都沉默了下来。

其他的人从教堂里回来了，姑娘们先回来了，接着是母亲和戈珍，再接着是父亲和一个男孩儿。

"晚上好，"布朗温说，显得有些吃惊，"来看我的，是吗？"

"不，"伯金说，"我不是为某些特殊的事而来的。天气很糟糕，我想我来拜访，你不介意吧？"

"这天儿也太阴沉了，"布朗温太太同情地说。这时从楼上传来了孩子的声音："妈妈！妈妈！"她抬起头向远处温和地回答道："我很快就会上去的。"接着又对伯金说道："我想肖特兰兹那儿没有什么新鲜事吧？唉，"她叹一口气说，"不会再出现的，可怜的东西，我想是不会再出现的。"

"我想你今天一天都在那儿，对吧？"父亲问。

"杰拉德过来和我一起吃茶，然后我和他一起步行回到了肖特兰兹。我觉得他们的家人非常的哀伤，情绪也不健康。"

"我想他们家的人都缺少克制。"戈珍说。

"太不能克制自己。"伯金说。

"是的，我敢确信，"戈珍说，她带有报复的情绪，"有一两个人总是这样的。"

"他们都感到他们应该表现得有些不自然，"伯金说，"当人们痛苦的时候，他们最好盖住脸向后退，就像古代的人一样。"

"当然了!"戈珍发怒了，脸变红了，"有什么比公开痛苦更坏——那是更可怕、更虚假的!如果痛苦不是个人的事，也不应该隐藏起来，那它是什么?"

"说得很准确，"伯金说。"我在那儿看到他们故意装出一副悲伤的样子我就觉得惭愧，他们非要那么做作和与众不同。"

"可是——"布朗温太太不同意这样的批评，"忍受那样的苦恼可不是件容易事。"

然后她上楼到孩子那儿去了。

伯金又在这儿留了几分钟，然后走了。当他走了之后，厄秀拉感到对他有很大的仇恨，她的大脑好像就是由仇恨结晶而成的，她的整个身心好像由于恨也变得锋利了，变得紧张了。她无法思考这是怎么回事。只是这种最深刻的仇恨抓住了她，最大的仇恨，最深的仇恨，无法想象的仇恨。她一点也不能考虑这是什么，她不能控制住自己了。

她觉得别的什么控制住了自己。一连几天，她都被这种对他仇恨的力量控制着，它超越了她以前所知道的任何东西，好像它要把她扔出世界，把她投入很可怕的地方，在那儿她以前的自我没有任何作用了。她非常的迷惘、惊恐，现实生活中的她真的死了。

这太令人费解，也很没有理性。她不知道她为什么要恨他，她的恨很抽象。一个猛烈的打击使她清醒过来，明白了她那纯粹的仇恨战胜了她惊恐的意识。他是敌人，像钻石一样宝贵，像珠宝一样坚硬，是所有敌意凝聚的精华。

她想起了他的脸，苍白而纯洁，他的黑眼睛里有一种黑黑的坚定的意志。她触摸了一下她自己的前额，感觉一下她是否是疯了，她在那仇恨的白色火焰中变形了。

她的仇恨并非暂时的东西，她并不是为这事或那事而去恨他；她不想对他做些什么，也不想与他有什么联系。她与他之间的关系结束了，是语言所绝对不能表达的，那仇恨太纯洁了，像一块宝玉。好像他是一束精炼的敌对的光芒，这束光芒不仅仅是要毁掉她，而且还要完全地否定她，把她的整个世界取消。

她把他看成是一个极端矛盾的人，一个奇怪的像宝玉一样的人，这种人的存在也就决定了她的死亡。当她听说他又生病了时,如果有可能的话,她的仇恨就会再增加一些。这仇恨使她感到惊恐,也消灭了她,但她不能摆脱它,不能摆脱这变形的控制着自己的仇恨。

第十六章 男人之间

他卧病在床,不能运动,对一切都有敌意。他知道包含着他生命的空壳很快就要破碎了。他也知道它有多么坚固,多么耐用。他并不在意这些。他情愿死上一千次,而不愿接受这样的生活。但最好还是要坚持、坚持、再坚持,直到他对自己的生活感到满意。

他知道厄秀拉又想起他了,他知道自己的生命靠着她而得以休息。但他情愿死而不愿去接受她所提供的爱。过去的相爱方式好像就是致命的束缚,是一种征召。他心里想着什么他自己也不知道,但一想到爱,结婚,和小孩,以及在一起生活的旧的家庭生活方式,在夫妻关系中得到满足,他就感到很厌恶。他想过一种更为清静、更加开放和冷静的生活,就像现在的关系一样。

丈夫和妻子之间的亲昵是令人厌恶的。那些结了婚的人,他们关上门来过日子,也把自己关进了相互间排外的同盟中,即使他们是相爱的,不过这也使他感到厌恶。那些在整体社会中互不信任的人结成夫妻,又把自己关进了私人住宅或私人房间里,他们总是成双成对的,没有更进步一些的生活,没有人承认那些直接而又无私的关系:各种各样的夫妻,虽然是夫妻,但他们的心仍不是联在一起的,他们是分离着的,没有任何的意义。

当然,他更仇恨杂居,私通是结为夫妻的另一种方式,是对法律婚姻的挑战。挑战比行动更令人讨厌。

总之,他讨厌性,这是一种局限性。是性把夫妻双方中的男人变成了一方,把女人变成另一方。他总是想自己是独立的,女人也是独立的。他想让性回归到另一种欲望的水平上,把它认为是一种官能的作用,而不是一种满足。他相信男性和女性之间的结合,但除此之外,他想有一种更深一层的结合,在这种结合中,不论男人和女人都有自己的存在,他们是两个纯粹的存在,一方给另一方以自由,相互之间平衡,就像一种权力两极之间的平衡,像两个天使或两个魔鬼。

他非常的渴望自由，不想在某种统一需要的强迫之下，不想被无法满足的欲望折磨。这些愿望和欲望应该在没有任何折磨的情况下实现，就像在一个水很丰富的世界上，焦渴现象是不必考虑的一样，总是不知不觉地得到了满足。他希望和厄秀拉在一起的时候，像只有他一个人的时候那么自由，那么单纯、清楚和冷静，同时两人之间又保持平衡、相互有些制约。糊里糊涂、浑浑浊浊的爱对他来说真是可怕到了极点。

但对他来说，女人一直是很可怕的，她很想控制人，女人有一种很强的控制欲，也很骄傲自大。她想占有，能够控制，还要占支配地位，一切的一切都要归还给她，归还到女人身上——一切的伟大母亲，创造了一切，一切到了最后都又归还到了她们身上。

女人们自认为是圣母，把一切都看成是自己的，因为她们给了所有人以生命，这种自认为了不起的态度几乎令他发疯。男人属于女人，因为她把他生了出来。她是悲哀的圣母玛丽亚，这个伟大的母亲，把他生了出来，现在又要把他占有，不论是在肉体上，还是在性上，还是在意识上，她统统要把他占有。他很怕伟大的母性，她太可恶了。

她又非常的骄傲自大，她自以为是伟大的母亲。赫麦妮早就让他领教过这一点了。赫麦妮外表上很谦卑、温柔，但实际上她是一个悲伤的圣母玛丽亚，她以恐怖、阴险的傲慢和女性的霸道要把那些她在痛苦中生下的男人夺回去。她就是以这种痛楚与谦卑束缚住了自己的儿子，她永远束缚了他，使他成为囚徒。

至于厄秀拉，她也同样如此。在生活中她是可怕的傲慢的女王，好像她是蜂王，所有其它的蜂都必须依靠她。他看到了她眼中有黄色的火焰在闪烁，他就明白了令人无法想象的、夸大了的、自以为是的优越感存在于她的心中。她自己并没意识到的这一点，好像她总是准备着在男人面前把头低到地上，当然只是在她确信自己崇拜自己的男人就像一个女人崇拜她自己的孩子一样，在她彻底占有这个男人之后她才会这样。

这是无法忍受的，在女人的手中控制着。一个男人总是被认为是从女人身上脱离的碎片，性就是这伤口上仍在发痛的伤疤。男人在获得任何真正的地位或者是获得完整的自我之前，必须先得依附于一个女人。

为什么，为什么我们认为我们自己——男人和女人是从一个整体上落下来的碎片呢？这不是事实，我们不是从一个整体上落下来的碎片。不如说我们是要脱离那些混合体，成为一个纯净的、干净的人。我们最好说性是一种天性，这种天性仍保留在我们混合体中，尚未与之混合。人们要从混合体中进一步分离出来，需要的是激情，男人有男人的激情，女人有女人的激情，这种情况在以后会有所改变，这两者像天使一样纯洁、完美无缺，在最高的层次上超越混合的性的时候，两个以前没有任何联系的男女才会像群星一样形成星座。

始初前，在还没有性的说法的时候，我们混合在一起，每一个人都是一个混合体。分解成个体的过程就是导致性极化的过程。女性向一极走去，男性向另一极走去。但这种分离不是很完美的。世界的周期就是这样的。现在我们处于新的时期，我们中的每一个人，在与他人的不同中得已达到完美。男人就是完完全全的男人，女人就是完完全全的女人，他们都彻底极化了。

那种恐怖的、掺和着自我克制的爱再也不存在了。这里只有这完全的极化的二元性，每一个人都不会受另一个人的感染。对每一个人来说，个性是最主要的，性是次要的，但它们又是完全相互制约的。每个人都是个体，都是独立的存在，都拥有自身的规律。男人有他纯粹的自由，女人也有她自己纯粹的自由。每个人都承认极化的性循环路线的完美，每个人都承认与对方有不同的本性。

这是伯金生病时做的思考。他有时喜欢让自己病得很厉害，卧床不起，因为那样他的身体才能很快地变好，在他的眼里，事情变得更清楚、更确切了。

伯金躺在床上的时候，杰拉德来看他了，这两个男人心中都对对方深深地有一种不安的感情。杰拉德的目光是锐利的，不过很不安宁，他显得既紧张又毫无耐心，好像他是在紧张地等待着要去做某些事。根据惯例，他穿上了黑色的衣服，看上去很一本正经、英俊又与当时的情况相符。他头发的颜色很淡，几乎就是白色的了，他的头发不停地闪烁着，像一道道的电光。他的脸色红润，表情机智，他的身子好像充满了北方人的活力。

虽然杰拉德从来就不十分信任伯金，但事实上他是很喜欢他的。伯金这人太不真实了——聪明，古怪，奇妙但不够现实。杰拉德认为他自己的理解力比伯金的更合理、更安全。伯金是个令人愉快、很令人惊奇的人，但毕竟，他并非是非常的重要，还算不上一个活在众人之上的人。

"为什么你又躺到床上了？"杰拉德拿起病人的手友好地问道。在他们两个之间杰拉德总是个给予保护的人，总是用自己的体魄对伯金提供温暖的庇护所。

"这是因为我的罪过，我认为是这样的。"伯金说，他自嘲地微笑着。

"因为你的罪过？是的，也许是这样的。你应该少犯些罪过，这样就健康多了。"

"你最好教教我。"

他讽刺的目光看着杰拉德。

"你一切都顺利吗?"伯金问。

"你是问我吗?"杰拉德看看伯金,发现他很严肃,于是从自己眼睛里射出的目光也变得热情起来。

"我不知道它们有什么不同,我不明白它们怎样能有所不同。这里没有什么可以改变的。"

"我想你的事业处理得永远都很顺利,但你没有注意精神上的需要。"

"你说的对,"杰拉德说,"至少对于我的事业来说是这样的。关于精神我什么也不能说,这一点我是敢确信的。"

"对。"

"你确信你不想让我谈些什么吗?"杰拉德笑着说。

"不。我们不谈你的事业,谈谈你其他的事发展的怎么样?"

"其他的事?那些是什么事?我说不出来,我不知道你指的是什么。"

"不,你一定知道,"伯金说,"你过得沮丧还是很快乐?戈珍·布朗温过得好吗?"

"她过得好吗?"杰拉德迷惑不解地说道,"哦,"他又继续说,"我不知道。我所能告诉你的只是这个,上次见到她时,她照我脸上打了一巴掌。"

"在脸上打了一巴掌!为什么?"

"我也不能给你说出来。"

"真的?但是那是在什么时候?"

"就是聚会的那天晚上——迪安娜溺死的那天晚上。戈珍赶着山上的牛,而我在她后面跟着她——你想想吧。"

"是的,我想起来了。但她为什么要那样做呢?我想你并没有明确地要求她来打你吧?"

"我?不,我说不清楚。我只是对她说,追赶那些高原公牛是很危险的——这是真的嘛。她突然脸色就变了,说:'我想你是觉得我怕你,并且怕你的牛,对不对?'所以我又问了一下'为什么'她就照我脸上打了一巴掌作为回答。"

伯金听了立刻大笑起来,好像这使他很高兴。杰拉德看着他,感到很迷惑,接着他也开始笑了,说:

"当时,我可没有笑,我敢向你保证。在我的一生中,过去还没有遭到过这样的打击。"

"当时你没有生气吗?"

"生气?我想我是生气了。我几乎就要把她杀死。"

"哼!"伯金又突然说道,"可怜的戈珍,她没有控制好自己,事后会感到很痛苦的!"他很高兴地说。

"她会感到痛苦?"杰拉德高兴地问道。

两个人都向对方神秘地露出了笑容。

"她会很痛苦的,我想,在她知道自己是多么的自负后。"

"她自负,是吗?那么什么使她那样呢?我非常肯定地认为这没必要,并且也非常的不合理。"

"我想那是她突然间的冲动。"

"对,那么你怎样解释这种冲动呢?我没有对她有什么伤害呀。"

伯金摇了摇他的头。

"她突然变成了一个悍妇,我想是这样的。"

"哦,"杰拉德说,"我想说奥利诺科更合适些。"

这个不高明的玩笑使他们两个人都笑了起来。杰拉德在想戈珍说的那几句话,她可以最后打他一拳的。但是他并没有让伯金知道这件事。

"她这样做你很怨恨吗?"伯金问。

"我并不怨恨,对这事我并不放在心上。"他沉默了一会儿,接着又笑着说道,"不,我要看个究竟,就这些。在那以后好像她感到有点内疚。"

"真的吗?从那天晚上起,你们不是再也没有相见过了吗?"

杰拉德的脸色变得阴暗了。

"是的,"他说,"我们曾经——你可以想象从那次事故后,我们的境况怎么样。"

"是的,平静下来了吗?"

"我不知道。当然它是一个打击。但我不相信母亲会一直想着此事的,我真的认为她不会留意这事的。有趣的是,她过去是把所有的一切都奉献给孩子的,那时一切对她来说,都无所谓,除了孩子之外,她心中什么也没有。现在,她从不留意孩子们,好像他们只是仆人罢了。"

"是吗?这使你感到心烦意乱吗?"

"这是个打击。但我的感受并不是太多,真的。我没有感到有何不同。我们终有一死,不论你是死还是生,这好像都没有多大的区别。你知道我几乎不能感受到悲哀。这使我感到心寒,我对此也不十分的了解。"

"死还是不死你都不在意吗?"伯金问。

杰拉德看着伯金,他的蓝眼睛就像闪着蓝光的钢铁武器。他感到自己很难堪,但又觉得无关紧要。事实上,他非常的怕,非常怕。

"嗨,"他说,"我不想死,为什么我要去死呢?但我不会介意的。在我看来,这个问题一点也不紧迫,你知道,我对它根本就不感兴趣。"

"这并没有使我感到害怕。"伯金补充着说道,"不,好像死真的无任何可谈的,好像它与我无关,这真是奇怪。它就像一个普通的明天一样。"

杰拉德靠近看着他的朋友,两个人的目光交织在了一起,他们交换了说不出口的理解。

杰拉德眯起眼睛,看着伯金的时候,神情冷漠、显得肆无忌惮,然后他看着空中的某一点,这是一种奇怪的、热切的目光,但他没有看什么东西。

"如果死亡不是终点,"他古怪、难解、冷漠地说道,"它是什么?"听他的话音好像别人已经看透了他的心思。

"是什么?"伯金重复着说。接着是一阵讽刺性的沉默。

"内在的东西死了之后,在我们消失之前,我们还要走很长的一段路。"伯金说。

"是的,"杰拉德说,"但那是什么样的路呢?"好像他要强迫另一个人说出什么来,他自以为自己比别人知道得多。

"这条路是堕落的下坡路——神秘的广阔的堕落之路。纯粹的堕落之路是有很多阶梯要走的,这条路是很长的。在我们死后我们也可以活很长的时间,在不停的退化中生活。"

杰拉德听伯金说话的时候,脸上总是带着友好的微笑,好像在某个方面,他比伯金懂得多,好像他自己的知识是直接的和亲身经历的,然而伯金的知识却是观察和推论的结果,没有打中要害,但瞄准了离要害非常近的地方。但他不打算去暴露自己的心里所想。如果伯金能够得到他心中的秘密,就随他去吧。杰拉德在这方面是永远也不会帮他的。杰拉德到了最后将是出人意料的。

"当然,"他突然变了声音说道,"我父亲真正地感触到了这个,这会毁了他的。对于他来说世界已经崩溃了。现在他所关心的就是温妮——他必须拯救她。他说她应该进校学习,但她不听话,所以他就不可能把她送进学校了。当然,她也有点太古怪了。我们对生都有一种奇怪的不好的感觉。我们能做一切事情——但我们不能与生活完全和谐起来。一个家族的衰落,这是很奇怪的。"

"她不应该进校学习嘛。"伯金说,他突然想出了一个新的建议。

"她不应该?这是为什么?"

"她这个孩子很奇怪,很特别,她比你还特别。在我看来,那些特殊的孩子就不应该送到学校里去读书。只有那些不怎么好、很普通的孩子才往学校里送,我是这样认为的。"

"我与你有相反的想法。我想如果她出去与其他孩子在一起玩,她有可能会变得更正常些。"

"你知道她是不会与那些人相处在一起的。你没有真正与人相处在一起过，是不是？她连假装都不会，更不会与人为伍。她很妄自尊大，也很孤僻，并且天生不合群。如果她有孤独的本性，为什么你还要让她去与他人在一起？"

"我不是想着让她有什么改变。但是我认为上学会对她有好处。"

"你从上学中得到过好处吗？"

杰拉德的眼睛眯了起来，样子着实难看。他在学校里曾受到过很大的折磨。但他从来没有这样问过，一个人是否应该一直这样忍受这种折磨。好像他相信教育的目的是要通过驯服和折磨的手段实现。

"我曾有段时间恨过学校，但我现在知道它是必需的，"他说，"它使我与别人能够相处在一起——如果你不能与别人相处你就不能活下去。"

"那么，"伯金说，"我在想，除非你与他人彻底地脱离关系，否则你就不能生活下去。当你想冲破这种关系时，那你还要服从这种关系是没有好处的。温妮有一种特殊的天性，就是这些特殊的天性，你必须给她一个特殊的世界。"

"对啊，可你那个特殊世界在什么地方？"杰拉德说。

"你要去创造。我们不是要改变自己来适应世界，而是要改变世界让它来适应自己。事实上，两个异乎寻常的人物就形成了另一个世界。你和我，我们形成了另一个世界，一个单独的世界。你不想有一个像你妹夫们那样的世界，这就是你价值的特殊之处。你想正常或普通吗？这是一个谎言。你需要的是，能够在一个自由的非凡的世界里出人头地。"

杰拉德用充满知识的微妙的眼神看着伯金。但他永远也不可能公开承认他有什么感想。在某一方面他知道的比伯金多，这就使他给予了另一个男人温柔的爱，好像伯金年轻，无知，还像个孩子，聪明的惊人却又天真得没有办法进行补救。

"但是如果，你把我看成是一个畸型人你可能就太庸俗了。"伯金尖锐地说。

"一个畸形人！"杰拉德叫道，显得非常的吃惊。他的脸也突然开朗了，变得明亮了，就像一朵蓓蕾突然间开放了。"不，我从不认为你是个畸形人。"他用奇怪的目光看着伯金，那种目光伯金不能理解。"我感觉到，"杰拉德继续说道，"你身上总有一些让人无法理解的东西，有可能你对自己也感到不太确信。我永远也不敢相信你。你可以一转身就改变你的主意，就像你没有灵魂似的。"

他用那尖锐的目光看着伯金。伯金感到很惊奇。他想世界上所有的头脑他都拥有。他感到很惊异，静静地盯着某处。杰拉德看出伯金的眼睛是非常的有吸引力,这年轻、坦诚的目光对他人有无穷的吸引力,这使他感到有些懊悔,因为以前自己是不信任伯金的。他知道伯金没有他也会过得很好——他能忘了他,并且不会有什么痛苦。这种想法经常在杰拉德的脑海中出现,但这又使他非常的怀疑:这年轻人怎么像一个动物一样超然和自然?看上去这有点伪善和不诚实,有时,噢,是经常,伯金不论谈什么来都很深奥和显得很重要。

这时伯金的脑海中又出现了另一件事儿。突然他发觉自己面对着另一个问题——两个男人之间永恒的联系和爱的问题。当然这个问题是必要的——在他的一生中,在他心中,这个问题都是一个必要——完全、纯粹地爱一个男人。当然他一直是爱杰拉德的,但总是又否认它。

他躺在床上思考着,而他的朋友杰拉德坐在他旁边,也一直在想着。每个人都在想着自己的心事。

"你知道古时候德国的骑士是怎样发誓结成血谊兄弟的。"他对杰拉德说,一种新的幸福的光芒从他的眼睛里射出来。

"在他们的胳膊上割一个小口,在伤口处相互交换血液?"杰拉德问。

"对,还要宣对对方的忠诚,在他们的整个生命中只有一个血统。我们也应该那样做。但我们不要割伤口,因为那是一种陈旧的做法。但我们应该宣誓相爱,你和我,清楚地,完美地,永恒地,永远不会有违约的可能性地爱下去。"

他看着杰拉德,眼睛里放出清澈,幸福的光芒,好像是发现了什么似的。杰拉德站着看着他,被他那极度迷人的吸引力紧紧地束缚住了,他产生了怀疑,愤恨这种束缚,憎恨这种吸引力。

"再找个日子,我们相互发誓吧,可以吗?"伯金请求道,"我们要发誓与对方并肩站着,相互真诚,彻底地,完全相互奉献,不再有索回的可能性。"

伯金拼命地想着想表达出自己的思想,但杰拉德几乎没有听他的。他的脸由于某种快乐而闪烁着光芒。他很高兴,但他没有向对方透露。他退了下来。

"找个时间,我们相互发誓可以吗?"伯金说,同时把手伸向了杰拉德。

杰拉德触摸了一下那只伸过来的友好的活生生的手,好像是因为害怕而缩了回去。

"我们可以在我更好地理解了之后再宣誓。"他说,口气明显地是在寻找借口。

伯金看着他,心里非常的失望,也许他心里出现了对杰拉德的轻蔑之意。

"好的,"他说,"之后,你必须告诉我你想了什么。你知道我是什么意思吗?这不是一时的心血来潮。这是超越人性的联合,一个人可以自由的离去。"

他们都不再说话了。伯金一直盯着杰拉德。好像他现在看到的不是那个经常看到的杰拉德,不是那个肉体的、活生生的杰拉德,那个杰拉德是他非常喜爱的,但杰拉德他自己,整个儿的人,好像他命运已是上天注定的,他受着命运的制约。

杰拉德这种天命的奇怪意识会在激情接触之后把伯金压倒,让伯金对他感到厌倦,从而蔑视他,好像杰拉德只有一种活下去的形式,一种知识,一种行动,上天决定了他只是个一知半解的人,但他自认为自己非常的完美。伯金就是厌恶杰拉德的这种局限性,杰拉德思想守旧,绝不可能真正轻松下来,高兴地飞离自我。他自身有一种东西在阻碍着他,他有点像个偏执狂。

他们都没有话说了,过了一会儿。伯金又说话了,语气很轻松,没有任何加重的部分。

"你不能给温妮弗莱德请个好的女家庭教师吗?找一个不一般的人。"

"赫麦妮·罗迪斯建议我们把戈珍请来教她绘画和做泥人。你也知道温妮在泥塑方面的才能令人吃惊。赫麦妮把她称为一个艺术家。"杰拉德语调很快活,与平常没有什么不同之处,好像没有什么不平常的事发生过。但伯金的态度总是提醒别人想起那事。

"真的!我还不知道呢。哦,那样也好,如果戈珍同意教她,那真是太好了——没有什么比这更好的——如果温妮弗莱德成为艺术家就好了。戈珍在某些方面就是一个艺术家。每个真正的艺术家都可以是某个人的拯救者。"

"通常,她们相处的很不好。"

"大概如此吧。但只有艺术家们才能互相创造一个世界,这个世界是适于生存的世界。如果你能把这样的一个世界安排给温妮弗莱德,那就太好了。"

"但你认为她不会来吗?"

"我不了解。戈珍非常的固执己见。如果价钱不高的话她是不会去的,或者是她去干了,但很快她就会反悔的。所以她是否愿意屈尊去做私人家教,特别是来这儿,到贝多弗来,我是不知道的。但是非这样做不可。温妮弗莱德有一种与众不同的本性。如果你能使她变得自信,那也许是最好的事情了。普通的生活她永远也不可能习惯的。这种生活让你过你也会发现是很困难的,这一点上她会比你更严重的,比你要难上许多倍。除非她找到一种表达方式,找到一些自我完善的途径,否则我们难以想象她的生活将会是什么样的。你能理解,单纯的生活将被命运领向什么地方。你也能够理解我们到底可以在多大的程度上相信婚姻——看看你自己的母亲吧。"

"你认为我母亲不正常吗?"

"不!我认为她只是需要更多的东西,或者是那些与普通生活不同的东西。因为没有得到这些东西,她就变得反常了,或许是这样吧。"

"但她生了一群没有良心的孩子。"杰拉德沉着脸说。

"不会比我们其余的人更没有良心的,"伯金回答道,"最正常的人有着最隐秘的自我,人们都是这样的。"

"有的时候我想活着就是受罪。"杰拉德突然吐出了这无力的和愤怒的声音。

"那好,"伯金说,"怎么会不是这样的呢!不论什么时候,活着都是一种受罪,无论在什么时候它除了是一种诅咒外不会是其它的东西,你可以从中得到足够的有滋有味儿的东西,这是真的。"

"没有你想象的那么有滋味儿。"杰拉德说。他看着伯金,他的表情暴露了他内心的空虚。

他们不说话了,都在想着自己的心事。

"我不知道她在小学教书与来家里教温妮之间有什么不同。"杰拉德说。

"它们之间的不同就是一个是为公众服务,一个是为私人服务。今天为公众服务是唯一的上等的事,在公共事业面前人们都乐意出力,都愿意为公众服务,但要做一个私人教师嘛——"

"我不会愿意干的——"

"是的!戈珍可能也有这样的想法。"

杰拉德考虑了几分钟,接着他说:

"无论如何,我父亲会让她感到自己不是一个私人教师的。父亲会对此感到惊奇,并会对她非常感激的。"

"他应该这样。你们都是应该这样做的。你觉得只要用钱就能雇到像戈珍·布朗温这样的女人吗?无论任何方面她都与你们都是平等的,也许还比你们优越。"

"她真的如此吗?"

"是的,如果你连这一点都没有勇气承认,我希望她别管你的事。"

"不管怎么说,"杰拉德说,"如果她是我的平等者,我希望她不要是一个教师，习惯上，我不会认为教师是与我平等的。"

"我也有同样的想法，让它们见鬼去吧。但是，如果我教书我就是个教师了吗？如果我布道我就是牧师了吗？"

杰拉德笑了起来。在这方面他总感到不舒服。他并不想在社会上拥有崇高的地位，他也不觉得自己有内在的个性优越，因为他从不会以纯粹的存在作为自己的价值尺度的基础。所以，他总是不相信那些心照不宣的社会地位。现在伯金想让他接受这个事实，承认人与人之间有内在的不同，但这一点他从不打算接受。这样做违背了他的名誉和原则。他站起来准备离开。

"我几乎忽视了我的全部公务。"他笑着说。

"我应该早点提醒你。"伯金开玩笑地说道。

"我知道你会这样说的。"杰拉德笑着说，心里很不舒服。

"真的吗？"

"对，卢伯特。不要把我们看成是你想象的那样，要不然的话，我们很快就会陷入困境。当我超越了这个世界时，我会把一切商业都忽视了。"

"当然，现在我们并不是在困境之中。"伯金嘲笑地说。

"不会像你所理解的那样。无论如何，我们有足够的吃的和喝的——"

"并对此很满意。"伯金补充道。

杰拉德靠近了床，俯视着伯金。伯金躺在床上，喉咙全部暴露了出来，那乱蓬蓬的头发散落在眉毛上，在眉毛的下面，脸上带着看不起人的神情，还有一双透着沉静目光的眼睛镶嵌在上面。杰拉德尽管四肢有力，精力充沛，但他站着却不想走了，另一个人的存在吸引住了他。他没有力量离开这儿。

"到这里吧，"伯金说，"再见。"他的手从被子里伸了出来，脸上露着微笑的光芒。

"再见，"杰拉德紧紧抓住朋友那温暖的手说道，"我还会再来的，我在磨房里会思念你的。"

"几天后，我会到那儿去的。"伯金说。

两个人的目光又碰到了一起。杰拉德的目光本来是鹰一般的锐利，但是现在却充满了温暖的光芒，充满着未被承认的爱。伯金用比较暗淡的目光看着他，这种目光不稳定，也不为人所知，但里面却含着一种温暖，这种暖流在杰拉德的大脑中流动，几乎就要使他熟睡过去。

"那么我们再见吧。我不能为你做点事吗？"

"不需要,谢谢。"

伯金看着这个穿黑衣服的人走出了门,那明亮的头颅逐渐地消失了,他又转个身入睡了。

第十七章 工业大亨

在贝多弗，厄秀拉和戈珍都有了一段空闲时间。在厄秀拉看来，好像伯金在一段时间里不存在了，他失去了自己的意义，在她的世界里他是无关紧要的。她有自己的朋友，有自己的行为，有自己的生活。厄秀拉与他没有了关系，她又像过去一样兴高采烈地生活起来。

而戈珍呢，前一段时间里，一直不停地在内心的深处想念着杰拉德·克里奇，甚至觉得自己与他在肉体上产生了一些联系，但现在想起他，觉得他很无关紧要。她心里正在酝酿着一个新的打算，想出去过一种新的生活。在她的内心中，好像总是有东西一直在警告她，警告她不要与杰拉德建立最终的关系。她觉得与他的关系不要超过一般的熟人之间的关系，这样是更明智，更美好的。

她打算到圣·皮特斯堡，在那里她有一个朋友，这个朋友像她一样也是个雕塑家，这个朋友与一个有钱的俄国人住在一起，这个俄国人的业余爱好是宝石。那个俄国人放荡的情感生活吸引着她。她不想到巴黎，巴黎太枯燥，令人厌恶。她喜欢去罗马、慕尼黑、维也纳、圣·皮特斯堡或莫斯科，她在圣·皮特斯堡有一个朋友，在慕尼黑也有一个朋友，她给这两个朋友每人都写了一封信，问问住房的情况。

她有一些钱。她回家的部分目的就是攒钱。现在她已经卖了几件作品了，在各种各样的展览中她都受到了称赞。她知道如果到了伦敦的话，她的作品会十分流行的。但是她了解伦敦，她想到其它的某些地方。她有七十镑，别人不知道这事。只要从朋友那里收到了回信，她就可以出发了。尽管从表面上看她很平静、很温和，但事实上她的性格是很躁动的。

有一天姐妹俩到威利·格林的一个农家里去买蜂蜜。科克太太是一个矮胖、脸色苍白、鼻子尖尖、很狡猾的女人，她说出的话使人听起来很舒服，但这不可能遮住她那猫一样狡猾的内心。她把姑娘们请进了厨房里，这个厨房收拾得干净舒适。屋里每一个地方都收拾得很干净、惬意，就像猫爱干净一样。

"噢，布朗温小姐，"她用讨好的语气说道，"回到老地方，你觉得这个地方怎么样？"

听到她说话，戈珍顿时对她感到非常的讨厌。

"我并不在意。"她唐突地回答道。

"你不在意？嗨，我想你会在这儿找出与伦敦不一样的地方的。你喜欢生活在大地方。而我们则必须满足于在威利·格林和贝多弗混日子。你对我们这儿的小学校有什么看法？人们对它谈论得很多。"

"我对它有何看法？"戈珍慢慢地打量了她一番，"你的意思是，我会认为它是一所好学校？"

"是的，你对它有何看法？"

"我真的认为它是一所好学校。"

戈珍厌恶地、冷冷地回答着说。她知道一般的人都很讨厌学校。

"真的，你真是这样认为的！议论我可听得太多了，有各种各样的说法，能听听内行人的观点真是太好了。但观点总会是各种各样的，对吗？克里奇先生是完全赞成的。哦，可怜的人啊，我害怕他在世界上不会活得太久了。他真的太可怜了。"

"他身体很差吗？"厄秀拉问

"噢，没有了迪安娜小姐后，他的身体就一天没有一天好了。可怜的人，他的烦恼好像能装满整个世界。"

"真的吗？"戈珍嘲弄地问道。

"他的烦恼几乎能装满整个世界。他那和蔼可亲的样子，你们还没有见过吧。但他的孩子决不像他。"

"我想他们很像他们的母亲吧？"厄秀拉说。

"很多方面都像，"科克太太把声音降低了一点儿说，"当她来到这个地区后，她可是个傲慢自大的女人，我敢说她是那样的！我们不能看她，能和她说句话的机会可非常的宝贵。"然后这女人调皮地做了个鬼脸。

"她一结婚你就认识了她吗？"

"是的，从那时我就认识了她。我照看她的三个孩子。他们都是几个可怕的东西，小魔鬼，杰拉德是个从未见过的魔鬼，在六个月的时候，就是一个很可怕的魔鬼了。"那女人的口气显得很恶毒。

"真的吗？"戈珍说。

"他这个孩子很任性，霸气十足，六个月的时候就能使保姆上上下下地忙个不停。他总是不停地踢脚和大声的尖叫，像个魔鬼一样折腾。在他还在吃奶的时候，我已经掐了他的屁股很多次。如果我接着多掐几次，他有可能就变好了。不过他母亲不肯改掉他的坏毛病，她听不进去你说的任何话。她和克里奇先生吵架的样子到现在我还记着。当他非常生气,再也无法忍受的时候,他就把门锁上用鞭子来抽打他们。但太太就会在门口不停地徘徊,杀气腾腾的,就像一只老虎一样。从她的脸上可以看到毁灭。门刚打开,她就会举着双手冲进去,'你对我的孩子做了什么,你这个懦夫?'那时她就像一个疯子。我相信先生是很怕太太的,即使被气疯他也不敢打她一下。仆人们是怎样生活的呢。他们是你生活中的痛苦,如果他们当中有人受到了惩罚,我们会感到很高兴的。"

"真的!"戈珍说。

"每一件事都有可能。如果你不让他们打碎桌上的茶壶,如果你不让他们用绳子把猫的脖子拴住拉着到处乱逛,如果你不给他们想要的东西,那么他们就要大闹一场,紧接着他们的母亲就要进来问道:'他怎么了?你对他怎么了?宝贝儿,发生了什么事?'接着她就会狠狠地瞪着你,好像要把你放在脚下面践踏。但我却没有被她放在脚底下践踏。我是能与她作对的唯一的人。她自己是不愿照看孩子的,她才不想干这样的麻烦事。但是那些孩子非常的任性,人们可不敢说他们,杰拉德是个小霸王,真的很了不起。当他一岁半时我离了他家,我无法忍受了。抱着他的时候我拧过他的小屁股,的确,这事我干过,我管不住他的时候,我就拧,对此我并不会感到后悔——"

听到这话,戈珍感到很讨厌,很气愤,她就离开了。"我拧了他的小屁股"这句话真是快要把她气疯了。听了这样的话她受不了。她真想把这个女人赶出去然后绑起来。这句话永远留在了她的脑子里,无论如何也忘不了了。她想终有一天,她要把这话告诉他,看他如何受得了。但一想到这些,她恨起自己来。

不过,在肖特兰兹,那场长久的战斗就要结束了。父亲生病了,快要死了。他有间歇性的剧烈疼痛,这使他不能安心地生活,他的意识也只剩下了一点儿。他越来越感到寂静,他越来越不能注意他周围的事情了,病痛好像把他的活力吸走了,他知道这种疼痛就在这儿,知道它还会再来的。这疼痛就像黑暗的时候在他体内翻腾的某些东西。

但他却没有能力或意志去找出它来,至于这东西是什么,更无法了解。这疼痛存在于黑暗之中,他不时地被这巨大的痛苦所折磨,接着他又平静了。每当这疼痛来折磨他的时候,他就缩起身子忍受着,不疼的时候,他又不想了解这疼痛到底是什么东西。既然它在黑暗中,那最好就不必去了解它。因此他也不承认存在着什么疼痛,只有他一个人等着的时候,当他所有的神经越来越害怕的时候他才承认。在其他时候,他会把它看成是刚才疼一下,现在不疼了,没有什么了。有时他对这疼痛感到很激动。

可是他的生命在病痛前面渐渐就要结束了。他慢慢地没有力量了,他被吹进了黑暗中,病痛断送了他的生命,把他拉到了黑暗之中。在他的生命快要完结的时刻,他能看清的太少了。企业,他的工作都完全地消失了。他对社会已快没有了兴趣,似乎他从来对社会就没有产生过兴趣一样。甚至他对家也感到了陌生,在他的脑海中模糊地存在着谁是他的孩子的印象。

这些对他来说,都成了过去,没有任何生命的意义。他必须用很大的力气才能弄懂他们与他之间的关系。甚至对他来说,妻子也好像不存在了。她真的像黑暗和病痛一样,存在于他的体内。他产生了一些奇怪的联想,觉得病痛周围的黑暗与他妻子周围的黑暗是同一个黑暗。他的全部思想和理解力都变得模糊不清了,现在他的妻子和那强烈的病痛是同一种黑暗了,这种黑暗有着秘密的力量来与他作对,而他过去从未正视过这股黑暗的力量。

他从来没有把内心的恐惧驱赶走。他只知道有一个黑暗的地方,有一些东西占据在那里,不断地出来折磨他。但他不敢揭破黑暗把这野兽赶到空旷的地带,反而他不愿意承认它是存在的。只是,他也模糊地有种预感,恐怖来自他的妻子,她就是个毁灭者,那病痛也是一股黑暗的毁灭力量。

他很少见到他的妻子。她一直呆在自己的房间里。只是偶尔到他房间一下,把脖子伸长,低着头,低声问他感觉如何。而他总是这样的回答,好像这是个三十年来形成的习惯,"哦,我认为我没有什么不好,亲爱的。"他很怕她,在心里他一直提防着她,他怕她怕得要死。

但在他的一生中,他对自己的处世哲学非常的坚信,他永远也没有垮掉。既使他现在就要死,他也不会垮掉的,他也不会忘记他对她有着什么样的感情。在他的一生中,他经常说:"可怜的克里斯蒂娜,她有着非常暴躁的脾气。"他一直用这样的态度来对待她,他用所有的怜悯代替了所有的仇恨,怜悯变成了他的保护伞,变成了他的安全装置,变成了他的可靠武器。在他的心中,他仍为她感到可怜,她的性格也太暴烈和急躁了。

但是现在,他的怜悯和他的生命一样,都慢慢地耗尽了,他内心的可怕转变成了恐怖。但在他的怜悯心破灭之前,他就会死的,他的怜悯心不会像一只壳虫那样被辗碎。这是他一切的最终来源。其他的人还会活下去,去了解一下像死一样的生,了解一下那种毫无希望的感觉。他不会这样的,他决不让死亡得胜。

他一直对自己的处世哲学很坚信,心底一直都很善良,一直很爱自己的邻居，有可能他更爱邻居一些，他心中永远都是这样想的。他心里总有激情的火焰，无论什么事都不能让他忘了大众的利益。他雇佣了大量的劳力，他是一个大矿主。他时刻在心中牢记着基督的话，永远与自己的工人们在一起。

不仅如此，他甚至感觉到自己不如他们，好像由于他们经历了贫困和劳动，所以更接近上帝一些。他始终相信，是他的工人，矿工们，手中掌握着解救人类的办法。为了离上帝更近一些，他必须先向矿工们走去，他的生命必须向他们的生命倾斜。在他的潜意识中，这些人就是他的偶像，就是他的上帝。他崇拜他们身上体现出来的最崇高的、伟大的、同情人类的上帝。

不论什么时候，他的妻子一直与他作对，就像地狱里的一个巨大的魔鬼。令人感到奇怪的是，她就像一只凶猛的鸟，拥有迷人的外表，但却心不在焉，她反对他的慈善博爱，然后又像一只被关在笼子里的鹰，陷入了沉默。因为周围的一切都联合起来组成了一个牢不可破的牢笼，对她来说，他的力量太强大，把她束缚起来。因为她是他的俘虏，所以他对她一直充满了激情，直到死去。他一直爱着她，强烈地爱着她。在牢笼里，她需要什么都可以得到，想做什么都可以得到许可。

但她几乎就要疯了。她脾气暴躁，非常的自负，她不能容忍丈夫对任何一个人都表现出来的软弱和诚恳的谦卑样子。他并没有被穷人骗住。他知道他们是来从他身上谋取一些钱财的，来向他抱怨的，这是最可恶的一种人。但大多数人，非常的清高，太妄自尊大而不愿向他乞讨什么，太自立而从不来敲他的门，这使得他感到非常的幸运。但在贝多弗，和其它的地方一样，有些可恶的人，他们像寄生虫一样，经常前来诉苦，要求给予一些东西，他们像虫子一样寄生在他人的身体上。

有一次，两个脸色苍白的妇女从对面走了过来，她们穿着令人厌恶的黑衣服，做出了一副悲哀的样子，上门讨好来了，克里斯蒂娜·克里奇非常的生气。她要把狗放开，让狗去咬她们，"嘿，瑞普！嘿，琳！骑兵！小伙子们，上，把她们赶走！"但克罗瑟，也就是男管家和其他的仆人都与克里奇先生是一条心的。然而，在丈夫不在的时候，她就会像一条野狼一样对着那些乞讨的人嚎叫。

"你们想要什么？这儿没有为你们准备的东西。你们没有任何理由到这儿来。辛普顿，把他们赶出去，不要让他们穿过大门。"

仆人们不得不遵守了她的命令。于是她站在那里看着男仆笨拙地把那些乞讨的人赶走，她的眼睛得就像鹰眼一样，那些人在仆人面前跑着，就像一些腐臭的家禽。

但他们慢慢地从看门人那里打听到了什么时间克里奇先生不在家,于是他们就选择好他在家的时候来访。第一年中,克罗瑟常常轻轻地敲着门道:"有人要见您,先生。"

"什么名字?"

"格罗科克,先生。"

"他们想要些什么?"他有些不耐烦地问,但也有些满足感。克里奇先生喜欢听人求他施舍。

"关于一个小孩的事,先生。"

"带他们到书房去,对他们说以后上午十一点以后不要再来了。"

"为什么你不吃饭?——把他们赶走。"他妻子粗鲁地说。

"噢,我不可能那样做的,听听他们想说些什么,不会有麻烦的。"

"可今天来的人比过去多了很多?为什么你不为他们设立一个家庭招待会?他们很快就会把我和我们的孩子赶走的。"

"你知道,亲爱的,听听他们说些什么不会对我有害的。如果他们真的有困难,那么,帮助他们摆脱困难是我的责任。"

"把全世界的老鼠都邀请来啃你的骨头就是你的责任。"

"不要说了,克里斯蒂娜,事情不是那样的。不要这么无情。"

但她突然冲出屋子,冲进了书房里。贫弱的乞怜者可怜地坐在那里,好像他们在等着医生。

"克里奇先生不能来看你们了,在这个时候他不能来见你们。你们觉得他是你们的财产吗,你们什么时候都可以来吗?你们必须离开,这儿没有为你们准备的东西。"

那些可怜的人站了起来,感到非常的迷惑。但在这个时候,克里奇先生面色苍白,带着不赞成的表情走了进来,在她身后说:

"对,这么晚来,我感到很不高兴。上午我会抽出一些时间来听你们诉说的,但上午过后,我真的不能接待你们了。还有什么不好的地方吗?基腾斯,你老婆身体好吗?"

"噢,她身体非常的差,克里奇先生,她就要死了,她——"

有时,克里奇太太感到丈夫是葬礼上的敏感的鸟儿,以世人的痛苦为生。在她看来,如果他没有听到什么伤心的事儿,把这伤心的事作为苦酒非常悲哀与怜悯地喝下去的话,他就会有一种不满足的感觉。如果世上不存在乞讨者的痛苦,他就没有了理由生存下去,就好像没有了葬礼,殡仪员的存在就没有了理由一样。

克里奇太太走了出去,离开了这个爬行的民主世界。一根紧紧的、有排外情绪的绳子套在她的脖子上了,她感到非常的孤独,就像一只鹰被关进了笼中，充满了仇恨。

随着日子一天又一天地过去，她越来越不了解这个世界了，她好像头脑一片空白，几乎没有了知觉。有时她会到屋里和周围的乡村中游荡，集中注意力看着什么东西，但看到了又像没有看到什么东西。她很少说话，好像与这个世界不存在任何联系。她甚至不去思考。由于她经常的发怒，与人世过不去，她就快没有了力量。

她生了许多的孩子。随着时间的流逝，她不论在语言上还是在行动上都不敌对丈夫了。她已经不再注意他了，让他自己去吧，他想干什么就让他干什么吧，他想对她怎么样就怎么样吧。她像一只鹰，阴郁地觉得一切都与自己无关。

她与丈夫之间的关系是无言的和未知的，但在这种关系的深处却隐藏着一种可怕的毁灭。他，在世界上是一个成功者，但在精神上却越来越空虚了，就像从内部出血一样从内部消失了。她就像一只笼中的鹰，虽然在精神上垮了，可心仍旧狂野，不会对他人屈服。

所以，最终他会让着她，在他的力量还未用完之前，把她搂到自己的怀中。那些可怕的毁灭性的光芒在她的眼里燃烧着，这使他感到激动不已。在他快要死的时候，他最怕她了，比怕其它的任何东西还要怕。不过他一直对他自己说，他是多么的幸福呀，自从他认识她，他就完完全全地强烈地爱着她。他觉得她是高尚、贞洁的。

在他心目中，只有她才是白色的火焰，是那炽烈的性的火焰，她在他的心中就是一朵雪白的花。他使她向他屈服了，对他来说，她对他的屈服是极大的贞洁，是他永远也打不破的贞操，就是这个，像咒语一样控制了他。

她对外部世界的一切不管不问，但她内心里从未被击垮过或被损害过。她只是坐在房间里，像一只阴郁、毛发蓬乱的鹰，不思考什么静静地坐在那里。年轻的时候她对孩子们有强烈的感情，但现在孩子对她来说不算什么了。她没有了他们，她只有自己一个人了。只有聪明的杰拉德，对她来说还有些意义。在后来的几年里，当他成为企业的头领之后，他也被她遗忘了。

父亲在快要死的时候，转向杰拉德求得同情。在他们父子两人之间，他们经常意见不一致。杰拉德从小到大一直既害怕又轻视自己的父亲，与父亲离得越远越好。而父亲对这位长子也非常的讨厌，从来不想对他让步，他绝不会信任这个儿子的，他要尽量地忽视他，让他感到孤独。

但自从杰拉德回到家里，在企业里承担了一定的责任，证明了自己是一个优秀领导者后，非常讨厌外界事物的父亲才完全地相信杰拉德，他非常信任地把一切事都交给杰拉德去做，他也在很大程度上依赖这个年轻的敌手了。这样就使杰拉德深深的怜悯之情和忠诚之心立刻被激发了起来，对他父亲的轻视和感觉不到的敌意使这种心情得已表现出来。

杰拉德不赞成对外施舍，但他总是又被它支配着，它在他的内心生活中有至高无上的地位。就这样，他既对父亲屈服，又反对他的慈善心，他不能从这样的心情中走出来。虽然他对父亲有深深的阴沉的敌意，但在内心的深处又为父亲感到可怜和悲痛，一股温情油然而升。

由于杰拉德的同情使父亲得到了一层保护，同时父亲也从温妮弗莱德那儿获得了爱。她是他最小的孩子，只有温妮才能给他以深情的爱。他把一个将死之人的伟大、广博、具有保护性的爱给了她，他要完全彻底地庇护她，这种庇护是完全彻底的，他要用温暖、爱和保护去把她拥抱住。如果他能保护她的话，她就不会知道什么是痛苦、什么是悲伤、什么是伤害。在他一生中他非常的正直，非常的善良。

对孩子温妮弗莱德他表现出了最后的激情，最后的爱恋。但仍有什么令他不安。他的力量变得越来越小，伴随着的是，世界也离他越来越远了。这儿没有了穷人、没有了被伤害的人和卑贱的人让他保护和救助了。他也不用为儿子和女儿们操心了，他也不用为儿女们承担沉重的不自然的义务。现在这些都不是问题了，他手中没有了这一切，他自由了。

他心中仍对妻子有种隐约的害怕和恐惧，她漠然地坐在屋里，像个陌生人一样，既使她慢慢地走过来，头向他倾过来，这仍使他害怕到了极点。就是用他一生的正直也不可能使他摆脱内心的害怕。他仍然拼命地与恐惧作斗争，这种恐惧不能从表面上露出来，即使到死也不能让别人看到自己怕她。

那么温妮弗莱德呢！只要能放心就好了，只要他能对她放心就好了。自从迪安娜死后，他的病情也严重了，他非常希望温妮能让他轻松下来，他为此事急坏了。好像临死之前，他还必须为她着想。好像在死的时候，他心上仍要有爱的责任和慈善之情。

她是个古怪、敏感、易怒的孩子。她像她父亲一样长着一头黑发和非常冷静的举止，但是好像要比父亲超然得多。她真的很像一个低能人，好像没有感情存在于她的身上。看上去她就像一个最快乐的、最有孩子气的小孩一样说笑玩耍，能使她产生热情的人只有少数几个人或东西——她的父亲，特别是她的小动物。

但当她听到她那最喜爱的小猫里奥被汽车辗死之后，她就猛地把头一歪，把眉头皱起憎恶地说道："真的吗？"以后就再也不管不问这事了。她最讨厌那些把坏消息传给她想让她伤心的仆人。她希望自己不知道那些伤心的事，好像这就是她做事的动机。她对母亲和家中的大多数成员总是躲避。她爱她的父亲，因为他希望她总能够高兴，因为看上去好像他变年轻了，在她面前他显得很洒脱。她喜欢杰拉德，因为杰拉德的自制力很强。

那些让她过得快活的人她都喜欢。她天生的批判能力很强，又是一个完完全全的无政府主义者，又是一个完完全全的贵族。无论是谁，不管在什么地方，她很容易接受那些与她平等的人，那些没有她高贵的人她非常的轻视。无论是兄弟姐妹、富贵的来宾、普通人或仆人她都是这样的对待。她的个性非常强，是个完整的自我，不会受到其他任何人的影响。好像她做事与任何目的没有联系，与别人没有联系，一直都是独立存在的。

父亲在一阵幻觉中，感到他的全部命运是以为温妮弗莱德获得幸福的保证为基础的。她永远也不会受苦，因为她一直都没有与外界形成有机的联系；她是这样的一个人，第一天失去了最珍贵的东西，但第二天里就会像没事人一样，把整个痛苦记忆摔到一边，好像这是她故意做出的；她的意志非常的自由，既是个无政府主义者又是个虚无主义者；她就像个没有灵魂的小鸟跟随自己的意识随便地飞翔，一时的高兴，就忘了自己所有的责任；她随便地任性行事，她会随随便便地把与别人之间建立的严肃的关系非常平淡地抛弃掉，是个真真正正的虚无主义者。正因为她从没有经历过痛苦，父亲临死前才会念念不忘地牵挂着她。

克里奇先生听说戈珍·布朗温有可能来教温妮弗莱德绘画和造型艺术后，他感到终于出现了一条拯救孩子的路了。他相信温妮弗莱德在这方面有才能，他曾经见过戈珍，他知道她是个异乎寻常的人物。他觉得要是把温妮托付给她的话，那就托付对人了。这里就有了正确的方向和积极的力量让孩子前进了，他不想让她没有方向和保护人。如果在死之前能把女孩嫁接到一棵会说话的树上，这也算是他把所有的义务都履行完了。现在他就要这样做。他将毫不犹豫地求戈珍。

就在父亲就要离开这个世界的时候，杰拉德感到自己越来越暴露给外界了。对他来说，父亲毕竟代表着一个活生生的世界。当父亲在人世的时候，杰拉德对这个世界是不负任何责任的。但是现在父亲就要死了，杰拉德觉得自己在生活的风暴面前束手无策，就像反叛后没有了船长的大副一样，面前只是一片恐怖的混乱局面。

他没有从父亲那里继承到现有的秩序和生活思想。人类全部的生活观念好像都随着父亲而不再存在了，把所有的一切都集中起来的力量好像也随着父亲而崩溃了，可怕地粉碎了。杰拉德好像是留在一只就快要沉入水中的船上，他正在一艘快要成为碎片的船上掌舵。

他知道他的一生都在生活的边缘一直奋斗着要把它打碎。现在，带着一个孩子一样的恐惧心理,他发现自己正处于一个将要毁灭自己的点上。

过去的几个月中,在死亡的影响下,在伯金的话和戈珍那富有穿透力的生命能量的影响下,他完全失去了他那机械的非常确定的信心。有时他会被强烈的仇恨所控制,这仇恨是对着伯金和戈珍的。他非常希望能回到那毫无意义的保守主义上,回到最愚蠢的传统型的人们之间。他想使自己变成最严厉的托利派的人。不过这种欲望没有持续得太长,他没有采取实际行动。

在他的孩提时期和少年时期,他渴望一种原始粗犷的东西。他觉得荷马时代是理想的时期,那时候,一个人可以是英雄组成的军队首领,或者像奥德修斯那样长时间地进行一些奇妙的旅行。他对自己的生活环境感到非常的厌恶,太厌恶了,所以他没有去详细地观察一下贝多弗和矿谷。他对肖特兰兹右边这条鳌黑的矿区根本不屑一顾,他的全部注意力集中在威利湖彼岸的乡村和森林上。

是的,总有喧嚣声在肖特兰兹的矿区中响起,但杰拉德从小到大就一直没有认真地听过,他对工业海洋掀起的汹涌起伏的黑色煤浪不理不睬。这个世界真是一个荒凉的世界,在这个世界上,人们在这里打猎、游泳、骑马。他反对所有的权威。生活就是以野性的自由为条件的。

后来家人把他送进了学校,在那里几乎就要置他于死地。他不愿意到牛津去,而是选择了一所德国大学。他在波恩、柏林和法兰克福都逗留过一段时间。在德国的生活,激起了他内心中的好奇心,他希望用一种客观的方式看看世界,了解世界,对他来说好像这是一种娱乐。接着他不得不去参战,必须到那些野蛮的未开化的地方去,那些地方对他有很大的吸引力。

结果他发现了任何地方的人都非常的相似,在这好奇和冷漠的心目里,野蛮人是愚蠢的人,不像欧洲人那样有趣。所以各种各样的社会观点和各种各样的改革观点都在他的头脑中产生了,可这些观念并没有永远地在脑海中保存下去,他只是想想觉得好玩罢了。这些观点主要是反对现成的秩序,要把现成的秩序毁灭。

他最终发现一次真正的冒险是可以在煤矿上进行的。他的父亲请他在公司事务上给予帮助。杰拉德曾经在矿山科学方面受到教育,但他一直对此不感兴趣。但是在现在,他在一阵狂喜中,控制了一个世界。

在他的脑海中形成了一幅关于这项巨大的工业的宏伟蓝图。突然间,它变成了真实的东西,他好像身处这幅蓝图中。一条铁路在矿区的谷地里延伸着,把所有的煤矿连接了起来,一辆辆矿车奔驰在铁路上,有装满煤的短矿车,也有空载的长列车,每辆车上都有白色的字母缩写:

"C·B·&Co."（克里奇公司）

这些车上的白色字母，他从小就见到过，但好像他从未见到过一样，这些字母太熟悉了，于是也就对他们不再留意了。现在，他最终见到自己的名字也在上面，于是权力就进入了他的视野。

很多很多的火车，上面涂着他名字的缩写，在全国范围内行驶着。当他乘火车到达伦敦后，他会看到他的名字，在贝多佛他也会看到他的名字。他的权力控制范围是如此之大。他看着贝多弗、塞尔比、沃特莫和莱斯利河岸，那里的大型矿区都完全依赖他的煤矿。

在他小时候，他觉得这些是丑陋的、肮脏的地方，并且感到非常的痛苦，但现在他却骄傲地看着它们。四座新兴城市在他控制的范围内拔地而起，一些丑陋的工人村也在那里拥挤着。黄昏时分他看到一群群矿工从煤矿出来，在大路上流动着，这些成千上万的人全身都是黑黝黝的，并且有些扭曲变形了，只有嘴唇还是红的，他可以任意地驱使这些人。

星期五晚上他开着汽车慢慢地在贝多弗那些肮脏的人群中行驶着，那些人是领了工资之后，来买东西，进行一周一次的开销的。他们都得服从于他。他们非常的难看、笨拙，但是这些都是他的工具。对这些机器来说，他是上帝。他们自动地慢慢地为他的汽车让路。

他从不考虑那些工人是否愿意为他让路，从不考虑他们是否对他有所抱怨，也从不考虑他们对他有怎样的想法。突然，他好像一下子明白过来，人类只不过是纯粹的工具而已。这里有太多的人道主义，对痛苦和感情也谈论得很多，这是很可笑的。一个人的痛苦和感情什么也不是，它们仅仅是一种情形，就像天气一样。重要的是人的纯粹工具性。一个人就像是一把刀子，主要是看其是否锋利，其它的都不算是什么。

世上每一样东西都有它的作用，它是否很好地起到了它的作用决定了它是好还是坏。什么样的矿工是好矿工？如果是好矿工的话那他就是个完美的人。什么样的经理是好经理？如果是好经理那就够了。杰拉德他自己，对整个企业负责，他是一个好的领导者吗？如果他是的话，那他的生活就很充实，其他的都不重要。

那里的矿井都很古老了，它们都被采空了，没有价值在继续采下去了。人们正谈论着要关掉两个矿井，正在这个时候杰拉德来了。

他向四周看了看，矿井就在那儿，它们老了，报废了，它就像老狮子，再也没有任何用处了。他又向四周看了看。呸！这些矿井只是些不纯洁头脑的笨拙产物。它们躺在那儿，是那些未经过良好训练的头脑半途而废的产物。把它们扔到一边吧，不再去想它们了，他把它们清除出了大脑，他正在考虑地下的煤，地下还有多少煤？

还有大量的煤,陈旧的采矿办法是不能把它们采出来的,就是这样的,那就把旧的工作方式打破好了。虽然煤层很浅,但肯定是有煤存在的。自从人类有了时间的记载,这煤层就一直存在那里,成为人类征服的对象。人的意志属于决定的因素。人类是大地的狡猾主宰,他的头脑是为他的意志服务的。人的意志是绝对的,是唯一的绝对。

征服物质世界为自己的目的服务就是人类的意志,征服是人类的出发点,这场战斗就是所有的一切,胜利的成果仅仅是个结果而已。并不是为了钱的缘故杰拉德才来接管煤矿,他从来对钱都不在意。他既不过分地装饰外表,生活也不十分地奢侈,他也很不在意社会地位。他需要的是要单纯地实现自己的意志,是在与自然环境的斗争中实现。他现在的意志就是把煤挖出来获得利润。利润仅仅是胜利的外在表现,但胜利的本身就存在于所取得的成果之中。在挑战的面前他会表现得十分激动。每一天他都要到井里去,检查,测试,他还向一些专家请教,慢慢地他就掌握了矿区的全部局势,就像一个将军全面地掌握了作战计划那样。

这里有必要进行全新的改革。矿区在旧的体制下运行,观念也太落后了。最初的观念是从地球里获得大量的财富,从而使矿主非常舒适地富裕起来,也给工人提供充分的薪水和好的工作条件,同时也给国家增加财富。杰拉德的父亲是矿区的第二代管理者,在家里有了足够的财富之后,就只考虑人的问题。在他的眼里,煤矿就是一个巨大的田野,在这里要生产足够的面包供矿上的千百个人食用。他和他的同事们活着和奋斗着就是要让人们获得利益。这些人生活变得幸福了,穷人也不多了。人人都富足了,因为煤矿是个工作的好地方,在这里工作也很轻松。而那时的矿工们会发现自己比原来想象的还要富有,因此感到高兴,并有一种胜利的感觉。他们想着自己很富有,他们庆幸着自己家中的财富,他们再想想他们的父辈是怎样挨饿怎样遭受痛苦的,从而感到自己终于过上了好日子。他们非常感激这些人,那些开拓者和新矿主,是他们打开了矿藏,财富像水一样不断地流出来。

但人心是不可能得到满足的,矿工们也是这样的,开始他们很感谢矿主,现在却小声地对矿主进行抱怨了。随着知识的增多,他们觉得自己的财富更少了,他们想要更多的财富。为什么矿主的财富比我们所有人的财富还要多?

当杰拉德还是个小孩的时候,矿上曾闹过一次危机。工头协会把矿井给关闭了,因为矿工们拒绝接受减员。封闭矿井使托玛斯·克里奇不得不接受新的条件。他是工头协会中的一员,他不得不把矿井封闭以维护自己的信誉。他一直都是父亲和家长,现在他不得不把他的"儿子"们的生活来源切断。

他觉得自己太有钱了,他就去不了天堂了。于是,他被迫把矛头对准穷人,这些穷人比他更接近基督,这些人是卑贱者,是被侮辱的人,但他们却非常的完美,在劳动中他们是高尚的人,但他却不得不对他们说:"如果你们不劳动,你们就没有面包。"

这场斗争确实伤了他的心。他使自己的企业在爱的力量指导下运行,哦,他甚至想让爱做为一种力量来指导着办煤矿。但是现在,在爱的外衣下,利剑被拔了出来,这利剑是机器需求的利剑。

真的,对此他非常的伤心。他需要一种幻想,不过这种幻想一下子就破灭了。工人们并不是反对他,他们是反对工头们。这是一场战争,他不知不觉地卷了进去,他发现自己是站在错误的一方的。每天都有大量的矿工来找他,他们是在一种新宗教的鼓动下。"世上人人平等"的观念激励着他们,他们想把这种观念变成物质上的实事。控制其根源,这不是基督的意思吗?如果没有采取行动,只有观念算不了什么的。

"所有的人在精神上都是平等的,他们都是上帝的儿子。什么地方存在着这种地位的不平等?"这个结论是在一种宗教教义的促进下产生的。对于这句话,托玛斯·克里奇无法进行反对。他凭着良心自己也承认,人们在社会上不平等是一种错误,但是他又不能放弃他的财富——这就是不平等的所在之处。人们一定要争夺自己的权益。世界上仅存的宗教激情激励着他们,让他们为平等而斗争。

充满激情的人们在行动,从人们脸上的表情看,好像这些人去参加神圣的战斗,同时这些人脸上还有贪得无厌的神情。当人们为财产的平等而开始斗争的时候,你怎么能把那些为平等而战的激情和那些贪欲的激情区别开来?但上帝在人们看来就是机器。人们都要求在那具有强大生产能力的机器面前是平等的。在上帝的头脑中人人都是平等。但对于托玛斯·克里奇来说,无论如何这种说法都有些不真实。当机器是上帝的时候,当生产或劳动是人们崇拜的对象的时候,最机械的头脑是最纯洁和最高尚的,在地球上他是上帝的代表,剩余的东西都在不同程度上附属于他。

人们开始暴乱了,沃特莫矿井口陷入了一片火焰之中。它是这个地区最远的一口矿井,就在离林子不远的地方。军人也赶来了。在那个不幸的日子里,从肖特兰兹的窗口可以看到附近有火花飞到了空中,——那些平时用来运送矿工到远处沃特莫矿去的火车——在峡谷中飞快地行驶着,上面载满了一车又一车的英国军人。随后从不远的地方传来了枪声,接着又传来消息说那些骚动的人被驱散了,还有一个人中弹死亡,火也被扑灭了。

那时的杰拉德，还是个小孩子，那天他充满了最狂野的激情和兴奋，他渴望着能和士兵们一起去向矿工开枪。但是家人不允许他出门，在门口，有持枪的哨兵站岗。杰拉德兴奋地接近这些士兵。成群结队的矿工在胡同口不停地走动着，叫喊着，嘲笑着：

"现在，哈！才三个半便士，让我们看看你们开枪吧。"在他们离开的时候，他们还把一些骂人的话写在墙上和篱笆上。

在这整个时期托玛斯·克里奇心都快碎了，他已把几百英镑施舍出去了。几乎在每一个地方都有免费的食物，这些免费的食物太多了，人吃得都恶心了。任何人都可以来要面包，一条面包仅花费三个半便士。每一天，免费的茶点摆得到处都是，这个地区的孩子们从未如此大吃大喝过。星期五的下午，大篮子大篮子的果子面包和大罐大罐的牛奶送进了学校，学生们拥有了他们想要的东西，由于吃了太多的面包和牛奶，他们感到有些恶心了。

终于骚乱结束了，人们都又去上班了，但是情况永远也不可能与以前的相同了。这里出现了新的情况，新的观念出现在人们的头脑里。甚至他们觉得，即使在机器的内部，也应该是平等的，没有一个部件是应该附属于其它部件的：所有的一切都应该平等。人们渴望混乱的本能注入了这种观念中。神秘的平等还是很抽象的，没有占有或行动——这些都是过程。在作用与过程中，一个人或一个部分必须附属于另一部分，这是存在的一种条件。但是骚乱的欲望却从人们的心中产生了，呆板的平等观念成为分裂的武器，这种武器执行着人们的意志，执行着人们骚乱的意志。

闹罢工的时候杰拉德还是个小孩子，但是他盼望着自己成为一个大人去与矿工们战斗。可是父亲处于窘境中，不知该如何是好。他想成为一个完完全全的基督徒，做一个与所有的人都平等的人，他甚至想把自己所有的一切全都分配给穷人。但他又想极大地促进工业的发展，因此他知道他必须保住自己的财富和权威。

这与把所有的一切都分给穷人同样神圣，不过后者更神圣些，因为必须采取这样的行动，他没有其它的理想去实现，这种思想在他的一生中占着支配地位。但他却非常的懊悔，懊悔死了，因为他必须放弃这个理想。他本想做这样的一个父亲，仁慈、自我牺牲、富有同情心。可矿工们却对他大声吵闹，因为他每年挣几千英镑。不可能骗住他们的。

当杰拉德在那个世界里长大以后，他的态度改变了。他从不在意所谓的平等。在他眼里，所有的基督教关于爱和自我牺牲的观念早就是一顶陈腐的帽子。他认识到地位和权威在世界上是正确的东西，隐藏这一点是没有任何用处的。它们都是正确存在的东西，原因非常简单：它们在根本上是有用和必要的。当然它们也不是所有的一切，它们就像是机器的一部分而已。

他自己不知不觉地变成了控制别人的中心部分，而大量的人则是在不同程度上受控制的人。这仅仅是个偶然现象。当然他也非常的兴奋，因为轴心可以驱动上百只外面的轮子，就象整个宇宙轮子在太阳周围旋转。如果说月亮、地球、土星、木星和金星都有权成为宇宙的中心，那纯属的愚蠢。这种结论完全由于混乱的渴望而产生。

从来不用费神去想，杰拉德就能一下子得出结论。他抛弃了所有的民主—平等的问题就像抛弃一个愚蠢的问题一样，在他的眼里重要的东西是社会生产这架机器。让这台机器工作得更美好吧，让它生产大量的足够的产品吧，让每个人都能得到他那合理的一份——得到的多少要看他的作用和重要性而定，让每个人只关注他自己的乐趣与爱好，不要去干涉别人的生活。

于是杰拉德就让自己投入到工作之中，让大工业在有秩序的情况下运行。以他经历的一切，以他所在书本上读到的一切，他得出了一个这样的结论：生活的本质秘密是和谐。他自己也不能给自己详细说明和谐是什么东西，不过这个词使他非常的高兴，他觉得他自己已经有了自己的结论。然后他摸索着把自己的哲学体系运用于实践之中，把秩序强加到已经确定的世界上，把那神秘的"和谐"转变成实际的"组织"。

突然，他看透了自己的企业，他明白了哪些是他应该做的。他与物质世界之间存在着一场战斗，与物质世界上的土地和煤矿做斗争。这是他唯一的想法：让那些地下无生命的物质屈从于他的意志。为了这场与物质世界间的战斗，他必须让那些完美的工具加以完美的组织，使这个组织成为一种微妙而和谐的组织，它只代表着人的意志，它无情地沿着特定的运动循环，它将会不可阻挡、毫无人情味地实现某种目标。

杰拉德就是要建立这种组织原则，这种组织原则在他的心中激起狂热，这种狂热好像是宗教性质的。他要使一种完美的、永恒不变的、庄严的媒介出现在他自己的意志和他要降服的物质世界之间。这是两个极端，他的意志和与之相抵抗的物质。在这两个极端之间他要建立起他的意志的表达工具，那就是他权力的化身，一种伟大和完美的机器，一种制度，一种纯粹秩序的运动、纯粹的机械重复，重复而无休止的运转，因此既是永久的也是无穷的。

他发现他的永恒和无穷存在于完美的纯粹的机器原则和一种纯粹的，复杂的，和无穷尽的重复运动中，它就像一只轮子正在旋转，不过这种旋转是生产性的，因为宇宙的旋转可以称为生产性的旋转，一种生产性的重复,通过永恒达到无限。这就是上帝的运动,是生产性的重复与无穷。而杰拉德则是机器的上帝,人整个的生产意志就是上帝的头脑。

他现在已确定了自己毕业的工作,这就是把一种伟大而完美的制度扩展到全世界,在这种制度下,人的意志能够平稳地实现,永远也不会遇到什么困难。他的计划从煤矿工作开始入手。有这么几项内容包含在计划之中:首先是地下的难以征服的物质世界;接着是驯服它所需要的工具,这种工具包括人和金属;最后是人纯粹的意志即他自己的脑力。

这里需要对复杂纷呈的工具进行高超的协调,这些工具包括人、动物、金属及动力工具,必须要把这些零碎的工具协调成一个伟大的完整的整体。这样就有了完美的结局,就满足了最高的意志,就完美地实现了人类的意志。人类就是神秘地与无生活的物质进行了对比才有所区别的。难道人类历史不是一个征服另一个的历史吗?

矿工们是无法与杰拉德相比的。当他们仍在痛苦中追寻着人的神圣平等权利的时候,杰拉德已经超越了这个问题,并在根本上承认了他们的申诉,然后要从整体上去实现人的意志。他觉得建立起完整的、非人的机器,是唯一的一条能够完美地实现人类意志的道路,因此他觉得自己在更高层的意义上代表着矿工们。从根本上讲,他是他们的代表,而他们自己却远远地落后了,思想与时代不合拍了,他们只是为物质上的平等而争论不休。而杰拉德早就把这种欲望转变成一种崭新的、更伟大的欲望,渴望成为人与物质之间的完美中介——机器,渴望把上帝的头脑转变成为完完全全的机器。

杰拉德一进入公司,整个旧的制度都有了死亡的震颤。他的一生都会痛苦,受到狂怒的、破坏性的魔鬼的折磨,这魔鬼有时疯狂地折磨他,使他快要精神错乱了。他的这种情绪像病毒一样侵入了企业中,有时还残酷地表现出来。他的做法恐怖且没有人情味,因为他要检查任何细节。他要知道一切秘密,所有的旧情他都不在乎。

白发苍苍的老经理们、老职员们,那些步履蹒跚的老工人们,他把他们看成是无用的东西,把他们全都赶走了。整个企业在他的眼中,就是一个医院,里面住满没有工作能力的雇员。他对这些人没有感情。他安排了必要的抚养金,然后去寻找一些效率高的人,当这些人找到之后,他就让他们代替了老职工。

"我收到了一封来自莱瑟林顿的求告信,"他父亲说,从口气可以看出他非常的不赞成,并有恳求的意味,"你不觉得这位可怜的老伙计应该再多工作一段时间吗?我一直认为他干得很好。"

"我已经找到了一个替换他的人,爸爸。如果不工作的话,他会更幸福的,相信我。你想,他的抚养金够多了,对不对?"

"可怜的人,他要的并不是抚养金。他深深地感觉到这一点,他自己是被淘汰下去的。他已经在矿上工作了二十多年呀。"

"他的工作方法并不是我所需要的。他不懂得我的工作方法。"

父亲长叹一声,他不想再知道什么了。他相信,如果他们还想继续采煤的话,就必须对矿井进行一次全面的检查。但要是把矿井封闭了,从长远的观点看对任何人都有很大的害处。因此他对他的忠诚的老部下的呼吁没有给予任何的答案,他只是不断地重复道:"杰拉德说。"

于是,父亲越来越少地出现在人们的面前。对他来说生活的架子已经破碎了。根据他的处事哲学他是正确的,他的处事哲学是某种伟大的信仰。但这些信仰好像不合时宜了,其它的什么东西要取代它了。他不能理解这样的情况。他只有带着自己的哲学退到一个隐蔽的小屋,退到一个安静的地方。那信仰的美丽蜡烛,虽然不能再给予世界光明了,但仍会在他内心的深处闪烁,在他那安静的退居的房间里闪光。

杰拉德匆匆地在企业中进行改革,这种改革是从机关工作开始的。为了使他的变革有可能成功,压缩开支是非常必要的。

"送给寡妇的煤我们是怎么处理的?"他问道。

"每三个月,我们就给男人曾在矿上工作过的寡妇送去一车煤。"

"从今以后她们必须付钱。这煤矿不是慈善机构,就像人们想象的那样。"

寡妇,这是一种腐朽的人道主义色彩用语,他一想起这些用语,他就感到讨厌,几乎令人反感。为什么她们不伴随着死去的丈夫在火堆上自焚呢?就像印度的妇女一样。无论如何,必须让她们付她们的煤钱。

他采取许许多多的方法来压缩开支,有些方面甚至是人们一般不注意的小事:运煤的车费要矿工们付;工具的磨损费要让矿工们付;矿灯的保养费工人们也要付,等等。这些小事加在一起每周要向工人们索取一先令呢。矿工们并不是连这点小钱也舍不得出,不过他们感到非常的生气。但是这样使企业每周少开支上百英镑。

杰拉德对一切都有了了解,接着就开始了他重大的改革。有经验的工程师被请进了每一个部门。在矿区上还建立了一座巨大的发电厂,这个发电厂能为地下的照明和运输提供电力。电力被送进了每一个矿井。新机器也是从美国进口的,这些机器是矿工们过去从未见过的,他们以"大铁人"来称呼巨大的挖掘机,它是很不一般的设备。

井下的工作方法彻底地被改观了,取消了工头制。一切都在最准确、精细的科学方法的控制下运行,有文化和有专长的人控制着这里的一切,矿工们的地位退化成单纯的机械设备。他们必须努力工作,要比过去苦很多,工作很骇人听闻,机器般的劳作真是令人心碎。

但是他们都顺从了这一切。快乐也远离了他们的生活,伴随工人们越来越机器化,他们没有了任何希望。可是他们也接受了新的工作环境,甚至他们得到了进一步的满足。刚开始,他们仇恨杰拉德·克里奇,他们发誓要做一些事情,去干掉他。但是随着日子一天天地过去,他们接受了一切,对一切都感到了满足。杰拉德是他们的高级牧师,他是他们真正信仰的代表。人们已经忘了他的父亲。这里有了新的世界,新的秩序,这种秩序严格,可怕,野蛮,但对它的满足就是存在于它的破坏性中。

矿工们对归属于这伟大绝妙的机器感到很满意,尽管这机器正在毁灭他们。这是他们需要的东西。这是人所生产的最高级、最绝妙、最超人的东西。工人们感到非常的兴奋,因为他们属于宇宙巨大的超人系统,这种系统是超越感觉和理智的,在某种程度上有些像上帝。他们的心死了,但是他们的灵魂得到了满足。他们想要的就是这个,要不然的话杰拉德则不可能做成任何事。他走到了他们的前面,把他们想要的东西给予了他们——让他们进入让生命服从数学原理的活动之中。

这是一种自由,是他们真正想要的自由。这是毁灭的第一个伟大阶段,是混乱的第一个伟大的阶段,是用机器原理取代原先的有机体的第一步,它准备毁灭有机的目的,有机的统一体,让任何有机因素在伟大的机械目标下都处于次要的地位。这是纯粹的有机体的瓦解,是纯粹的机械组合,这是混乱的第一种状况也是最好的状况。

杰拉德得到了满足。他知道矿工们非常痛恨他,但是他已经有很长的时间不去恨他们了。晚上他们潮水般地经过他的身边,他们脚步很沉重,很疲惫,靴子踢踢踢踢地在路上响着,他们稍微有点倾斜着肩膀,他们对他不理不睬,不会向他致意,只是像毫无知觉的黑灰色潮流涌过了他的身边。在他眼里,他们一点都不重要,只是工具而已;而在他们的眼里,他也没有什么重要的地方,只是个超凡的控制机而已。他们生存着是一些矿工,而他生存着则是一个矿主。他钦佩他们的品质。但作为人,作为有人格的人,他们只是偶然的、零星的没有任何重要性的现象。他们默默地承认了这一点,杰拉德也承认了这一点。

他取得了成功,企业在他的控制下,面貌一新,非常的单纯。煤产量比以前的任何时候都要多,那些绝妙的、精密的制度运行得非常完美。他有一批真正聪明的工程师,在矿业和电业方面都有,这些人并不能挣太多的薪水。受到高等教育的人只是比一位矿工多挣非常少的一点薪水。他的那批经理,都是杰出的人物,不过他们的工资并不比当年父亲手下那批由矿工提拔上来的老笨蛋们高。他的那位主要经理，一年的年薪是一千二百英镑，但他为企业至少节约了五千英镑。整个体制非常的完备，以至杰拉德几乎没有存在的必要了。

这种体制如此的完善以至于有时杰拉德会产生一种奇怪的担心，他不知道该做什么了。他一连几年好像都在迷惑地活动中转来转去，他做的事情好像完美到了极点，他几乎就是一位神仙了。

现在他胜利了——他终于胜利了。后来总有一两次，当夜晚他一个人独处，无所事事时，他会突然感到恐惧，急忙站起身来，他也不知道这是怎么回事。于是他就走到镜子前，静静地看着自己的脸和眼睛，看上很长一段时间，寻找着一些东西，想知道为什么。他感到害怕了，感到了致命的恐惧，但他不知道这是为什么。他看着自己的脸，还很匀称和健康，它像过去一样，不过总是有些虚假，这是一幅面具。

他不敢触摸它，因为他担心弄破面具露出真相。他的眼睛还像过去一样蓝，一样锐利，一样坚定。但他不敢相信这是真的，生怕它们是虚伪的蓝色泡沫，倾刻之间就会弹飞，什么也不会存在的。他能够看到眼中的黑暗，好像它们仅仅是黑色的泡沫。他害怕总有一天他会倒下，只能在黑暗中完全没有任何意义地小声地自言自语。

但他的意志还能够控制住自己，他能够离开镜子去读书，去考虑一些问题。他喜欢读的书是关于原始人的书和人类学的书，还有诡辩哲学方面的著作。他的头脑非常的活跃，但是它就像一个泡沫飘浮在黑暗之中，随时都有可能碎掉，使他一人处于混乱之中。他不能死去，这是他所知道的。

他应该继续活下去，但是他生活的意义将会崩溃，他非凡的理智将会失去。他害怕了，变得漠然、衰败了。但是他却没有力量去反抗恐惧。好像他感情的中心干枯了。他仍保持着平静和精打细算的性格，他的身体也很健康，他仍很自由地很有智慧地努力地经营着企业，即便当他稍微害怕地觉得他神秘的理智正在危机中，快要崩溃的时候，他还是坚持着原来的作风。

这是一场紧张的考验。他知道这里没有平衡点。他必须尽快地向某个方向走去，去寻找减轻痛苦的方法。只有伯金才能彻底地清除他身上的恐惧，伯金用他古怪多变的性格把他从自负中救了出来，伯金的这种性格包含着忠实的精华。但是杰拉德总是远离伯金，就像是在躲避着教堂的仪式，然后返回到外面工作和生活的真实世界中，在那儿，没有任何的改变，语言是没有用处的。他必须使他自己继续计量着世界上的工作和物质生活，这项工作却越来越困难了，这个奇怪的重担压在了他的肩上，他觉得自己身体内部好像什么也没有，而身外却又有很大的压力。

　　他发现了令他最满意的解脱存在于女人身上。自从和某位绝望中的女士一起放荡之后，他在这方面做得非常的随便，也非常的健忘。但该死的是，现在要想长时间保持对女人感兴趣是很困难的。不管怎么说，他没有在意过她们。一个米纳蒂就够了，但她是个例外。但即使如此她也不是非常的重要。不，女人，从那种意义上看，对他来说是没有任何用处了。他感觉到在他的精神受到剧烈的刺激之后，他的肉欲才能被激起。

第十八章 兔子

戈珍深知到肖特兰兹去是件非常重要的事。她知道这样做也就是接受了杰拉德·克里奇做她的情人。虽然她讨厌那样的情形,但是她还是应该继续做下去。她痛苦地想起了那一个耳光和吻,她对自己模棱两可地说,"终究,这是什么?一个吻代表着什么?一个耳光代表着什么?那不过是突然出现的现象,立即又消失了。我可以去肖特兰兹,但只呆上一会儿,在我离开之前,只要去看看它是什么样子就可以了。"她有一种很大的好奇心,这好奇心驱使她想了解一切,知道一切。

她也想知道温妮弗莱德到底是个什么样子。那天那孩子的叫喊声从汽船上传到了她的耳朵里,她就感觉到与她有些神秘的联系。

戈珍和那位父亲在书房里谈话,然后父亲派人去请他的女儿。很快女儿就在一位小姐的陪同下出来了。

"温妮,这位是布朗温小姐,她非常的友好,她将帮助你学习绘画和塑造小动物。"父亲说。

孩子看了戈珍一会儿,她对戈珍很感兴趣,接着她走了上来,扭着头把手伸了过来,温妮一身孩子气,显得很不自然,十分镇定、冷漠。

"你好?"这孩子说,说话的时候她头也不抬。

"你好。"戈珍说。

然后,温妮站到了一旁,戈珍被介绍给了法国教师。

"你要散步的话,今天是个好天气。"法国女教师说,显得很高兴。

"确实很好。"戈珍说。

温妮弗莱德站在远处看着这边。在她看来,这非常的好玩儿,但是不敢确信这个新来的人会是个什么样的人。她见过很多的生客,但她真正了解的非常少。这位法国女教师算不了什么,这孩子还可以平静轻松地容忍她,带着小小的蔑视承认她那小小的权威,带着冷漠的傲慢顺从了她。

"温妮弗莱德,"父亲说,"看到布朗温小姐来到这里你不感到高兴吗?她用木头和泥做成的小动物和小鸟,伦敦的人把它们称赞得几乎上了天,报纸上也发表过关于她的文章呢。"

温妮弗莱德轻轻地笑了出来。

"这些都是你从谁那里听到的,爸爸?"她问。

"从谁那里听到?赫麦妮告诉我的,卢伯特·伯金也告诉过我。"

"你认识他们吗?"温妮弗莱德问道,脸上带着挑战的神情对着戈珍。

"是的。"戈珍说。

温妮弗莱德稍微调整了一下自己的态度。她本来打算要把戈珍看成是一个仆人的。她们虽然相遇,但不可能存在着什么友谊。她感到非常的高兴,有这么多比她地位低下的人在她的身边,她要以良好的心情去容忍这些人。

戈珍非常平静。她并没有非常严肃地对待这些事。一个新的场合在她看来是非常新奇的,但是温妮弗莱德是个孤僻的,喜欢讽刺人的孩子,她永远也不会和他人混在一起的。戈珍喜欢她,并且被她迷住了。第一次会面就在羞辱和尴尬中结束了,温妮弗莱德和她的女教师这两个人都缺少一些社会优雅的作风。

但是很快,她们相聚在一个虚幻的世界中。温妮弗莱德不会去注意其他的人,除非他们和她一样好玩,并有点坏。除了娱乐世界外她什么也不接受,她把她的生活中严肃的"人"看成了她的宠物。她对那些小动物大方地施舍着自己的爱心和同情心,这真是太滑稽了。对世界上其它的事她感到很厌烦,很冷漠。

她有一头她很喜欢的小狮子狗,名字叫做鲁鲁。

"我们来给鲁鲁画张像吧,"戈珍说,"看我们是否能把它的乖样画出来,可以吗?"

"亲爱的!"温妮弗莱德喊着跑到狗的身边,带着忧郁的神情坐下,对着鲁鲁凸出的额头亲上几下,说:"亲爱的,你愿意让我们画你吗?妈妈可以给你画几张肖像吗?"然后她就笑了出来,接着对戈珍说:"哦,我们开始画吧!"

她们把铅笔和纸拿了过来,要开始画了。

"漂亮极了,"温妮弗莱德把小狗搂在怀里说道,"妈妈给他画漂亮的肖像时,他静静地坐着。"小狗儿的眼睛睁得大大的,带着忧郁、无可奈何的神情看着她。她热烈地亲着它,说道:"我想知道我的画儿将是什么样的,肯定难看极了。"

画画的时候,她自己吃吃地笑着,还不时叫道:

"啊,亲爱的,你真是太美丽了!"

她又笑了,她跑过去把小狗抱起来,她有一种负罪感,好像自己伤害了它。岁月留下的无可奈何与烦恼的表情挂在小狗那黑黑的毛绒绒的脸上。温妮画得很慢,目光聚精会神地看着狗,她把头偏向一边,专注地静静地在那里画着,好像她是在画着什么咒符。她完成了一幅画,她看看狗,接着再看看她的画儿,然后大叫起来,对狗感到伤心,但同时又非常的高兴:

"我的美人儿,为什么你这么漂亮?"

她把那张纸拿到了小狗的身旁,把纸放在它的鼻子下面。小狗好像非常气愤,好像感到了耻辱,它把头转向了一边,温妮冲动地亲了一下它那柔软的向前凸出的前额。

"鲁鲁,小鲁鲁!看看你的这幅肖像吧,亲爱的,看看你的这幅肖像吧,这是妈妈画的呀。"她看了看手中的画,又吃吃地笑了起来。接着她又亲了亲小狗,然后站了起来,严肃地走到戈珍面前,把画儿交给了她。

这幅画看上去很荒诞,上面画着一个奇怪的小动物,非常的淘气又非常的滑稽,看了这画,戈珍禁不住笑了起来。温妮弗莱德在她身边高兴地吃吃地笑着说:

"这不象它,对不对?它比这张画上的它要可爱得多。它非常的漂亮,鲁鲁,我可爱的达令。"接着她又跑过去拥抱那正在生气的小狗,它用它那一双责备的、忧郁的眼睛看着她,让她随便地抱。然后她又跑回到那幅画旁,满意地笑了起来:

"画得不像,对不对?"她问戈珍。

"不,画得非常的像。"戈珍说。

这孩子把这幅画儿做为财宝,随身携带着,带着一点羞愧的神情让每一个人看。

"看看这幅画。"她说着把图画递到了父亲的手里。

"这是鲁鲁呀!"他叫着。他非常惊奇地看着那张画,听到了女儿在他的身边吃吃地笑着。

戈珍第一次来肖特兰兹时杰拉德出门去了。但是他回来后的第一天早晨他就寻找她。那天早晨,阳光普照大地,空气清新,他在花园的小道上散着步,观赏那些他离开后盛开的花。他还是像以前那样,干净、整洁、刮了胡子,他那淡黄色的头发小心翼翼地向一边梳着,在阳光下闪着光芒。他那短短的美丽的小胡子整齐地修剪了,眼睛里闪烁着幽默的温和的光芒,这光芒总是让人对他产生疑心。他身着黑色的衣服,衣服穿在他那保养得很好的身体上显得非常的得体。他不停地在花坛前来回地走着,在阳光下,他好像有些孤独,好像由于缺少了什么而有些恐惧。

戈珍迅速地走了上来,没人看见她。她穿着蓝色的衣服,脚上穿着黄色的羊毛袜子，像蓝衣少年。他看到她，感到非常的吃惊。她的长袜总使他感到不安：浅黄色的长袜子和笨重的黑鞋子配在一起，怎么能这样呢。这时温妮弗莱德正在花园里和法国女教师一起牵着狗玩，她看到戈珍后，就飞快地跑了过来。这孩子穿着黑白相间的条状衣服，她的头发剪得很短，齐耳短发，修剪成了圆型。

"我们来画俾斯麦，可以吗？"她用手抓着戈珍的胳膊说。

"好吧，我们就来画俾斯麦吧，你想这样做吗？"

"噢，对，我喜欢！我最想画俾斯麦了。今天早晨它看上去好看极了，非常的凶猛。它几乎像狮子那样大。"然后她对自己的夸张也咯咯地笑了起来。"它是一个真正的国王，确实如此。"

"早安，"矮小的法国女教师微微地鞠了个躬向戈珍问好道，戈珍对这样的鞠躬非常讨厌，觉得她是个傲慢无礼之人。

"温妮弗莱德非常想画俾斯麦！哦，今天早上她一直在说：'今天上午我们就画俾斯麦吧！'俾斯麦，俾斯麦，正是这个俾斯麦！它是一只兔子，是不是，小姐？"

"是的，它是一只花兔子，身上有黑白两色。你见过它吗？"戈珍的法语真好听。

"我没有见过它，小姐。温妮弗莱德一直不想让我看到它。有许多次我问她'温妮弗莱德，俾斯麦究竟是什么？'但是她就是不对我说。就这样，俾斯麦成了一个很神秘的东西。"

"它真的很神秘！布朗温小姐说俾斯麦是很神秘。"温妮弗莱德叫道。

"俾斯麦是个神秘的东西，俾斯麦是个神秘的东西，俾斯麦是个奇迹，"戈珍用英语、法语和德语念咒一般地说道。

"对，绝对是个奇迹。"温妮弗莱德严肃地说，但还是把那淘气的窃笑泄露了出来。

"是奇迹吗？"女教师讽刺说，显得有点傲气十足。

"对呀！"温妮弗莱德简短地、冷漠地回答道。

"但是俾斯麦不像温妮弗莱德所说的那样是个国王。俾斯麦不是国王，温妮弗莱德。他只是个宰相而已。"

"什么是宰相？"温妮弗莱德很轻视这个女教师，淡淡地问道。

"宰相就是宰相，宰相就是，我觉得，宰相就是一个法官，"杰拉德说着走了上来，与戈珍握了握手。"你很快就能够编出一首关于俾斯麦的歌曲。"他说。

法国女教师在一旁等着，小心翼翼地弯下腰，向他问个好。

"她们不让你去看俾斯麦？"他对女教师问道。

"是这样的,先生。"

"哦,她们也太不像话。布朗温小姐,你们准备怎样处理它?我想的是把它送到厨房里做成菜。"

"不要这样。"温妮弗莱德大叫起来。

"我们想把它画下来。"戈珍说。

"把它撕成碎片,装进盘子里端出来。"杰拉德故意装傻。

"哦,不要这样嘛。"温妮弗莱德笑着强调性的大声说。

戈珍发觉到了他在开玩笑,她抬起头看着他的脸微笑着。他觉得自己的神经得到了抚慰,他们交换了相互理解的目光。

"你喜欢肖特兰兹吗?"他问。

"哦,非常喜欢。"戈珍冷淡地说。

"这真是太让人高兴了。你注意到这些花了吗?"

他领着她在小径上走着,她专心地跟在他的身后,接着温妮弗莱德也赶了上来,法国女教师慢腾腾地跟在后面。他们停了下来,前面就是到处蔓延的喇叭舌草。

"它们不是很美丽吗?"戈珍专心致志地看着花儿大叫着。她对花草那种激情的崇拜和几乎入迷的羡慕使他的神经得到抚慰。她弯下腰,用细小的手指细心地触摸着喇叭花儿。看到她这样他心里舒服多了。当她直起腰,她的那双大眼睛火辣辣地看着他,那双大眼睛就像花儿那么漂亮。

"它们叫什么名字?"她问。

"我想它们是牵牛花的一种吧。"他说,"我不太了解它们。"

"在我看来这花儿很陌生。"她说。

他们心情紧张地故做亲热地站在一起。他是爱她的。

她看到了那个法国女教师就站在不远处,像一只小小的法国甲虫,观察和算计着什么。她和温妮弗莱德离开了这里,说她们要去俾斯麦。

杰拉德看着她们离去,然后一直盯着戈珍那柔软、完美、娴静的体态,她穿着柔滑的开司米外套。她的身体一定是柔滑、丰满、丰腴的。他非常的欣赏她,她那么令人渴望,非常的漂亮。现在他只想着去接近她,他只想着这个,去接近她,让自己属于她。

同时他也很清楚很剧烈地意识到了法国女教师那衣着整洁、脆弱的身姿。她像一种长着细细长腿的高傲的甲虫,高高地站立着,她那闪光的黑衣穿得非常的得体,她的黑头发高高地耸起,非常的美。她那种完美的样子是多么的令人讨厌呀!他憎恶她。

但是他是真的崇拜她。她穿着非常的适当。使他非常生气的是,当克里奇家人还在丧期的时候,戈珍来的时候竟穿着漂亮的衣服,像一只金刚鹦鹉一样!当她抬腿离开地面的时候,他一直在看着她,她脚上穿的是浅黄色的袜子,她身上穿的是深蓝色的衣服。但这又使他高兴了,使他非常的高兴。他觉得在她的衣服里存在着一种挑战——她要挑战整个世界。于是他对着喇叭花又笑了。

戈珍和温妮弗莱德穿过屋子来到了后院,在这里有马厩和仓库,每一个角落都寂静,荒凉。克里奇先生驾车出去遛达一会儿,马夫正在为杰拉德遛马。两个女孩走到放在墙角的一个圈栏前,看那只长得大大的黑白相间的兔子。

"它真是漂亮极了!看看它,它现在正在听什么呢!看上去它可真傻呀!"她笑了出来:"让我们画它听声音时候的样子吧,让我们来画吧,它听得是多么投入呀——是不是,亲爱的俾斯麦?"

"我们把它抓出来好吗?"戈珍问。

"它非常的强壮。它真的非常强壮。"她偏着头,带着怀疑的目光看着戈珍说。

"但我们可以试一试,对吗?"

"那好,如果你愿意的话就试一试吧。但是它的蹄子非常有劲。"

她们把钥匙拿来准备把门打开。兔子开始在棚子里跑着,猛烈地蹦跳着。

"它有时能把人抓伤得很严重,"温妮弗莱德兴奋地大叫道,"快看它,它是多么奇妙啊!"兔子在里面匆匆忙忙地转了一圈又一圈。

"俾斯麦!"这孩子兴奋地大叫道:"你是多么的令人可怕啊!你是个残忍的东西。"温妮弗莱德抬头看看戈珍,在她那强烈的兴奋中存在着一些恐惧。戈珍的嘴角挂着一丝嘲笑。温妮带着无法形容的兴奋低声怪叫道。"现在安静下来了!"看到兔子蹲在了圈栏里一个较远的角落里她就大叫起来。"现在我们可以把它弄出来吗?"她做着鬼脸看着戈珍,非常兴奋地、神秘地小声说道,慢慢靠近前来。"现在我们能把它弄出来吗?"说完她自己顽皮地笑了起来。

她们把圈栏的门打开了。当它静静地蜷缩在角落的时候,戈珍猛地把胳膊伸了进去,抓住了那只大大的、有力的兔子,戈珍抓住它的长耳朵。兔子把它的爪子向外伸开,卧在地上,身体缩向后面。当戈珍把它向外拉的时候,它的爪子在地上磨擦着发出刺耳的声音。过了一会儿,戈珍又把它举到了空中,戈珍抓住它的耳朵,它的身体强烈地晃动着,就像是在荡秋千。最后戈珍终于把它拉了出来。戈珍立即上去抱住了它,又赶紧把脸扭向一旁,不让兔子抓住。但是这兔子却特别的强壮,她用了全身的力量才把它抓住。在这场搏斗中,她几乎没有了意识。

"俾斯麦,俾斯麦,你的行为可真的令人恐惧,"温妮弗莱德说,声音显得有些可怕,"噢,快把它放下来,它像野兽一样。"

戈珍静静地站在那里,她紧紧地抱着这个暴风雨一样的东西惊呆了。她的脸全红了,她心中非常的气愤。她像暴风雨中的小屋浑身颤抖着,她被完全地征服了。这场全无理智、残忍的愚蠢的斗争中,她的心中充满了气愤,这只野兽的爪子把她的手腕严重地抓破了,她的心变得很残酷。

正当她努力地要征服抱在怀里的这只挣扎着的兔子时,杰拉德走了进来。他很敏锐地看出,她心中有愤怒的激情。

"这事应该让仆人来为你做。"他急忙赶上来说。

"哦,它可怕到了极点!"温妮弗莱德大叫,几乎快要发疯了。

他用他那颤抖着的强壮有力的手抓住了兔子的耳朵,把它从戈珍那里抓了过来。

"它真是非常的强壮,"戈珍大声喊到,声音很高,就像一只海鸥的声音,声音奇怪,具有报复性。

兔子在空中全身缩成一团球体,然后一下子就窜了出去,身体在空中成了弯弓型。看上去它真的是狂暴者。戈珍看到杰拉德浑身上下绷得紧紧的,在他的眼里什么也没有。

"我了解这些老叫花子。"他说。

那野兽像魔鬼一样,一下子又跳到了空中,它就像是一条龙在空中飞舞,它的强壮、它的爆发力使人难以想象。过了一会儿它又安静了下来。杰拉德全身都充满了力量,颤抖得很厉害。突然他心中升起了一团愤怒的火焰,他迅速地用一只手像魔爪一样地抓到了兔子的脖子上。

兔子立即发出令人恐怖的尖叫声,这声音像是面临死亡的声音。它的身子猛烈地扭动着,抽搐着撕扯杰拉德的手腕和袖子,四只爪子飞快地上下摆动,那白白的肚皮露在外面。杰拉德抓着它在空中转了一圈,之后紧紧地把它夹在了胳膊下。它终于被制服了,安静了下来。杰拉德脸上露出了微笑。

"你不要觉得一只兔子的力气是很大的。"他看着戈珍说。他看到戈珍那一双像夜一样黑的眼睛镶嵌在她那苍白的脸上,她几乎给人一种神秘的感觉。在剧烈的搏斗之后兔子发出的尖叫声好像把她的意识打破了,他看着她,那发白的、像电光一样的光芒在他的脸上又增强了。

"我真的不喜欢它,"温妮弗莱德咕哝着说道,"我不会关心它像关心鲁鲁那样。它真的非常令人厌恶。"

在戈珍恢复了神志之后,她脸上勉强露出了一些笑容。她知道别人看出了她的心事。

"当兔子尖叫的时候它们是不是都发出最可怕的声音?"她大声叫道,声音尖尖的就像一只海鸥的叫声。

"非常的令人厌恶。"他说。

"它总是要被拉出来的,为什么还要傻乎乎的不出来?"温妮弗莱德说。她伸出了手,试探性地触摸着兔子。兔子夹在他的腋下,一动也不动就像死了一样。

"它不会死吧,杰拉德?"她问。

"不会的,它应该还活着。"

"对,它应该活着!"温妮突然高兴地大叫了起来。然后她摸着兔子的时候信心更足了。"它的心跳得非常的快,它难道不是很有趣吗?它真是太有趣了。"

"你们想带着它到哪儿去?"杰拉德问。

"到那个小小的绿色院子里。"她说。

戈珍用奇怪的、黯淡的目光看着杰拉德,她用一种阴间的知识向杰拉德传递着自己的感情,几乎好像就是一只动物在请求他,不过这动物是他的最终战胜者。他不知道该对她说些什么。他感到他们相互之间是魔鬼之间的相识。他觉得他应该说一些东西,来掩盖事实。他有点燃自己的神经的力量,而她看上去就是一只接收他那炽烈火焰的柔软的接受器。他是缺乏自信的,他心里经常感到害怕。

"它伤着你没有?"他问。

"没有。"她说。

"它是一只没有理智的野兽。"他说着把脸转向了一边。

他们到了小院里。黄色的草花儿开在小院古老红围墙的裂缝中。院子里长着柔软的、漂亮的、很古怪的青草,小院里的地面非常平整,头顶上是蓝色的天空。杰拉德把兔子扔到了地上。它蜷缩着,一动也不动。戈珍看着它,心里有点害怕。

"为什么它不动了?"她叫着。

"它认输了。"他说。

她看着他,笑了笑,她那有些险恶的笑容使她苍白的脸收缩了。

"它可真傻呀!"她叫道,"它可真是个令人作呕的傻瓜!"她声音中的报复性嘲笑使他的神经颤抖。她抬头看着他,看着他的眼睛,她又一次地把她的嘲弄、残酷的内心暴露了出来。他们之间存在着一个同盟,这种同盟使他们都害怕。他们都彼此卷入了那可恶的神秘之中。

"你被它抓了几下?"他说,然后把自己带有红色伤痕的白皙但结实的前臂伸了出来。

"真是可耻啊!"她目光显示出她有些害怕,她红着脸说道:"我的手没什么事。"

　　她抬起了她的手臂,在她那柔软光滑白嫩的手上有一道深深的红色伤口。

　　"多么可恶!"他叫道。他好像从她前臂上的长红疤中认识了她,她的前臂非常光滑和白嫩。他并没有想着去抚摸她一下,但他必须使自己故意地抚摸她。好像那长长的红伤口划过了他的头脑,把他意识的表面划破了,让永恒的无意识,不能想像出的另一边的红色气息,猥亵地侵入。

　　"它并没有严重地伤害你,对吧?"他关心地问道。

　　"这算不了什么。"她说。

　　那只刚才还像一支小花儿一样静静地蜷缩着身子的兔子,突然间活跃了起来。它像一颗出了枪膛的子弹弹了出去,在院子中跑了一圈又一圈,像一颗流星一样转着圈子,它转得很快,令人眼花缭乱了。他们都惊愕地站在那里,莫名其妙地笑着。那只兔子好像中了神秘的咒语,飞快地在旧红墙下的草地上旋转着,速度极快,就像暴风雨似的。

　　突然,它停了下来,在草地上蹒跚了一会儿,之后它又坐下来好像是在思考,它的鼻子抽搐着像是一根风中的绒毛。它考虑了几分钟,黑眼睛向他们那里看了一眼,也许是看他们,也许不是看他们,接着它又静静地向前移动了几步,接着迅速地啃着青草吃起来,用兔子特有的快速方式。

　　"它疯了,"戈珍说,"它在很大程度上是疯了。"

　　杰拉德笑了。

　　"问题是,"他说,"疯指的是什么?我认为兔子是不会疯的。"

　　"你认为它没有疯吗?"她问。

　　"不。只有这样才像是一只兔子。"

　　他脸上露出了奇怪的、暗淡的、猥亵的笑容。她盯着他,看着他,知道他有很强的进攻性,就像她也有很强的进攻性一样。一时间这使她感到生气,使她心里感到很不舒服。

　　"我们应该感谢上帝,他不让我们成为兔子。"她说,声音又尖又高。

　　他脸上的笑容又多了一些。

　　"我们不是兔子?"他盯着她问道。

　　慢慢地她的表情放松了下来,脸上露出了猥亵的笑容。

　　"啊,杰拉德,"她说,说话的声音又粗又慢,像男人的声音。"我们都是兔子,有时还不如兔子。"她冷漠地看着他。

　　他又一次感觉到好像她在撕扯着他的胸膛,慢慢地撕着,好像有很大的决心要把它撕开。他看向了一边。

"吃吧,吃吧,我亲爱的!"温妮弗莱德轻轻地对兔子说着,并且向它爬了过去,要抚摸它一下。兔子蹒跚着躲开她。"让妈妈摸摸你的毛儿吧,宝贝儿,因为你真是太神秘了——"